L'APPAT

Du même auteur

AUX MÊMES ÉDITIONS

Siam
1982

La Dérive des continents
1984

Je t'aime, je te tue
coll. « Point-Virgule », 1985

Comédie obscène d'une nuit d'été parisienne
1986

CHEZ D'AUTRES ÉDITEURS

Le Souverain poncif
Balland, 1987

Outremer
Grasset, 1989

MORGAN SPORTES

L'APPAT

ÉDITIONS DU SEUIL
27, rue Jacob, Paris VIe

ISBN 2-02-012128-X.

Récit authentique de deux meurtres
commis par trois adolescents de ce temps

« A la facilité avec laquelle l'esprit se satisfait,
se mesure l'étendue de sa perte. »

G.W.F.H.

Avertissement et remerciements

Je ne puis remercier ici (la liste serait trop longue) les si nombreuses personnes, journalistes, policiers, juges, parents et proches des meurtriers et des victimes, qui – au cours de mon enquête qui s'est étendue sur plusieurs années – ont bien voulu m'aider en me donnant leurs conseils ou leur témoignage. Ils se reconnaîtront dans mon livre dont, au demeurant, toute la responsabilité m'incombe.

Quant aux éléments de ce texte que je n'ai pas moi-même directement recueillis auprès des intéressés, ils proviennent de documents officiels, et d'un certain nombre d'ouvrages et d'articles que je cite à la fin.

Par souci de ne pas choquer, j'ai jugé préférable de changer certains noms, prénoms, adresses et détails annexes, ce qui n'enlève rien à la logique des faits.

M.S.

Au nord de Paris, dans un petit appartement du XVIIIe arrondissement, rue Ordener, Mme Denise achève de repasser son linge.

Elle est fatiguée. Ses jambes lui font mal, d'autant qu'elle a été récemment opérée des genoux. On lui a « retourné les rotules ».

Mme Denise a 61 ans. Elle porte des lunettes à monture translucide. Ses cheveux, jadis blonds, sont aujourd'hui absolument blancs.

Veuve, elle vit seule. Ses enfants n'habitent plus avec elle depuis longtemps. En semaine elle travaille comme secrétaire chez un avocat de 50 ans, maître Antoine X., qui demeure dans le XVIIe arrondissement. C'est un homme charmant et très compréhensif : « Pendant six mois, expliquera-t-elle plus tard, il m'a permis de m'absenter le vendredi pour que je puisse tenir compagnie à ma mère mourante, à Rennes. Aucun autre avocat ne me l'aurait jamais accordé. »

Mme Denise compte bien travailler chez maître X. jusqu'à sa prochaine retraite...

Il est 17 heures ce 8 décembre 1984, année célébrée par George Orwell. Elle se prépare une tasse de thé. Le téléphone sonne. Elle décroche. C'est un homme qu'elle a au bout du fil :

– Je suis le proviseur du lycée Baudelaire. Personne n'est venu chercher le petit Marc. N'était-ce pas vous qui deviez le faire ?

– Mais non, répond-elle. Ça n'est jamais moi le samedi.

Marc a 12 ans. C'est le fils de maître Antoine X. Il est en pension dans la banlieue sud. Maître Antoine X. a eu Marc d'une professeur, Gene, jolie rousse, élégante, à la peau diaphane, qui a été sa femme pendant six ans. Ils se sont séparés en 1977. Gene vit en Belgique. Le petit Marc adore son père. Et c'est réciproque. L'avocat a deux préoccupations principales dans la vie : Marc, son fils, et Mme Adrienne X., 73 ans, sa mère, à qui il a offert une maison de campagne à Dreux, près de Paris. Le reste c'est le tout-venant du travail : accidents de la route, divorces, l'ennuyeuse routine... Dans sa vie il y a aussi les jolies filles. Il les prend, il les laisse. Elles n'ont pas l'air de trop compter pour lui... En ce qui concerne Marc, donc, il est impensable qu'il ait oublié d'aller le chercher au lycée.

– Maître X. a dû avoir un accident, répond Mme Denise au proviseur. Pourriez-vous garder Marc, je vais voir ce que je peux faire.

– Entendu... Un professeur qui a des enfants le prendra chez lui.

Mme Denise songe d'abord à un accident de la route.

Sur son appareil elle compose le numéro de téléphone d'Adrienne X.

– Mais non, répond celle-ci, Antoine n'est pas là. Marc vient de m'appeler. Il m'a assuré que le téléphone, chez son père, ne répondait pas. Il m'a dit : « Mamie, Mamie, fais quelque chose, il a dû arriver un malheur, Papa met toujours son répondeur, même quand il sort cinq minutes boire un café... » Allez au cabinet, je vous en supplie. Antoine est peut-être tombé dans les escaliers...

L'appartement de l'avocat se trouve dans un quartier « chic », avenue de Villiers, tout près de la place du Maréchal-Juin. Il vient d'y emménager, du moins depuis cinq mois. Il habitait auparavant dans un logement plus vaste, rue de Courcelles, tout à côté. Mais le loyer était élevé. Et les affaires d'Antoine X. ne sont plus très bonnes. L'appartement de l'avenue de Villiers comporte quatre pièces. Trois au rez-de-chaussée, l'entrée, où se trouve le bureau de la secrétaire, la salle d'attente, le bureau de l'avocat, et, au sous-sol, la chambre. On accède à celle-ci par un escalier à pic, aux marches très étroites. Si l'avocat y a glissé, il a pu se faire extrêmement mal.

Mme Denise songe à appeler la concierge de l'avenue de Villiers. Elle n'a pas son téléphone, mais elle se souvient de son nom : Mme Fernandez. Elle feuillette précipitamment l'annuaire, trouve le numéro :

– Non, répond Mme Fernandez, je n'ai pas vu monsieur d'aujourd'hui. Mais... c'est bizarre. J'ai déposé ce matin le courrier comme d'habitude, à 9 heures, sur son paillasson. A 4 heures de l'après-midi je suis passée devant sa porte. Il n'avait pas ramassé ses lettres. Je les ai récupérées. J'ai pensé qu'il était parti en week-end. Il y a quelque chose d'autre aussi... La fenêtre de sa chambre, au sous-sol, est restée allumée depuis ce matin à l'aube.

Cette fois, Mme Denise a la certitude qu'un « accident » est arrivé. Comme elle ne se sent pas le courage d'aller seule chez l'avocat, elle téléphone à un couple d'amis de celui-ci, qui viennent aussitôt la chercher en voiture : Patricia M. et Michel D. La jeune femme est châtain clair, jolie, l'homme brun, frisé, de petite taille.

L'immeuble de maître X. est une bâtisse en pierre de taille jaune, du début du siècle, à laquelle on accède par deux portes cochères voûtées, semblables aux orbites caves d'une tête de squelette.

Mme Denise, ses amis (et la concierge, Mme Fernandez, une grande femme brune de 30 ans qui s'est jointe à eux au passage) pénètrent dans la cour pavée de l'immeuble.

Il est 18 heures. La nuit est déjà presque totalement tombée. Au-dessous du niveau de la cour, au bas de petits escaliers, la fenêtre de la chambre de l'avocat continue de diffuser, à travers des rideaux beiges, une lueur dorée. Mme Denise marche jusqu'au fond de la cour, à gauche, où donne la porte vitrée de l'escalier D. Sans conviction elle appuie une fois sur le bouton de l'interphone correspondant à la carte de visite de maître X. (la dernière en bas d'une liste de huit noms). Aucune réponse. Le haut-parleur de l'appareil reste muet. Elle sort ses clefs, ouvre la porte vitrée, traverse le petit hall couvert de carrelage gris et marron. Juste en face, au même niveau, se trouve la porte palière du cabinet.

« ... C'est une porte boisée dans sa partie inférieure et équipée de verre cathédrale protégé de fer forgé dans sa partie supérieure : deux poignées rondes en métal jaune y sont montées ainsi que deux serrures, l'une étant la serrure principale, l'autre le verrou intérieur... », dira le procès-verbal de police dans son style d'une méticulosité inimitable.

Mme Denise glisse la clef dans la serrure principale. Elle donne un quart de tour. La porte s'ouvre aussitôt. Elle entre. La première pièce est plongée dans l'ombre. Si ce n'est, remontant du sous-sol par l'escalier à pic, cette lumière faible et diffuse déjà aperçue de l'extérieur.

Mme Denise avance à tâtons dans le clair-obscur. Face à la porte d'entrée, sur son bureau occupé par une machine à écrire couverte d'une housse, se trouve la lampe de travail. Elle l'allume. Ses affaires, les dossiers sur des étagères, derrière le bureau, sont en ordre.

Elle appelle :

– Monsieur !

A Michel D. et Patricia M. qui la suivent elle demande de descendre, par l'escalier, dans la chambre. Ses mauvaises jambes ne le lui permettent pas. De son côté, elle pousse une porte vitrée et pénètre dans la salle d'attente. A tâtons encore elle cherche, à droite, la lampe à pied qui est d'habitude posée sur un grand coffre en bois rustique. La lampe ne s'y trouve pas et le coffre, étrangement, est ouvert. Manifestement on y a fouillé. Elle finit par découvrir la lampe sur une chaise placée à côté de la porte fermant une troisième pièce : le bureau de l'avocat.

La lumière jaillit.

– Il n'y a personne ici ! lance une voix dans son dos.

C'est Michel D. qui crie de la chambre au sous-sol.

La porte du bureau de l'avocat est fermée. C'est une très haute porte à doubles battants complètement recouverte de miroirs. Comme Mme Denise veut la pousser, une face blême, portant des lunettes, lui saute au visage : c'est son propre reflet que les glaces lui renvoient comme une gifle.

A peine un des battants a-t-il pivoté de quarante-cinq degrés vers l'intérieur du bureau, il rencontre un obstacle. La pièce, là aussi, est obscure. Mais le triangle de lumière projeté par l'entrebâillement de la porte fait surgir brusquement de l'ombre la tête ensanglantée d'un homme gisant au sol. Ses yeux sont écarquillés, sa bouche entrouverte. C'est maître Antoine X.

Elle pousse un cri et tombe, saisie d'un malaise, dans les bras de Patricia M. placée juste derrière elle.

A ce cri Michel D. accourt.

– Il est mort, souffle Mme Denise.

En elle-même, elle songe : « Pourquoi a-t-il fait ça ? » Elle suppose en effet qu'il s'est suicidé, peut-être à cause de ses mauvaises affaires...

– J'appelle la police, dit Michel D.

Effrayés, ils se replient tous trois vers la première pièce, où est restée la concierge. Mme Denise indique le téléphone, placé au sol, sous son bureau. Michel D. forme le 17 : Police-Secours.

Il est 19 heures.

« J'ai dû appeler ensuite la mère de maître X. », racontera plus tard Mme Denise.

– Il est arrivé un malheur !

– Quoi, répond Adrienne X... Il est blessé ?

– C'est très grave.

– Il est mort ?

– Oui ! répond Mme Denise qui entend un cri à l'autre bout du fil.

– Ce n'est pas possible.

– Il ne bouge plus, il...

– Faites quelque chose, appelez un médecin, il y en a un dans l'immeuble...

La concierge monte au deuxième étage chercher le docteur H., médecin à la retraite. Celui-ci descend aussitôt. Il entre dans le bureau de l'avocat plongé dans l'obscurité, enjambe le corps, finit par trouver une lampe. La lumière surgit dans une pièce bouleversée. En face de la porte, le canapé de velours bleu est sens dessus dessous. Sur la gauche, devant le bureau, un énorme fauteuil, de velours bleu lui aussi, est renversé. Des coussins jonchent le sol, des dossiers, des paperasses éparpillées. Le corps repose parallèlement à la porte. Les chevilles sont attachées avec des liens de tissu rose ainsi que les poignets placés au-dessus du crâne. L'avocat gît dans une mare de sang, au milieu d'un tapis. Tout autour de lui : des sachets blancs de médicament Smecta ; des sacs poubelles en plastique bleu ; à la hauteur des hanches un portefeuille rouge et, non loin, une brosse à dents verte. Le visage est tuméfié. Le crâne, dégarni, est couvert de plaies. A droite du crâne est posée une perruque brune dont la partie interne est ensanglantée.

Le docteur H. se penche sur la victime. Nul doute qu'il s'agisse d'un assassinat. Il dénombre quatre plaies sur le crâne, et quatre trous sanglants perçant le pull-over beige en V, à hauteur de la poitrine.

Le corps est froid.

– Il est mort il y a plusieurs heures, dit le médecin. Surtout ne touchez à rien.

Sur le bureau de l'avocat, deux téléphones ; leurs fils sont arrachés. Le docteur H. retourne dans la première pièce, bureau de Mme Denise. Il appelle Adrienne X. :

– Il est mort, explique-t-il.

– C'est impossible, c'est...

– Son corps est froid.

– Réchauffez-le !

« Je ne savais plus ce que je disais, j'avais complètement perdu la tête » expliquera Adrienne X.

Il est 19 heures 20.

Le car bleu et blanc de Police-Secours n° 8 a traversé à toute allure le boulevard Pereire, vers l'ouest, jusqu'à la place du Maréchal-Juin. Son pare-brise est éclaboussé par l'éclat des lumignons de Noël verts, bleus, jaunes, rouges pendant en guirlandes, d'un immeuble à l'autre, au-dessus des rues. Les vitrines des magasins de luxe sont illuminées. Le gyrophare bleu du car balance à tous les points cardinaux sa flèche phosphorescente. Il stoppe bientôt avenue de Villiers, devant la double porte cochère noire. Un brigadier-chef, son adjoint et quelques policiers en tenue s'engouffrent sous les arcatures du hall de l'immeuble. Leurs silhouettes en uniforme rebondissent sur les hauts miroirs ornant le couloir. Ils traversent la cour. Mme Denise les attend sur le pas de la porte.

Le brigadier-chef va jeter un œil au corps.

– Il n'était pas homosexuel, votre patron ? demande-t-il à la secrétaire. Ces mains attachées au-dessus de la tête... ces traces de torture... ça ressemble à un crime rituel...

– Non, répond-elle, je ne pense pas. Il était très porté sur les femmes.

Le brigadier-chef recueille les premiers témoignages. Un policier descend dans la chambre. Elle est, elle aussi, sens dessus dessous. Plusieurs fauteuils en osier sont renversés. Les oreillers, éventrés, ont laissé s'échapper un flot de plumes qui enneigent le sol de la pièce.

Bientôt, devant l'immeuble, une multitude de voitures de police viennent stationner. La cour bourdonne : voisins alertés, passants, tout le monde y va de son commentaire. A 20 heures 10 débarque le commissaire Flaesch (prononcer « Flèche ») de la brigade criminelle : élégant, élancé, œil clair, vif, nez rectiligne, son allure est étrangement en « assonance », dirons-nous, avec son nom : rapide, acérée. A ses côtés un membre du Conseil de l'ordre des avocats représentant le bâtonnier.

Simultanément sont arrivés les photographes de l'Identité judiciaire. Le corps sanglant est mitraillé par les flashes...

La machine policière, inexorable, s'est mise en marche. Amis, parents des victimes ne sont plus que des acteurs secondaires écartés sur les bords de la scène tandis que les inspecteurs mesurent, un mètre en main, la position du corps par rapport aux murs et aux meubles, la longueur des blessures, la taille des taches de sang.

On relève les possibles empreintes digitales, on pèse, soupèse, décrit soigneusement chaque objet : sur le bureau, ces lunettes à bord doré, écrasées, dont les verres sont éparpillés en mille morceaux ; cet agenda de l'année en cours, 1984, où sont inscrits de nombreux prénoms de jeunes femmes et des téléphones... carnets d'adresses, cartes de visite, lettres, cartes postales, photos... Sous le coussin d'un fauteuil, un coupe-papier argenté dont la lame est tordue ; dans l'évier de la petite cuisine-salle de bains jouxtant le bureau, une chemise rose, Yves Dorsey, 50 % polyester, dont le plastron a été arraché, etc., objets épars, pièces de puzzle, morceaux énigmatiques d'une vie qu'il faudra tenter de mettre bout à bout, de confronter, pour en tirer le sens caché. Ces objets seront placés chacun dans un sac de plastique transparent, soigneusement étiquetés (avec leur description, la date de découverte), puis cachetés à l'aide d'un bâton de cire rouge et d'un vulgaire chalumeau butane.

Mme Denise est complètement dépassée par les événements. Elle est harcelée de questions, d'un côté, par le représentant du bâtonnier qui lui demande quels dossiers maître X. avait à plaider la semaine suivante, afin qu'il les confie à un autre avocat ; de l'autre, par les policiers qui, toutes les cinq minutes, viennent la chercher dans la salle d'attente où elle s'est réfugiée pour l'entraîner dans le bureau.

« A chaque fois ils me faisaient enjamber le corps de maître X., c'était épouvantable. J'ai dû l'enjamber au moins six ou sept fois. Ils me demandaient : " Cette chemise rose, il la portait hier soir ? ", ou bien : " Cette fille sur cette photo, vous la connaissez ? ", ou bien : " Ce numéro de téléphone, c'est qui ? " A la fin je leur ai dit : " Je n'en peux plus, vous ne pourriez pas déplacer le corps, que je n'aie plus à l'enjamber... " Un inspecteur m'a dit : " Vous êtes bien sensible. " »

Quelques objets sont négligés : une éponge jaune scotch-brite, avec un côté abrasif vert taché de sang, abandonnée sous le bureau ; sur la cheminée, *L'Officiel des spectacles* n° 1980 ouvert à la page des programmes télé de la semaine du mercredi 5 décembre 1984 au mardi 11 décembre...

Cependant, depuis une demi-heure déjà, Mme Adrienne X. roule à vive allure dans un taxi. De sa villa de Dreux jusqu'à Paris cela fait 70 kilomètres. Elle arrive vers 21 heures.

« Je suis entrée dans l'appartement. Un grand jeune homme

blond m'a barré le passage. Quand je lui ai donné mon identité il m'a prise dans ses bras chaleureusement, m'a serrée contre lui : " N'y allez pas, m'a-t-il dit, je vous en prie, n'y allez pas " (je voulais voir mon fils). Il y avait dans sa voix une si sincère émotion ! Plus tard j'ai appris que ce tout jeune homme était le commissaire Flaesch de la brigade criminelle. Il n'avait alors que 28 ans. Je n'ai pas vu le corps d'Antoine. Je le regrette aujourd'hui... Je suis restée dans la première pièce de l'appartement, le bureau de la secrétaire. De là j'ai téléphoné à mon petit-fils. Je lui ai dit : " Marc, courage, on ne pleure pas. Ton père a eu un accident de voiture. Il est à l'hôpital... " Un monsieur, le procureur je crois, m'a dit : " Madame, j'admire votre sang-froid. " J'ai appelé ensuite ma sœur et ma nièce. Celle-ci est allée chercher Marc et l'a ramené chez elle. Elle habite Paris. Nous avons passé la nuit chez ma nièce. Marc dans son lit m'a dit : " Mamie, raconte-moi une histoire. – Pourquoi veux-tu que je te raconte une histoire ? Le Chat Botté, tu connais, le Chaperon Rouge, tu connais. " Il a souri, il s'est endormi. »

Entre-temps les gardiens de la paix ont extrait de derrière la banquette du fourgon n° 8 le brancard de toile grise rangé là. On y charge le corps de l'avocat. Entre les deux banquettes il y a tout juste la place pour un brancard déplié. Dans la nuit éblouie de néons, le corps cahotera, voyage funèbre, étrange, mystique, tout au long des boulevards Niel, Mac-Mahon, descente hallucinante des Champs-Élysées, sous la pluie d'or chue des lumignons de Noël pendus d'un bord à l'autre de l'avenue ; étoiles multicolores, sapins, lunules électriques. Et puis c'est la fuite tout au long des eaux noires, léthéennes de la Seine coulant en sens inverse, quai des Tuileries, quai de la Mégisserie. Surgissent dans la nuit les tours médiévales du Palais de Justice, blêmités de pierre, hérissées de toits ardoisés pointus, quai de Gesvres, quai des Célestins, quai Henri-IV, quai de la Rapée enfin : le car de police longe l'ombre d'un bâtiment de brique sombre dont les lumières sont allumées toute la nuit. A hauteur du café de l'Institut, le fourgon braque sur la droite. Il descend presque au niveau de la Seine, se garant sur les pavés inégaux d'une sorte de parking, juste à l'arrière du bâtiment de brique : l'ombre d'un policier sort du fourgon, sonne à une énorme porte d'acier vert. Un judas grillagé s'ouvre en grinçant. Quelques mots sont échangés... Le corps d'Antoine X. finira la nuit dans un casier frigorifique de l'Institut médico-légal de Paris.

Au café de l'Institut la patronne fait quelques rangements. Le manège des cars de police qui vont, viennent, s'arrêtent et repartent, elle le connaît trop. Sa serveuse, Loulou, elle aussi est blasée. Elle lave des verres. A peine si elle prête attention aux flèches bleues phosphorescentes des gyrophares qui viennent lécher la vitrine du café.

Autrefois, quand on ne se payait pas d'euphémisme, on l'appelait « la morgue ». Au XVIIe siècle elle était installée dans les caves du Châtelet où les cadavres anonymes par dizaines étaient entassés. Seigneurs et manants, belles dames et filles de joie s'approchaient en tremblant du charnier nauséabond, une lanterne à la main, pour tenter de reconnaître un proche disparu. C'est ensuite à la pointe de l'île Saint-Louis que fut établie la morgue. Les corps y étaient exposés à la curiosité publique, et c'était toute la journée un défilé de névrosés et de sadiques qui venaient se pencher sur cette pourriture. Depuis 1923, elle se trouve sur le quai de la Rapée, étroitement enserrée, avec son petit jardin à l'herbe miteuse, entre la Seine qui coule à ses pieds, le long de la voie sur berge, le métro qui l'enlace, sur la rive droite, après avoir enjambé le fleuve d'un grand écart de fonte argentée, et le pont d'Austerlitz, au nord-ouest. Nouvellement baptisée IML, Institut médico-légal, la morgue est un bâtiment de trois étages : en bas, au niveau de la Seine, il est construit d'énormes pierres taillées noires ; au deuxième, au niveau du quai de la Rapée, ce sont des briques rouge sombre ; au troisième, du ciment blanc.

Le voyageur curieux qui se penche par la fenêtre de la rame du métro, au moment où l'arche du pont aérien atteint la rive droite, verra souvent, en contrebas, à l'ombre de grands arbres, des voitures de police, des corbillards ornés de couronnes de fleurs multicolores, et des gens attroupés, en deuil, devant une porte à judas.

De l'autre côté de cette porte se trouve une grande salle carrelée de blanc dont le mur de gauche est tapissé par 170 casiers d'acier gris : les tiroirs frigorifiques. A droite un jet d'eau qui sert à nettoyer les cadavres en décomposition (et, incidemment, les voitures des employés de la maison). Immédiatement, dès qu'on entre dans les lieux, une odeur âcre prend à la gorge.

Au fond une porte à glissière grise ouvre sur un énorme monte-charge par lequel, sur des civières roulantes, les corps sont transportés à l'étage supérieur : là, dans un grand couloir, sur d'autres civières, patientent d'autres corps, comme des malades dans une salle d'attente préopératoire. Corps carbonisés dont les membres noirs semblent figés dans la position même où la mort les a surpris ; corps de noyés, verdâtres, marbrés de mordorures sanieuses ; enfants dont le visage méconnaissable s'encroûte d'un cocon de sang coagulé, brunâtre. Corps déjà à demi décomposés, corps qui ne sont déjà plus des corps, formes informes, vides, prêtes à rejoindre la matière originelle, la glèbe... « *La chair changera de nature ; le corps prendra un autre nom ; même celui de cadavre ne lui demeurera pas longtemps : il deviendra un je ne sais quoi qui n'a plus de nom dans aucune langue : tant il est vrai que tout meurt en lui, jusqu'à ces termes funèbres par lesquels on exprimait ses malheureux restes*[1]... »

Ce couloir donne accès aux deux salles de dissection : salles carrelées de blanc avec en leur centre des tables, en carrelage blanc aussi, espèces d'autels sacrificiels, où reposent des cadavres, ici nus, là habillés.

Autour de ces tables s'affairent des hommes en blanc tandis qu'un policier en civil, un carnet à la main, note les observations que le médecin légiste lui dicte. De cinq à six cadavres sont ainsi traités, chaque jour. Le processus est toujours le même : déshabillage du corps, qui semble se débattre, dans un ultime sursaut de pudeur, contre les mains de l'aide-légiste qui l'empoignent, ôtent une à une ses hardes : pantalon, chemise, slip, chaussettes...

Ensuite, avec une espèce de couteau de boucher énorme, on procède à une incision de la peau du menton jusqu'au pubis. Sur

1. *Sermon sur la mort,* Bossuet.

une planche de bois placée sur les jambes du « patient », les viscères sont déposés, foie, intestins. Puis la scie semblable à une vulgaire scie à bois entre en jeu. Les côtes sont tranchées afin que cœur et poumons puissent être examinés. La scie s'attaque alors à la tête, après cependant qu'un scalpel a incisé le cuir chevelu et qu'on a rabattu celui-ci, comme un masque, sur le visage du cadavre. On découpe la calotte crânienne. Telle une moitié de noix de coco elle est déposée à côté du cœur et des autres viscères sur la planchette, suivie bientôt par la masse grise du cerveau. Après que toutes observations ont été faites et notées, pour chaque organe, que toute lésion a été mesurée, au centimètre près, que sa couleur a été décrite, on remballe le « tout », foie, cœur, cervelle, pêle-mêle dans le ventre de la victime qui sera recousu. Bon an mal an, la calotte crânienne sera ressoudée au reste du crâne. On fera une brève toilette au corps avant de le rendre à la famille qui attend au-dehors, dans le corbillard, ou peut-être tout à côté dans la chapelle ardente.

Auparavant cependant, pour examen au laboratoire de toxicologie situé au troisième étage, on aura prélevé du sang et de l'urine à la louche ou à la seringue, et quelques tranches de foie, de poumon et de cervelle. Ces morceaux d'organes, le sang et l'urine sont placés dans des petites boîtes blanches, scellées, annotées, numérotées, et mises en attente au sous-sol, dans les frigos du greffe de l'IML.

Leur contenu peut constituer des preuves d'importance.

C'est dans une des salles de dissection que l'inspecteur principal Christian P. a rendez-vous, à 10 heures précises, le dimanche 9 décembre 1984, avec la dépouille mortelle d'Antoine X., découverte la veille à peine. Le docteur B. et ses aides sont déjà là.

Le policier pénètre à l'Institut par l'entrée du 2, place Mazas. Il connaît bien le chemin. Des autopsies, il en a vu beaucoup. Beaucoup trop.

Le corps de maître X. l'attend. Les pieds et les poings toujours liés avec des morceaux de chiffon rose. A sa cheville gauche une étiquette : n° 3644, poids 63 kilos, taille 1,65 mètre.

On relèvera cinq ecchymoses sur le visage et douze plaies :

quatre au crâne, une au cou, six perforant la poitrine, une dans le dos. Antoine X. a dû se battre. Il a été torturé sans doute. Les conclusions du légiste se résument en une phrase : « La mort serait due à l'importante hémorragie interne résultant de la blessure à l'aorte. »

Vers midi, le personnel de l'IML, pour une bonne part, va déjeuner au café de l'Institut, à l'angle de la rue Traversière et du quai de la Rapée.

Entre la poire et le fromage, la cervelle vinaigrette et la crème renversée, fusent des plaisanteries sinistres, mais nécessaires sans doute : pour « exorciser ». On entend parfois aussi de surréalistes revendications syndicales. Les aides-légistes *alias* « identificateurs » en ont « ras le bol » de faire tout le « sale boulot », laver, découper la bidoche pendant que les médecins font de savants discours sur les corps. « Et après l'*opération,* pendant que ces messieurs touchent leur fric, nous on recoud et on nettoie. »

Les tarifs varient d'une ville de France à l'autre autour de 250 francs pour l'autopsie d'un nourrisson, 625 francs pour un cadavre adulte propre et plus de 1 125 francs pour un cadavre un peu « avancé »[1]. L'aide-légiste encaisse, lui, moins de 10 % de ces sommes.

Le steak a du mal à passer.

Le café de l'Institut, on le dirait sorti d'un film de Carné : tables en formica jaune. Au fond, recouvrant tout le mur, une immense photo en couleurs représentant une forêt ; un baby-foot ; quelques plantes grasses sur le bar en cuivre. On ne serait pas surpris de voir Louis Jouvet et Arletty attablés dans un coin devant un petit blanc. Nombre d'acteurs d'ailleurs ont fréquenté les lieux : Lino Ventura, Simone Signoret venus tourner à l'IML quelques scènes de film noir.

« Autrefois, dit la patronne, qui tient l'établissement depuis quarante ans, c'étaient des corbillards à cheval qui venaient chercher les cercueils. Les gens suivaient à pied. Ils prenaient la rue Traversière, remontaient jusqu'à l'église Saint-Antoine. »

1. Prix 1984. En 1989, on a respectivement 375 francs, 750 francs, 1 250 francs.

La mort aussi change de visage.

A Paris il est midi pour tout le monde. Chez la nièce de Mme Adrienne X. ce même dimanche 9 décembre, le petit Marc pose des questions. Il veut aller voir son papa qu'il croit toujours accidenté :

– Mamie, emmène-moi à l'hôpital.

Adrienne X. a décidé alors de dire la vérité. Elle en est tombée d'accord avec Gene, la mère de Marc, qui vit en Belgique. Elle doit d'ailleurs arriver à Paris dès le lendemain.

Adrienne prend le petit garçon dans ses bras :

– Ne pleure pas, lui dit-elle, comme la veille. Je t'interdis de pleurer, tu entends. Il faut que je te dise, ton papa est mort.

Le gamin regarde sa grand-mère : dans les yeux de la vieille dame il voit couler des larmes.

– Mais tu pleures, toi, dit-il.

– Mais non, répond-elle, on a toujours des larmes dans les yeux.

36, quai des Orfèvres. Plus d'un nabab voudrait racheter à la brigade criminelle ses bureaux, pour y installer sa garçonnière. Du troisième étage, vue imprenable sur la Seine. Au premier plan, l'arche de pierre blanche du Pont-Neuf, puis la passerelle d'acier noir du pont des Arts ; à gauche, l'Académie française et sa coupole ; à droite, la belle enfilade grise du palais du Louvre. Mais ni le commissaire Flaesch ni les inspecteurs de la brigade criminelle n'ont le temps de se pencher aux fenêtres pour voir cheminer lentement, en contrebas sur le fleuve, les péniches noires et lourdes.

La « Crime » avait déjà assez de travail avec « le tueur de petites vieilles », un fou, sans doute, qui suit les dames âgées à la sortie des bureaux de poste et autres, où elles touchent leur retraite, s'introduit avec elles dans leur appartement et les étrangle ou les étouffe pour leur voler quelques billets de 100 francs. C'est la psychose à Paris. Les vieilles dames n'osent plus sortir. Les pétitions se multiplient, même les hommes politiques commencent à s'agiter. En un mois, huit petites vieilles ont été massacrées : le 5 octobre 1984, Annie Barbier, 83 ans, 10, rue Saulnier, IXe ; le 9 octobre, Suzanne Foucault, 89 ans, 19, rue Nicolet, XVIIIe (étouffée la tête dans un sac en plastique) ; le 2 novembre, Iona Seicaresco, 71 ans, institutrice, 60, boulevard de Clichy, étranglée ; le 6 novembre, Jeanne Laurent, 82 ans, 76, rue Armand-Gauthier ; le 7 novembre, Alice Benaïm, étouffée avec une serviette éponge, ligotée sur son lit : on lui a fait avaler le contenu d'une bouteille de Destop (produit acide servant à déboucher les canalisations) ; le même 7 novembre, Maryse Choy, 80 ans, 77, rue Pujol, XVIIIe ; le 7 novembre encore, Maria Mico-Diaz, 75 ans, 27, rue des Trois-Frères, XVIIIe ; le 12 novembre, Paule Victor, 77 ans, 8, rue Keller dans le XIe... La mort d'Antoine X. advient vingt-cinq jours plus tard. Certains journalistes ont fait le rapprochement. Les policiers n'y croient guère.

Pour eux commence un véritable travail de « tâcherons », comme dit le commissaire Flaesch. On appelle ça encore le « rouleau compresseur ». Tous les carnets d'adresses et agendas trouvés chez l'avocat sont minutieusement dépouillés. Et ce n'est pas peu dire : y figurent plusieurs centaines de noms. Faudrait-il convoquer tous ces gens, les interroger, confronter leurs témoignages ?

Le « rouleau compresseur » commence à fonctionner. Le soir même de la découverte du cadavre, le 8 décembre à 22 heures et quelques Mme Adrienne X. et Patricia M. pénètrent dans la jolie cour pavée du Quai des Orfèvres. Sur la gauche elles poussent une porte vitrée, juste à côté de la cour d'appel, et grimpent un escalier recouvert de vieux linoléum noirâtre marbré de blanc : gondolé, usé, râpé par les incessantes allées et venues d'hommes en uniforme, de témoins, d'inculpés traînés au bout d'une laisse de cuir attachée à leurs menottes, comme de dociles caniches. Bruits de godillots heurtant le sol, éclats de voix qui résonnent sous les hauts plafonds, rires, beuglements, claquements de portes. C'est un éternel ballet, de jour, de nuit, de nuit, de jour. Les deux femmes escaladent trois paliers avant d'arriver au second étage. Là, une grande vitre de verre blindé. Derrière son hygiaphone, somnole un planton en uniforme bleu. C'est le « sas ». Une porte de verre s'ouvre automatiquement. Il faut encore grimper un étage pour arriver à la Crime.

A 22 heures un inspecteur prend la déposition de Patricia M., à 22 heures 10 une femme inspecteur prend celle de Mme X. Ça n'est guère facile de trouver un bureau libre pour « interviewer » les témoins. Les locaux sont insuffisants. Les inspecteurs chargés de l'affaire sont entassés dans une grande pièce à sept ou huit, chacun derrière son bureau où s'érigent, en équilibre instable, des piles de copieux dossiers au milieu d'un fatras de cendriers saturés de mégots, de fagots de stylos-billes, agrafeuses et buvards. Armoires de fer grises, lampes à grands abat-jour, rien que de tristounet. Odeur de tabac froid et de sueur. Pour ajouter une touche de fantaisie là-dedans, sur le mur juste à gauche de la fenêtre donnant sur la magnifique perspective de la Seine et de ses ponts, deux affiches de cinéma : *La Crime* et *La Balance*.

Cinq à six téléphones braillent sans cesse, les touches des machines à écrire crépitent, tapant des procès-verbaux.

Ce sont d'abord les proches de maître X. qui viennent déposer, puis les amis qui ont spontanément contacté la police, ayant appris, dès le samedi 8 décembre, la mort de l'avocat, annoncée à la télévision. Les inspecteurs enregistrent, le commissaire Flaesch et ses adjoints confrontent les déclarations, essayant de reconstituer ainsi l'emploi du temps de la victime le jour du meurtre et de déterminer quels sont les suspects possibles ou les témoins qu'il serait intéressant de rencontrer. A partir de ce puzzle si embrouillé (le dossier en fin de parcours comptera plusieurs milliers de pages), va peu à peu se dessiner la personnalité de la victime.

Ses traits physiques on les connaît : les inspecteurs sur leur bureau ont des photos de lui, en couleurs, données par ses proches. Un homme, plutôt petit, avec un visage avenant, ouvert, dégageant à première vue de la sympathie. De beaux yeux bleus. Le front cependant, avec la cinquantaine, a commencé de se dégarnir : « Il a essayé les implants, dit une de ses amies, et puis, faute de mieux, il a opté pour la perruque. »

Confronter des procès-verbaux, cela ressemble un peu à ces jeux qu'on trouve dans les journaux, où il s'agit de tracer, entre plusieurs chiffres placés sur une page, un trait au crayon, de sorte qu'à la fin surgit une figure.

Maître Antoine X. était un avocat « en repli professionnellement », selon un de ses collègues, plutôt « bohème », « marginal », et amateur de jolies femmes. « Il aurait pu avoir une carrière très brillante, il en avait toutes les capacités. » Il s'est peu à peu spécialisé dans les divorces et serait devenu « un artiste dans le domaine des accidents de la route ». Généreux, désintéressé, il lui arrivait trop souvent de donner des consultations à l'œil à ses très nombreux amis. « J'en ai marre, s'exclamait-il parfois, de divorcer gratis les copains. » Selon les déclarations du commissaire Flaesch au procès, il aurait été une connaissance d'une très belle starlette soviétique. Il avait tenté peu de temps avant sa mort de la recontacter. Le mari de celle-ci avait été assassiné jadis dans des conditions restées obscures (on a pensé à une affaire d'espionnage). Or le lendemain du crime elle était interviewée à la télévision, pour la parution d'un de ses livres. Les policiers ont cru trouver là une piste... Antoine X. fréquente aussi le milieu des Champs-Élysées. Son QG c'est le Jardin de La Boétie, « restaurant échangiste », dira-t-on au procès, où sévit un de ses vieux complices, le *public relation* des lieux bien connu sous le nom de Bébert, figure haute en couleur du monde de la nuit. La cinquantaine pétant le feu, petit, râblé, hâbleur, cet homme possède une dizaine de carnets d'adresses épais, bourrés de noms de célébrités et de jolies filles : mannequins, apprentis mannequins, dactylos et shampooineuses, actrices de séries A, B, X, Y ou Z, mais avant tout belles, jeunes, fraîches, craquantes et croquantes.

« Le Jardin de la Boétie, c'était un restaurant qui pouvait contenir jusqu'à 250 personnes, explique Bébert. Il faisait salle comble presque tous les soirs. On y trouvait le gratin du showbiz et du cinéma : photographes de mode, metteurs en scène, mannequins, starlettes. »

Fréquentent aussi l'établissement force commerçants du prêt-à-porter, radiologues, médecins, avocats d'âge plus ou moins avancé, et toutes sortes de seconds couteaux du monde du showbiz. Côté féminin on trouve des coiffeuses, monitrices d'aérobic, figurantes rêvant d'être stars, et vendeuses de chaussures, sinon serveuses de McDo aspirant à la gloire des top models. Des chômeuses aussi. Au La Boétie on vient chercher un Prince Charmant, un mari ou un employeur : producteur ? photographe ? C'est l'ANPE, le « Womanpower » des minettes. Endroit composite, auberge espagnole où l'on trouve de tout, mais surtout des jolies filles.

« C'était une véritable volière », confie une habituée.

La veille du meurtre, jeudi 6 décembre, maître Antoine X. est allé dîner au Jardin.

Le 7 décembre, vers 9 heures du matin, il croise Mme Fernandez qui « fait les cuivres » dans le hall de l'immeuble. La température est relativement douce. La météo a annoncé pour le week-end de « hautes pressions bien installées sur l'Europe, qui protègent la France des perturbations atlantiques, mais sont favorables à la formation de brouillards. Température autour de 9° ». Antoine X. a enfilé une veste à carreaux, un pantalon de velours bleu. Le col de sa chemise est ouvert « décontracté ». Comme chaque matin il traverse la place du Maréchal-Juin et remonte la rue de Prony dans la direction du parc Monceau. Il s'arrête au café Baralba (aujourd'hui le Relais de Prony) qui fait angle avec la rue Pierre-Demours (avant qu'il ait cessé de fumer, il allait non loin, au Pereire, qui fait tabac, il achetait des Stuyvesant bleues). Comme chaque matin, il jette un œil au *Parisien* posé sur le bar de cuivre. Un titre l'attire : TUEUR DU XVIIIe, RAFLE À LA GOUTTE-D'OR, c'est l'anonyme assassin de vieilles dames qui défraie la chronique. (« J'avais plaisanté avec lui là-dessus, juste quelques jours avant le meurtre, raconte sa secrétaire Mme Denise. J'habite en effet le XVIIIe. Je lui avais dit : " Si vous ne me voyez pas venir un jour, vous saurez pourquoi ! " ») L'affaire l'intéresse. Il a d'ailleurs gardé un vieil exemplaire du *Matin de Paris,* datant du 16 novembre, où un long reportage est consacré à ces assassinats. On retrouvera le journal le lendemain soir : taché de sang, à côté du corps sans vie de l'avocat.

En grands caractères, un autre titre sensationnaliste : ASSASSINÉS UN PAR UN... L'HORREUR EN BOUT DE PISTE, CINQ PASSAGERS ONT ÉTÉ ABATTUS (il s'agit des otages d'un Airbus détourné, immobilisé sur l'aéroport de Téhéran). Il est question encore des fêtes de Noël. Des pauvres et des « nouveaux pauvres » qu'on semble découvrir avec la crise qui frappe la France. L'abbé Pierre, fondateur des chiffonniers d'Emmaüs dans les années cinquante, revient à la mode. Antoine jette quelques pièces sur le bar de cuivre, puis il remonte nonchalamment la rue Pierre-Demours jusqu'à son intersection avec la rue de Courcelles. Il entre dans la boulangerie Gilles.

Mme Fernandez le voit revenir, une baguette sous le bras, comme chaque matin.

Son dernier matin.

Mme Denise est arrivée. Elle s'est installée derrière sa machine à écrire et son téléphone, dans la première pièce de l'appartement. L'avocat, lui, s'est retiré dans son bureau, derrière la porte à doubles battants couverts de miroirs. Vers 11 heures, Carla, une jolie Antillaise de 31 ans, téléphone au cabinet.

« Nous avions convenu le mercredi 5 décembre d'un rendez-vous pour le vendredi 7, à 22 heures 30, au bar du Berkeley, sur le Rond-Point des Champs-Élysées, expliquera-t-elle plus tard. Le vendredi matin j'ai appelé Antoine pour avancer l'heure de ce rendez-vous. Sa secrétaire m'a répondu qu'il recevait un client et ne pouvait prendre de communication. J'ai laissé mon nom sans autre explication. » Vers 12 heures appelle une autre amie : Nicole. Il lui parle de sa soirée de l'avant-veille « avec une Allemande ». Il était vaguement prévu qu'il dîne avec Nicole. Mais il ne propose rien, reste évasif. A vrai dire il semble très indécis quant à la façon dont il va passer sa soirée : rejoindra-t-il sa mère à la campagne ? Ira-t-il au dîner de l'Amicale des médecins que son ami le docteur T. donne à la Cascade chinoise, rue de Ponthieu ? Et puis il y a aussi « quelque chose de prévu » chez Christian et Issa : une « fête » où il avait pensé inviter Nicole... A moins qu'il n'aille chez Bébert, au Jardin de La Boétie ? Il ne sait trop. Le destin choisira pour lui.

De 13 heures à 15 heures, il va plaider au Palais, revient à son cabinet, téléphone à son dentiste, Claude H., pour fixer un rendez-vous, appelle la compagnie d'assurances GAN, pour un dossier d'accident, balance enfin les affaires courantes, le train-train. 16 heures : il n'a plus que sept heures à vivre. 17 heures, plus que six heures.

18 heures : Mme Denise remet la housse sur sa machine à écrire, vient dire au revoir à son employeur :

– Je vous souhaite un bon week-end.

– Oh, ça va pas être drôle. Il faut que je déménage tous mes dossiers.

A 18 heures 15 l'interphone sonne. Une voix s'annonce :

– Serge P.

C'est un client. Maître X. déclenche l'ouverture de la porte vitrée de l'escalier D dont le système fonctionne vingt-quatre heures sur vingt-quatre. Il est en chemise, col ouvert, et porte un pull en V. Il va ouvrir la porte de son appartement à son client et l'accompagne jusqu'à son bureau. Serge P. lui propose une cigarette :

– Non, j'ai arrêté de fumer, j'ai deux collègues qui ont un cancer à la gorge.

Antoine chausse ses lunettes à bords dorés posées sur le bureau, examine le dossier du visiteur : un dossier de divorce.

« Je suis parti vers 18 heures 30, dira plus tard Serge P. Aucun appel téléphonique n'a troublé notre entretien. »

Vers 19 heures 30, un vieil ami architecte, Serge V., appelle l'avocat :

– Je dîne ce soir au Jardin, tu veux te joindre à moi ? demande Serge V.

– Non, pas possible, j'attends une fille pour aller dîner chez des amis.

– Si ton dîner finit tôt, rejoins-nous !

– Entendu.

« 7 heures du soir, explique Serge V., c'est l'heure des coups de fil dans le monde de la drague. On téléphone à l'un, à l'autre, on laisse plusieurs rendez-vous en suspens, et à la fin on choisit. Des milliers de coups de téléphone rose se donnent entre 19 heures et 20 heures à Paris... »

Vers 20 heures 15, l'avocat appelle ces amis chez qui il doit dîner. C'est Issa qu'il a au téléphone :

– Nicole s'est décommandée, je ne viendrai pas avec elle, dit-il. Mais je viendrai peut-être avec une jeune fille, elle a 20 ans. On n'arrivera pas avant 10 heures moins le quart. Si on n'est pas là à 10 heures moins le quart, dînez sans nous. Je dois la voir vers 9 heures, 9 heures et quart !

Le temps passe. Antoine X. prend le manuscrit d'une centaine de pages posé sur son bureau. C'est un roman qu'il a décidé d'écrire narrant les aventures d'un certain Bobo pendant le conflit de 14-18. Peut-être pourrait-on en tirer un film ? Il a des relations dans le cinéma. « Si mon livre marche, a-t-il confié à Mme Denise, j'en écrirai d'autres, et je ne m'occuperai plus que des dossiers intéressants. »

Antoine X. est devenu avocat un peu par hasard. Il a plutôt un tempérament « artiste ». Il préfère la lecture de Maupassant à celle du Code civil. Hélas, il n'a guère le temps de lire Maupassant.

Il corrige quelques feuillets de son manuscrit, puis décroche le téléphone et compose le numéro de sa mère à Dreux :

– J'allais t'appeler, dit celle-ci.

Elle vient de jeter un œil sur le cadran de son horloge : il est 21 heures 15.

– Tu sais que je t'appelle tous les soirs avant de sortir, dit-il.

« Il y avait une très grande complicité entre moi et mon fils, confiera Mme X. Souvent il venait chez moi à la campagne avec une jeune femme. Il me disait : " Celle-là, qu'est-ce que tu en penses ? " Si je faisais la moue, il concluait : " Bon, je l'éjecte. " Il m'appelait tous les jours pour me raconter comment il allait passer sa soirée. Ce 7 décembre il m'a dit :

– Je sors avec une fille. Tu ne la connais pas.

– Eh bien, ai-je répondu, si tu ne viens pas, je regarderai la télé. Il y a Dalida. »

A ce moment même en effet Dalida interprète *Money, money* sur TF1.

– Ah non, ne regarde pas Dalida ! Attends.

Il pose le combiné sur son bureau, à côté du manuscrit de Bobo, et va consulter *L'Officiel des spectacles,* placé sur le manteau de la cheminée, à côté d'une potiche. Il le feuillette, le plie à la page 189, où figurent les programmes télé...

– A 23 heures, dit-il à sa mère, il y a *Les Sept Samouraïs.*

– Je les ai déjà vus, tant pis, j'essaierai de dormir.

Il raccroche. Rédige une, deux, dix pages de son roman (il a embauché un « nègre » pour le remettre en forme et c'est sa secrétaire qui le tape).

A 21 heures 45 il rappelle sa mère.

– J'ai écrit dix pages de Bobo. La « fille » n'est pas encore arrivée. Si elle ne vient pas, j'irai dîner chez Bébert. Et puis je viendrai coucher à la maison. Laisse le portail du jardin ouvert...

« Il est clair, d'après ses propos, expliquera Adrienne X., que s'il n'était pas accompagné il ne pouvait aller à ce dîner auquel l'avaient invité ses amis. Je n'ai pas regardé la télé. Je me suis couchée. Je n'ai pas fermé l'œil de la nuit. Vers deux heures du matin je me réveille. Je vais voir le jardin de la villa. J'espérais que la voiture d'Antoine y serait garée. Non ! J'ai essayé de me rendormir. Impossible. Je me suis fait du café. Je bois beaucoup de café, comme Antoine. La nuit était très douce pour la saison. On voyait des étoiles. Je suis retournée au lit. Et je me suis réveillée vers quatre heures. J'avais un pressentiment, une angoisse, comme pour la mort de mon père et de ma mère... »

...

Vers 21 heures, ce même soir, c'est en vain que le docteur T. attend maître X. à la Cascade chinoise, rue de Ponthieu : « J'avais invité Antoine à ce dîner de l'Amicale des médecins. M. X. était président de cette association. Je lui avais envoyé un carton. Le lundi 3 décembre, je l'ai appelé. J'avais un problème avec une déclaration de vol de véhicule. Antoine m'a dit qu'il n'était pas sûr de venir au dîner... Je le connais depuis sept ans. Nous nous voyions assez régulièrement. Quand je l'invitais, il me demandait toujours s'il pouvait être accompagné. Je l'ai vu une fois avec un mannequin, une autre fois avec une esthéticienne. »

Vers 22 heures 30 ce même vendredi 7 décembre, une jolie Antillaise attend maître X. au bar du Berkeley, assise sur un haut tabouret. Elle a bien grillé déjà six Marlboro. Elle s'appelle Carla. Le piano joue la ritournelle du *Port de l'angoisse.*

Maître X. ne viendra pas.

Quelle est cette fille qui devait passer le soir du drame chez l'avocat, selon la déposition de trois témoins ? On ne sait d'elle qu'une chose : elle a environ 20 ans.

Dans les carnets et agendas d'Antoine X., les candidates à ce rôle ne manquent pas : c'est un cheptel de Nathalie, Ingrid, Cathy, Valérie, Nicole, Carole, Florence, Martine, etc., prénoms le plus souvent non accompagnés de patronymes et qu'identifient seulement les chiffres si abstraits d'un numéro de téléphone.

S'il faut convoquer toutes ces filles, on n'en a pas fini.

Le dimanche 9 décembre, alors même que l'avocat passe sur la table d'autopsie, un de ses amis, Joël H., affronte, lui, le scalpel d'un inspecteur. Il évoque une jeune Tunisienne, qui aurait peut-être eu une brève liaison avec l'avocat. Elle l'avait contacté pour un divorce, son mari était violent et jaloux.

On pense à un crime passionnel.

Perquisition est faite le surlendemain au domicile de la jeune femme. Elle est mise en garde à vue pendant cinq heures. Puis relâchée.

Dans les bureaux de la Crime continuent de défiler les amis de l'avocat. Beaucoup sont des habitués du Jardin de La Boétie. On convoque aussi nombre de « créatures de rêve » dont les noms figurent dans ses carnets.

« Antoine X. était un dragueur, dit un témoin. Pour ses

dragues, il n'avait pas de lieu de prédilection. Il était capable d'aborder une inconnue n'importe où, dans un café, un restaurant. »

Un autre témoin précise la technique de l'avocat : « Il avait des amis dans le spectacle. Ça lui servait beaucoup à séduire les filles : il leur promettait de leur obtenir un rôle. »

Carine, une jolie blonde, grande, mince, pétillante : « On m'a présentée à lui il y a cinq mois environ. On m'a dit qu'il connaissait du monde. Comme je suis comédienne, j'étais enchantée de le rencontrer. C'était au Jardin de La Boétie. Nous avons sympathisé tout de suite, je l'ai trouvé charmant. Il m'a dit qu'il pouvait m'aider... J'ai donné ma carte à maître X. Il m'a donné la sienne. Il a promis de me faire rencontrer directement un producteur avec qui j'avais envie de travailler. »

Nicole est danoise, caissière à Burger King : « J'étais assise à une table du Jardin. Un monsieur que je connaissais de vue m'a abordée. Nous avons échangé quelques mots. Il m'a laissé sa carte. »

Une autre jeune femme dit qu'elle a été abordée dans un restaurant : « Il connaissait des gens qui étaient à ma table. Il est venu s'asseoir avec nous. On a sympathisé. Je suis monitrice d'aérobic. Je cherchais du travail. Il m'a dit qu'il connaissait un directeur de salle de sport que je pouvais intéresser. Il m'a donné sa carte. »

Ses cartes, donc, Antoine X. les semait à l'envi, comme le Petit Poucet ses cailloux blancs. Un peu imprudemment peut-être.

On égrène les témoins, on épluche les scellés : un dossier concernant une certaine société JPL Center, créée en 1977 et en faillite en décembre 1983, intéresse spécialement les enquêteurs. Il s'agissait au départ d'une classique agence matrimoniale à laquelle Antoine X. collaborait à titre de conseiller, agence qui, comme l'écrivait *France-Soir* dans son numéro du 11 décembre, avait peu à peu « évolué »... Ces trois petits points signifient, selon *Libération* du 20 décembre, qu'elle s'était spécialisée dans les rencontres homosexuelles. Le fichier de l'agence est saisi : faudra-t-il convoquer les centaines d'homosexuels qui y figurent ?

Les inspecteurs de la Crime sont des bénédictins.

France-Soir du 12 décembre écrit, sous la signature d'Arnaud Dingreville : « Maître X. n'a probablement pas été victime du tueur de vieilles dames. On peut tout de même imaginer un scénario purement crapuleux, les tortures ayant eu pour seul but de faire avouer une cache dans laquelle l'avocat aurait pu garder des richesses. Cette hypothèse n'est pas écartée par les enquêteurs de la brigade criminelle. Elle n'a cependant pas leur préférence car les sévices auraient pu avoir pour objectif de localiser un objet ou un dossier compromettants... »

Chez les habitués du Jardin de La Boétie, le meurtre d'Antoine X. est comme un coup de pied dans la fourmilière. La nouvelle se répand à toute allure. Au centre de cette tempête, Bébert, le *public relation* du restaurant, qui ne cesse de décrocher et raccrocher les deux téléphones de son studio de la rue de Boissière (XVIe arrondissement) : Qui a tué ? Pourquoi ?

Une jeune femme, dit-on, avait rendez-vous avec l'avocat le soir du meurtre. Serait-ce une cliente du Jardin ? Chez Étienne Bosk, chirurgien-dentiste et amateur lui aussi du restaurant échangiste, le téléphone ne cesse de sonner ce 14 décembre. Vers 21 heures il décroche pour une énième fois son combiné :

– Allô, c'est Véronique ! dit une voix de jeune femme.

– Véronique, Véronique ? interroge le dentiste.

– Oui, une amie de M. Chocho, le cinéaste, vous vous souvenez ? Il m'avait invitée chez vous l'an dernier !

– Ah peut-être...

– J'suis avec une copine. Vous voulez pas dîner avec nous ce soir ?

« Qui est cette fille, se demande Étienne Bosk, plus ou moins atteint de parano, comme tous les habitués du Jardin. Est-ce que ça ne serait pas " la fille " qui a donné rancard à Antoine X. le soir du meurtre ? »

Véronique a bien essayé dix fois de joindre Étienne Bosk ce soir-là, de la cabine téléphonique du drugpub (le drugstore

Publicis). Elle est serrée là-dedans avec sa copine Florence, stagiaire chez Pigier. Toutes deux sont en minijupe à ras le bonbon et hypermaquillées. La pièce de 1 franc argentée, avec sa semeuse, qu'elles ont semée dans la fente de l'appareil, c'est une de leurs dernières pièces. Elles sont à sec. Elles ont débarqué il y a tout juste quelques heures de leur banlieue sur les Champs, par le RER, en quête d'un monsieur qui leur paierait à dîner.

Le RER a pourri les Champs. C'est la théorie de nombre de policiers du commissariat du VIIIe situé sous la belle structure d'acier et de verre du Grand Palais. Toute la banlieue maintenant débarque dans le quartier le week-end, avec son lot de dealers, de michetonneuses et de camés. Boutiques de luxe, beaux cafés, grands restaurants se sont évanouis devant l'envahissement des Burger King, McDonald, Free Time, Pizza Pino, et autres Croissant Show. Sur les ruines du Claridge triomphent boutiques de soldes, sex-shops, disquaires... Le Fouquet's même, racheté par des capitaux koweïtiens, a failli finir en fastfood ou en une quelconque succursale de banque ou de compagnie aérienne. Sur les Champs, près de cinq millions de hamburgers sont servis annuellement.

Ce ne sont plus Marcel Proust et sa Gilberte qui viennent se promener là. Mais des meufs de la zone en jean lacéré et santiags : en quête d'une passe ou d'un sniff d'héro.

Le sniff d'héro, Florence a déjà donné, trop. Elle a fait plusieurs cures de désinto. Elle et Véronique ont donc connu Étienne Bosk par l'intermédiaire d'un copain à lui, Chocho, le cinéaste porno. Elles ont rencontré celui-ci à Cabourg, lors d'un festival, à l'occasion de l'élection de Miss Cabourg qui devait tourner dans le film *La Boum*. Il les a abordées dans la rue : « Je suis producteur, ça vous plairait de faire du ciné ? » Parle toujours mon coco. Mais le mec a l'air d'assurer. Elles le suivent, super, il crèche au Grand Hôtel de Cabourg, et il a une suite, rien que ça.

Chocho a l'air d'en pincer dur pour Véronique : « Faut que je voie un peu si vous êtes bien faite. » J'te vois venir : elle enlève quand même le « haut », puis le « bas ». Qu'est-ce que ça coûte.

Rien, ils en restent là. Ils échangent leurs coordonnées. Ils se rencontrent encore une ou deux fois à Cabourg. A Paris, il leur téléphone. Et les emmène dîner à la porte Maillot, dans le super triplex de son copain dentiste, Étienne Bosk. Il y a là encore une femme et sa fille de 20 ans. Chocho leur fait un « rentre-dedans » pas possible à la fin du repas. Il les harponne, les entraîne dans une chambre séparée où il les partouze. La chose consommée Chocho se tire : « On se revoit, on va faire un film. »

Étienne Bosk cependant avec ses autres invités est descendu au sous-sol où il a un sauna privé. Elles ont fini la soirée à regarder des vidéos pornos. Mais avec Étienne Bosk il ne « se passe » rien. Il leur explique que Chocho ne produit que du porno. Ledit Chocho relancera maintes fois Véronique, lui proposant des rôles. Mais elle refuse.

Si Véronique et Florence se souviennent très bien d'Étienne Bosk, celui-ci ne les remet pas du tout. « Rappelez-moi dans une heure », dit-il. Elles prennent un Coca avec leurs dernières pièces. Elles sirotent leur verre jusqu'à la lie. A 22 heures, Véronique rappelle le dentiste.

– Bon, venez, on dîne ensemble, dit-il, et prenez un taxi ça ira plus vite.

– On n'a pas d'thune.

– Je paierai le taxi. Je guette la voiture de ma fenêtre.

– Okay.

– J'ai changé d'adresse, ajoute-t-il. Je suis maintenant avenue Hoche, au numéro...

Quand elles se présentent devant l'immeuble du dentiste, ce sont les flics qui les cueillent. Entre-temps il a prévenu la brigade criminelle : « J'ai reçu un coup de téléphone douteux. » Trois inspecteurs ont rappliqué aussitôt.

– Je ne connais pas ces jeunes femmes, affirme Bosk.

Florence et Véronique se justifient, racontent comment ils se sont rencontrés : Étienne Bosk ne fait pas de commentaire.

On vérifie l'emploi du temps des jeunes filles le soir du

meurtre : elles regardaient à la télé Dalida et *Les Sept Samouraïs* en famille. Alibi en acier.

– Pourquoi avez-vous contacté M. Bosk ?

– On était dans la dèche. On voulait se faire un « plan resto ».

Le 17 décembre Antoine X. est mort depuis dix jours. Il a été enterré chrétiennement au cimetière de la porte de Clichy. Dans l'appartement de l'avenue de Villiers, Mme Denise a trié les dossiers « en cours » de l'avocat et fait « un peu de rangement ». Avec une brosse et une serpillière elle a frotté le plancher du cabinet. « Le tapis était imbibé de sang, de même que le plancher en dessous. Je n'ai pas pu le ravoir. Une grande tache noire est restée imprégnée dans le bois. »

En contrebas des bureaux de la Crime les lourdes péniches s'en vont, encore et toujours, disparaître devers le pont des Arts et plus loin, tout au bout de la perspective du palais du Louvre.

Dans la presse, il n'est plus question de l'affaire Antoine X., ni du « tueur de vieilles dames », qui s'est mis en grève, semble-t-il. On parle surtout de la visite au Royaume-Uni du numéro deux soviétique, Mikhaïl Gorbatchev. *France-Soir* annonce la sortie du dernier Granier-Deferre, *Le Réveillon chez Bob,* une comédie de Noël avec Jean Rochefort, Mireille Darc et Guy Bedos... Le commissaire Flaesch, de permanence ce soir-là, ne chôme pas. Il relit les procès-verbaux rédigés par ses inspecteurs (il dirige trois groupes d'inspecteurs). Le rapport de l'Identité judiciaire montre que, lors des recherches faites le 8 décembre avenue de Villiers, on n'a relevé qu'« un décalque sur la partie inférieure de la porte en miroir, à 1,40 mètre du sol, des empreintes (auriculaire, annulaire et médius gauches) de la victime ». Les assassins portent donc des gants ? Préméditation ? L'enquête de voisinage ne donne pour ainsi dire rien. La bande magnéto du répondeur téléphonique ne livre aucun secret. Pas d'élément nouveau non plus à la suite de la fouille du véhicule de l'avocat, une Lancia Beta 1800 garée avenue de Villiers.

La police pédale dans la choucroute.

A 11 heures 30, balançant des hanches, débarque à la Crime une superbe Antillaise, Carla, un beau coup de soleil tropical dans cette grise journée de décembre. Elle avait, dit-elle, rendez-vous au Berkeley avec Antoine X., le soir du drame. Elle avait poireauté trois quarts d'heure sans le voir venir. Rentrée chez elle, elle avait constaté qu'il ne lui avait laissé aucun message sur son répondeur. Le lendemain matin, elle avait essayé de l'appeler à son cabinet. Aucune réponse...

Les heures tournent. Certains inspecteurs s'en vont vider un verre au Henri IV, sur le Pont-Neuf. Un des derniers vrais bars à vin de Paris. Magistrats, policiers, avocats, gardiens de la souricière et du dépôt, journalistes y cassent souvent la graine. Le promeneur indiscret qui vient s'y asseoir, pour peu qu'il ait l'oreille assez fine, pourra entendre des bribes de conversations assez effarantes : « Ouais... Elle était découpée en morceaux, à la tronçonneuse. » Ou : « Nue, on l'a trouvée, allongée dans le bois de Boulogne, égorgée, avec un goulot de Kro enfoncé dans la chatte. »

Hemingway, naguère, avait ses habitudes au Henri IV.

La mine un peu déçue, le patron, qui l'a connu, précise :

– Il ne buvait que du whisky.

A 18 heures 30, le commissaire Flaesch reçoit un coup de fil de la sécurité du XVIIe arrondissement : le cadavre d'un homme a été découvert, poignardé, poignets et jambes ficelés, comme maître X., dans un appartement de la rue Théodore-Ribot. Sur l'immense plan de la ville punaisé à un mur de la Crime, il suffit de jeter un œil pour se rendre compte que cette rue (une artère à sens unique qui commence avenue de Wagram et débouche sur le boulevard de Courcelles) se trouve non loin de l'immeuble de l'avocat assassiné, avenue de Villiers ! A l'ouest de la capitale, au cœur des beaux quartiers.

Claude Lévi-Strauss dans *Tristes Tropiques* se demandait pourquoi, dans une majorité de cas, les « quartiers riches » se trouvent à l'ouest des villes, du côté du couchant... VIIIe, XVIIe, XVIe arrondissements. Neuilly ! Si l'on en croit les guides gastronomiques, les meilleurs restaurants sont à l'ouest et au centre. Au nord, nord-est c'est le vide quasi absolu. Professions libérales, cadres supérieurs, industriels, gros commerçants trouvent leur plus forte densité à l'ouest. L'Ouest serait aussi, selon le Bottin mondain, le lieu d'élection des hauts fonctionnaires et magistrats, hommes d'affaires et célébrités du cinéma ou du show-biz. Les plus fortes concentrations ouvrières, par contre, sont au nord et au nord-est.

Deux meurtres similaires dans le même quartier ? A-t-on affaire à un nouveau maniaque qui ne serait pas spécialisé dans les vieilles dames, mais les messieurs ? L'affaire est d'importance. Le chef de la brigade criminelle, le commissaire Morin soi-même, décide de se déplacer. Suivi du commissaire Flaesch et d'un de ses hommes, un chef de groupe, Bernard P., il dévale les escaliers couverts de vieux linoléum noir de la PJ. Ils sautent dans un véhicule banalisé, garé dans le parking situé juste devant le 36, quai des Orfèvres, démarrent et remontent la Seine. Vers l'ouest. Le pare-brise de leur voiture avale le fleuve luminescent des Champs-Élysées. La voiture se gare rue Théodore-Ribot, à côté d'un car de Police-Secours devant un grand immeuble gris, en pierre de taille, de six étages. Une porte en fer forgé, le hall, une volée de quatre marches, une nouvelle porte vitrée juste en face de la loge de la concierge. A gauche, entre le bas de l'escalier et l'ascenseur, un immense miroir où ils courent à la rencontre de leur reflet. Ils s'entassent dans l'étroit ascenseur. Sur le palier du quatrième étage, policiers en uniforme et proches de la victime s'agglutinent. Sur la droite, une porte à un seul battant, munie d'un œilleton, est ouverte. Au pied de cette porte un paillasson orné des initiales A.T., en lettres vertes sur fond jaune. On entend pleurs, cris, murmures, éclats de voix rageurs. Pour entrer dans l'appartement, il faut pousser les deux battants d'une seconde porte, molletonnée, qui double la première, sans doute pour amortir le bruit. Les policiers la franchissent : à l'intérieur se trouvent le substitut de la 8e Chambre, Mme Deport, quelques inspecteurs du commissariat du XVIIe arrondissement et des membres de la famille de la victime. La première pièce est vaste. Les murs sont tendus de rose saumon et le sol est couvert d'une moquette beige : l'endroit est mieux que « cossu ». A droite de la porte, quand on entre, un grand paravent peint de laque blanche et orné de miroirs divise symboliquement la pièce : sur la gauche en « coin salle à manger », sur la droite en « coin salon ». L'attention est imédiatement attirée par un lancinant bourdonnement : une caméra vidéo, accrochée au centre du plafond du salon, projette sur un grand écran qui pend lui-même du plafond une image blanche : le film est terminé.

Un policier en uniforme dirige les hommes de la Crime vers le fond de l'appartement, à droite, où donnent la cuisine, la salle de bains et un bureau : « La victime est là. »

La porte du bureau a été forcée. Elle est grande ouverte vers l'intérieur de la pièce. Au sol, sur le seuil, une petite plaque orange où, en lettres blanches, est écrit *Don't disturb*. A droite en entrant, un meuble bureau ; au fond à gauche, un lit recouvert d'une couette à carreaux violets. Au pied du lit, sur la moquette marron clair, gît le corps ensanglanté reposant sur le dos. Son visage est occulté par un peignoir rose en tissu éponge. Le bras droit est tendu, perpendiculairement au corps, le gauche replié. Une cordelette blanche est attachée au poignet gauche, une cordelette identique entoure les jambes, nouée à hauteur des genoux. La couette du lit, tachée de sang sur la droite, a légèrement glissé vers le cadavre. Celui-ci est vêtu d'un polo blanc Lacoste à rayures horizontales marron que perforent cinq coups de couteau, d'un pantalon beige, de chaussettes bleues. Un mocassin bleu gît à hauteur des jambes. On trouve l'autre un peu plus loin, à côté du bureau. L'homme ne porte ni montre ni bijoux. Un policier ôte le peignoir rose cachant la tête. Le visage de l'homme est en sang. Il semble jeune. Une fine moustache sombre barre sa lèvre supérieure. Il a une plaie à la joue et au lobe de l'oreille gauche. Son cou est fortement enserré dans une écharpe de laine qui a dû manifestement servir à l'étrangler. Le chef de la Crime remarque deux blessures au cou.

Chaque plaie est notée, décrite. Un policier retourne le corps.

Un flot de sang jaillit de la poitrine, lui éclaboussant les mains. Il va dans la salle de bains, s'essuie avec une serviette éponge blanche qu'il souille de sang. Il la jette dans la baignoire.

Le substitut ordonne l'autopsie. Après que l'emplacement du corps, situé parallèlement au lit, la tête vers la gauche, a été minutieusement mesuré, par rapport aux murs et à la porte, on le dépose sur un brancard. Il est dépêché en fourgon de police jusqu'à l'IML. On l'enregistre sous le numéro 3752.

Le café de l'Institut s'apprête à fermer. Il est près de 20 heures.

Au quatrième étage, rue Théodore-Ribot, les divers spécialistes des services de police prennent des photos, traquent les empreintes, dessinent les plans de l'appartement. On interroge la disposition et l'état de chaque objet. On tente de décrypter le décor, comme l'écriture inconnue d'un antique manuscrit.

Dans le bureau, le rideau vert de la fenêtre, côté droit, est détaché de sa tringle. La cordelette qui l'actionne a été coupée sur une longueur de deux mètres. Un couteau de cuisine au manche riveté de couleur bleue, dont la lame dentée porte des taches de graisse, est posé, inopinément, sur le meuble bureau, entre un portefeuille ouvert, vide, et une sorte de socle de cuir où sont placés, dans des cavités *ad hoc,* une paire de ciseaux, un stylo et un double décimètre, tous trois dorés. Une des cavités est vide. L'objet qui lui correspond, un inspecteur l'a déjà trouvé : sur la moquette beige du salon, au pied d'un fauteuil noir où est abandonnée une raquette de squash : c'est un coupe-papier, doré lui aussi. Sa lame, de 13 centimètres, est tachée de sang.

Un peu plus loin, dans les franges d'un tapis placé sous la table du coin salle à manger, on découvre une clef à tige pleine peinte d'un blanc écaillé. Dans la cuisine, aux murs laqués de rouge, à côté de l'évier, sont posés des papiers d'emballage et des barquettes de carton frappées du sigle G. CLOUET, 81 AVENUE DE WAGRAM 75016 PARIS ayant contenu de la nourriture provenant d'un traiteur. Cette nourriture, on la retrouve sur une longue table basse du coin salon, dans quelques assiettes blanches ornées d'un coquelicot rouge : tranches de saumon, salade grecque, crème de roquefort, beurre, pain Poilâne, jus d'orange. Cette table basse est posée devant un canapé de cuir noir à trois places, qui tourne le dos à la porte d'entrée. Le canapé fait face à la fenêtre et, donc, au grand écran vidéo qui pend du plafond devant celle-ci.

Deux couverts, côte à côte sur cette table, forment une sorte de nature morte hyperréelle qui semble raconter l'esquisse d'une histoire, les premiers balbutiements d'un secret. Deux personnes se sont sans doute installées là, devant ces deux assiettes, juste avant le meurtre. L'assiette de gauche est propre, couteau, verre et fourchette n'ont pas été utilisés. Celle de droite en revanche a servi : couteau et fourchette, placés dessus, sont tachés de gras. Au milieu de cette assiette, l'emballage argenté d'une crème de roquefort est roulé en boule. Par ailleurs, un fond de jus d'orange stagne dans le verre : de droite là encore...

Sous la table basse, une paire de mocassins d'homme en cuir marron.

L'autopsie réalisée le lendemain à l'Institut médico-légal devant l'inspecteur Marc V. par le docteur P. permettra de déterminer que la victime n'avait pas mangé, le « bol alimentaire » étant inexistant. C'est donc « la » ou « le » meurtrier qui se sera assis sur le canapé devant le couvert de droite, la victime étant assise à gauche. A un moment donné « on » aura obligé celle-ci à se rendre dans le bureau. Avec un couteau à manche riveté bleu, sans doute pris sur la table basse du salon, on aura coupé les cordes à rideau du bureau, puis on aura posé ce couteau sur le meuble bureau. On aura attaché la victime et c'est sur le lit qu'on l'aura poignardée avec le coupe-papier doré enlevé au socle de cuir. La victime aura roulé au sol après avoir ensanglanté le couvre-lit...

On peut supposer qu'avant de dîner l'assassin et la victime auront regardé un film. Une télécommande se trouve en effet posée sur la table basse où a été servi le repas.

Sur l'écran, un carré blanc lumineux continue à s'agiter. La caméra, au plafond, bourdonne.

– Mais c'est insupportable ce bruit ! lance une jeune femme plutôt petite, aux cheveux très noirs, mi-longs.

Elle se penche sur la table basse, appuie sur le bouton de la télécommande, stoppe la caméra : l'écran blanc s'éteint.

Le commissaire Flaesch et le commissaire Morin sont à côté d'elle, ainsi que quelques proches de la victime.

– C'est exactement le même scénario que dans l'affaire Antoine X., poursuit-elle, ces liens, ces coups de couteau dans la poitrine !

Le commissaire Flaesch la dévisage :

– Comment savez-vous cela, dit-il sèchement. Qui êtes-vous ?

Cette « petite femme » c'est Béatrice T., sœur de la victime. Elle est avocate. Elle vient tout juste d'arriver. Elle est encore haletante...

« Quand on m'a téléphoné pour m'annoncer la nouvelle, racontera-t-elle longtemps plus tard, j'étais dans mon cabinet, boulevard Saint-Germain. Je recevais un client, je ne sais plus trop pourquoi : une affaire d'immobilier. Je me suis levée. Je l'ai repoussé des deux mains. Il n'y comprenait rien. Je suis sortie de la pièce comme une somnambule. Et suis tombée dans les pommes. A peine remise, j'ai sauté dans une voiture et foncé rue Théodore-Ribot. Quand je suis entrée dans l'appartement, il y avait Flaesch, des policiers du quartier et l'Identité judiciaire. Je n'ai pas voulu voir le corps. On m'avait raconté au téléphone dans quel état on l'avait trouvé. C'était trop affreux... Je garderai toujours en mémoire cependant la table basse du salon, les deux couverts, le saumon, la salade grecque... Un seul couvert avait servi... Ce qui a été mangé ce soir-là, jamais plus je ne pourrai l'avaler... C'est moi qui ai jeté tout ça, plus tard, à la poubelle. Avant que les policiers ne mettent les scellés... »

La victime, c'est Alain T. Il a 29 ans, c'est un riche commerçant du Sentier : dans le prêt-à-porter. C'est son frère, Gabriel, propriétaire d'une boutique, rue du Caire, qui a découvert le corps.

A 16 heures, la concierge, Mme Lopez, s'était étonnée en venant faire le ménage dans l'appartement de la rue Théodore-Ribot de le voir en désordre. Ce qui l'avait surprise particulièrement, c'était de trouver, sur un fauteuil du salon, débranché, un téléphone qui, en toute logique, devait être placé dans le bureau. Sans plus poursuivre ses recherches, elle s'est précipitée dans l'appartement des parents d'Alain T., situé en face, sur le palier, et dont elle avait la clef : elle a appelé la mère d'Alain, à son magasin, dans le Sentier.

« Elle m'a dit qu'Alain n'était pas au magasin et qu'elle allait venir rue Théodore-Ribot. J'ai ensuite fait appel à Gabriel, le frère d'Alain, et lui ai expliqué ce que j'avais vu et qui m'inquiétait. Il m'a demandé de stopper sa mère avant qu'elle n'entre dans l'appartement... »

Gabriel saute dans le métro à la station Sentier ; il n'y a qu'un changement, Villiers, pour atteindre la station Courcelles, tout à côté de la rue Théodore-Ribot. En une demi-heure il est sur les lieux. Suivi par Mme Lopez, il pénètre dans l'appartement, appelle : « Alain ! », aucune réponse. Il va d'abord dans la chambre, au fond, à gauche, une pièce tendue de tissu noir. Personne. Il se dirige alors vers le bureau. A la poignée de la porte, sinistre ironie, une plaque orange *Don't disturb* est accrochée. Il frappe, appelle : pas de réponse. D'un coup de pied il défonce la porte.

« Il a aussitôt crié : " Il est assassiné ", dit Mme Lopez. J'étais à ce moment-là à quelques pas, en retrait. J'ai juste vu une serviette ou un morceau de tissu rose sur la tête d'Alain T. La pièce était plongée dans l'obscurité... »

Au Jardin de La Boétie, comme chaque soir, toutes les tables sont pleines. Bébert va de l'une à l'autre, blague avec les clients. Soudain on l'appelle au téléphone. Il prend l'appareil, au bar. C'est le commissaire Flaesch qu'il a au bout du fil.

« Il m'a appelé de l'appartement même d'Alain, racontera Bébert. Il avait le corps à ses pieds. Il m'a demandé si je connaissais la victime, si je l'avais eue parmi mes clients. Je lui ai répondu par la négative... »

Le soir même de la découverte, dans le quartier du Sentier, ce royaume du prêt-à-porter fiché en plein centre de Paris, à la frontière du IIe et du IIIe arrondissement, autour de l'emplacement de l'ancienne Cour des Miracles, la nouvelle de la mort d'Alain se répand à toute allure. Le téléphone arabe (sinon nord-africain : la plupart des commerçants installés là sont originaires d'Afrique du Nord, et juifs sépharades en majorité) fonctionne à tout va.

Le lendemain, d'un café l'autre, du comptoir d'une boutique la suivante, telle une navette, la nouvelle passe et repasse, entraînant des commentaires, s'enrichissant de détails, vrais ou faux, faisant boule de neige. Alain T. est connu, sa famille plus encore. Tout le monde s'interroge, du gros commerçant au travailleur arabe ou pakistanais qui balade dans les rues encombrées d'indescriptibles embouteillages ses diables surchargés d'énormes rouleaux de tissu multicolore. La nouvelle dévale la rue d'Aboukir, bourdonne dans les galeries couvertes, remonte la rue du Caire, prend la direction nord par la rue Saint-Denis (s'attardant longuement au bar du Sélect, rendez-vous des employés du coin), débouche dans l'estuaire du boulevard Bonne-Nouvelle avant de redescendre plein sud par la rue du Sentier jusqu'à la rue Réaumur, passant devant la superbe façade art nouveau en fonte rouge où siégeait alors *France-Soir*.

A *France-Soir,* d'ailleurs, comme à *Paris-Match, Détective* et au *Parisien,* les « faits-diversiers » appellent leurs informateurs du Quai des Orfèvres et l'attachée de presse de la préfecture. Mais les policiers se laissent assez peu tirer les vers du nez. Ils distillent leurs informations au compte-gouttes. Même après un bon verre de chablis au bar du Henri IV (sinon Aux Deux Palais, en face du Palais de Justice, ou un peu plus haut, au Soleil d'Or). Quelques éléments d'enquête, quelques bribes d'éléments finissent cependant par filtrer.

Le mardi 18 décembre, *France-Soir* titre : LE FRÈRE DE L'AVOCATE [...] TROUVÉ LIGOTÉ ET POIGNARDÉ.

Jean-Michel Brigouleix conclut son article par : « La brigade criminelle enquête tous azimuts et ne privilégie aucune hypothèse... »

A 15 heures, ce même mardi 18 décembre, le docteur P. commente l'autopsie d'Alain T. en présence de l'inspecteur Marc V. Il fera des constatations qui, trois ans et un mois plus tard, lors du procès, seront d'une grande importance : il relèvera cinq plaies profondes au thorax et quatre blessures superficielles au cou (donc, pour ce qui est du cou, deux de plus que n'en a signalé le commissaire Morin, ce qui s'explique du fait que l'écharpe bleue ayant servi à étrangler, comme le prouve le sillon qu'elle a laissé sur la chair, en cachait deux autres). Ce dont on peut déduire que la tentative d'étranglement a eu lieu après les coups de coupe-papier donnés à la gorge, lesquels « n'ont occasionné aucune lésion mortelle, les os du larynx ne présentant aucune fracture ». Le docteur P. conclut : « La mort du sieur T. est la conséquence d'une asphyxie par strangulation au lien ET d'une hémorragie interne thoracique majeure par plaie par arme blanche ayant intéressé la plèvre, le poumon et le cœur. » En termes moins abscons, la victime est morte à la fois des coups de coupe-papier reçus dans la poitrine et étranglée avec l'écharpe de laine bleue. Quelque temps plus tard, le corps du « sieur T. » n° 3752 est rendu à ses proches. Un corbillard encore se reflétera dans les vitrines blasées du café de l'Institut.

Pendant ce temps, les inspecteurs interrogent témoin après témoin. La Crime, à cet égard, vient de faire une nouvelle recrue : le commissaire Béatrice T. « J'étais un peu, dit-elle, la tête de pont de l'enquête. Même quand je n'avais rien à lui dire, j'allais voir le commissaire Flaesch, dès que je quittais le Palais de Justice où j'avais à plaider... » Doublant le travail de la police, la jeune femme donne des dizaines de coups de fil, rencontre les amis qui, ces derniers jours, ont côtoyé son frère. Peu à peu, découpant, tranchant telle ou telle phrase d'un témoignage, d'une confidence, rapprochant telle remarque de tel ami, de telle autre remarque de tel autre ami d'Alain, les raccordant l'une à l'autre (comme dans ces ateliers du Sentier où l'on rassemble et coud les pièces diverses des sweat-shirts et joggings), elle finit par reconstituer le puzzle des derniers jours de son frère. La police allant pêcher par ailleurs des témoignages jusque dans les night-clubs des Champs où Alain T. avait ses habitudes. On peut ainsi « ressusciter », schématiquement du moins, le week-end des samedi 15 et dimanche 16 décembre tel que le vécut Alain T. : journées quelque peu éméchées, joyeuses, fébriles, feu de joie. Les derniers jours d'un condamné à mort.

Alain T. vient de décrocher le combiné d'un des deux téléphones posés à gauche de son lit, à côté de la chaîne stéréo compact. Il se réveille à peine. Par les doubles rideaux noirs de la fenêtre, la lumière du jour arrive à filtrer jusqu'au lit où il est couché. Il jette un œil sur la Piaget en or posée à son chevet : il est 15 heures ce samedi 15 décembre.

A l'autre bout du fil, c'est un de ses meilleurs amis, Serge, 47 ans, un « bon vivant » avec lequel il part souvent en virée dans les boîtes et les restaurants :

– Tu viens me voir, je veux te présenter un copain, un restaurateur...

Alain T. refuse. Ses dernières vingt-quatre heures ont été déjà assez mouvementées. Et la fête cependant n'est pas terminée. Un long week-end s'annonce.

Son dernier week-end.

La veille, au cours d'une soirée à Montmorency, et grâce à l'entremise d'un autre ami, Richard, il s'est réconcilié avec Agnès, une jolie blonde âgée de 20 ans. Elle est étudiante. Il la connaît depuis juillet. C'est la seule femme avec qui il ait eu, depuis longtemps, une relation aussi suivie. « Il était un peu déboussolé sur le plan affectif », dira une autre de ses amies.

Il veut continuer à courir le jupon, mais conserver Agnès.

D'où des étincelles.

Et des réconciliations souvent.

La veille il lui a dit : « J'ai raté une grosse affaire pour pouvoir venir te voir ce soir ! Il fallait que je te parle. »

Ils passent la nuit du vendredi 14 décembre ensemble, rue Théodore-Ribot. Mais il faut que la jeune femme soit de retour chez elle à l'aube. Et ce n'est pas la porte à côté. Elle habite en banlieue. A 6 heures du matin, Alain, qui déteste conduire, prend le volant de sa R5 TX gris foncé garée au quatrième sous-sol du garage Antar, rue de Courcelles, et raccompagne son amie.

Avant de la quitter, il lui demande de revenir le voir, le jour même, vers 17 heures 30. Il veut profiter de sa présence. Dans cinq jours en effet (les billets sont déjà réservés depuis un mois à l'agence Pereire, rue de Courcelles) un avion doit l'emmener vers Bangkok, Hong Kong et Manille. Il ne pense qu'à ça. D'autant que pour ce Noël tropical l'accompagnent deux amis, Richard et David : ils ont à peu près son âge et sont célibataires, comme lui. En juillet dernier déjà, ils sont allés ensemble au Brésil.

Alain se lève, sort de sa chambre, traverse la pièce principale couverte d'une moquette beige et entre dans sa salle de bains : murs, baignoire et lavabo sont en marbre blanc. C'est que l'entreprise de prêt-à-porter d'Alain marche très bien...

Beau, riche, en pleine santé, il jouit de la vie. Et l'argent, en l'occurrence, ça aide. Ses nuits, il les passe souvent en boîte. Il se réveille tard. Vers midi, il vaque à ses affaires : son bureau se trouve dans sa boutique, rue d'Aboukir.

A son cou il porte une chaîne en or. A sa main gauche une alliance Cartier à trois anneaux (« Il y tenait beaucoup, dira plus tard Béatrice T., jamais il ne s'en séparait. Quant à sa montre en or, il se l'était payée un jour où il avait fait une très bonne affaire. Moi je ne l'aimais pas, cette montre, je lui avais dit : " Tu aurais mieux fait de t'acheter un beau tapis. " Prémonition ? C'est peut-être à cause de cette montre qu'il est mort... Pourtant, c'était un garçon très simple dans son apparence. Les apparences, il s'en moquait. Sa voiture, c'était une R5. »).

Alain T. fait sa toilette...

Puis il revient dans la pièce principale. Sur un siège bas de cuir noir, sans dossier, quelques balles et une raquette (il fait du squash, pour « la forme »). Plus loin, devant la porte de la chambre, une table de jeu : des cartes y sont étalées, quelques jetons multicolores : un poker de temps à autre. C'est son seul péché mignon. Avec les jolies filles.

Pénétrant à nouveau dans sa chambre, aux murs tendus de noir, il s'assied sur son lit. Il écoute la bande du répondeur automatique : « Allô c'est Béatrice, peux-tu aller chercher Papa et Maman demain à Orléans ? Si ça n'est pas possible, préviens-moi. »

Les liens familiaux sont extrêmement étroits chez les T. Le père, 62 ans, a confié son affaire à son fils qui la gère avec succès. Côté paternel on est sépharade, côté maternel ashkénaze. De ce côté-là, une bonne partie de la famille a péri dans les camps.

Le Sentier naguère était le domaine des ashkénazes, tailleurs de leur métier pour beaucoup. Leurs enfants se sont reconvertis : médecins, avocats et autres. Avec la décolonisation, et particulièrement l'indépendance de l'Algérie, ce sont les « seph » qui ont pris la relève, apportant leur goût des couleurs et de la tchatche chaleureuse. Nouvelle minorité montante qui commence à se tailler une place de choix dans le prêt-à-porter : les Asiatiques, qui sont arrivés en France avec la chute de Saigon, en 1975.

Business, concurrence, un modèle chasse l'autre. « La mode, il ne faut pas la rattraper, il faut la précéder, explique une commerçante. Dans le Sentier, on court plus vite que la montre ! »

A quoi Alain T. occupe-t-il les quelques heures qui le séparent de la visite d'Agnès ? (C'est à 17 heures 30 qu'elle doit passer.) A regarder un film peut-être : il a cinq ou six télés et autres magnétoscopes de diverses marques dans son appartement ; à répondre aux coups de fil de ses nombreux amis : il a aussi une dizaine de combinés, avec fil, sans fil.

17 heures 30. On sonne. Alain T. ouvre les deux battants molletonnés de la première porte et colle son œil contre le voyant de la porte d'entrée. Il aperçoit, sur le palier, la silhouette de la blonde Agnès. Il débloque l'entrebâilleur de sécurité, fait entrer son amie et, comme à son habitude, boucle la porte derrière lui. Agnès lui tient compagnie jusqu'à 19 heures 15. Au moment de le quitter, elle dit :

– J'essaie de passer demain soir. Si c'est impossible, alors, mardi soir.

En tout cas, pour ce qui est du soir même de ce samedi, Alain T. semble avoir « quelqu'un d'autre ». En effet, dix minutes après le départ d'Agnès, il dit à son ami Richard qui lui téléphone :

– J'ai un rendez-vous ce soir avec une fille, une « nouvelle ».

Son ami Serge l'appelle quelque temps plus tard : « Je voulais qu'Alain se joigne à moi pour la soirée, expliquera-t-il. Mais il a refusé. Il m'a dit qu'il devait voir une amie. Une fille qu'il avait rencontrée deux mois auparavant à l'Apocalypse... »

Avec cette « fille », tout n'a pas dû se passer exactement comme Alain T. devait le désirer. En effet, vers minuit, il appelle son ami Serge. Et lui donne rendez-vous pour 2 heures du matin chez Régine. Chez Régine, Serge se cassera le nez. La boîte en effet est réservée pour une soirée privée. Il passe alors à l'Apocalypse, rue du Colisée. Il y retrouve Alain T. en compagnie de « la fille ».

« C'était une jeune femme brune que je voyais pour la première fois. Il me l'a présentée, mais je suis incapable de me souvenir de son prénom. J'ai échangé avec elle des banalités. Elle était âgée d'environ 20 ans, pas très grosse mais potelée, des cheveux noirs, un visage rond, vêtue de noir avec des gants noirs également. Elle parlait le français sans accent ; ça devait être une habituée de l'Apocalypse car, devant moi, elle a embrassé deux ou trois personnes de cet établissement... »

A un moment donné, l'inconnue brune dit :

– Il faut que je téléphone.

Alain T. appelle un garçon pour qu'il accompagne la jeune femme à la cabine. Le serveur se souviendra très bien d'elle : « Elle était âgée de 17 à 18 ans. Elle avait le type européen. Sa taille ? Dans les 1,70 mètre, mais je ne sais pas si elle portait des talons. Elle était bien faite. Des cheveux longs, très bruns, raides, tombant sur les épaules. Elle avait une robe noire ras du cou et descendant jusqu'aux genoux. Des bas noirs et des gants en dentelle, je crois, style " grand-mère "... »

Lorsqu'elle revient du téléphone, la jeune inconnue dit :

– Il faut que je rentre chez ma grand-mère ! Elle habite en banlieue.

Alain propose de la raccompagner.

« Ils sont restés à l'Apocalypse à peu près une demi-heure », expliquera Serge.

Après avoir accompagné « la jeune inconnue brune » dans sa banlieue, encore plus inconnue, Alain T. revient à Paris et fait à nouveau la tournée des boîtes. Puis il va chercher chez elle, vers 4 heures du matin, une de ses petites amies, Marie. Il l'emmène rue Théodore-Ribot où ils passeront la nuit.

Ils se réveillent vers 13 heures 30, 14 heures, ce dimanche 16 décembre. Alain fait un brin de toilette ; il accroche à son poignet sa Piaget en or, enfile des chaussettes bleues, un pantalon beige et un polo Lacoste blanc à rayures horizontales marron. C'est dans cette tenue que Marie l'a vu pour la dernière fois.

« Au moment où je m'apprêtais à partir, expliquera-t-elle, je me souviens très bien que le téléphone a sonné. Alain a décroché et parlé quelques instants. Son interlocuteur était une femme. Quand je l'ai quitté, il m'a dit qu'il allait à Orléans : " J'ai des affaires qui vont mal, là-bas. Je serai de retour cette nuit ou demain matin. En tout cas, je te téléphone demain. " »

Il est 14 heures donc. Alain T. appelle son ami Serge :

– J'ai passé la nuit avec Marie, lui dit-il. Je prends le train tout à l'heure. Je vais chercher Papa à Orléans. Je t'appelle dès mon retour.

En début de soirée, Alain T., flanqué de son père et de sa mère, pénètre dans le hall de l'immeuble, rue Théodore-Ribot. Pour entrer, il compose le code : Z 689..., qui se met en marche automatiquement à partir de 21 heures.

Ils grimpent une volée de quatre marches, poussent une double porte vitrée. Juste de l'autre côté Mme Lopez, la concierge, les attend. Pierre T., père d'Alain, lui donne un gros paquet enveloppé de papier kraft :

– Pour vous, madame Lopez.

« C'est du gibier qu'il m'a offert, explique celle-ci, comme chaque fois qu'il revient de la région d'Orléans. Je crois qu'il était allé là-bas chasser. A moins qu'il ne se soit rendu simplement chez des amis. »

Alain et ses parents prennent l'ascenseur. Ils montent au quatrième. Ils habitent au même étage. Les parents, l'appartement de gauche, sur le palier, et Alain T., celui de droite.

Quand celui-ci ouvre sa porte, il entend sonner le téléphone. Au moment où il décroche, son interlocuteur a déjà raccroché. Mais il a laissé un message sur le répondeur : « C'est Richard, je suis à côté, avec Michel et des amis, au Mandarin de Courcelles. Viens dîner avec nous, après on va au cinéma. »

Sans prendre le temps d'enlever la veste de cuir bleu à col de fourrure qu'il porte sur lui, il compose le numéro de son ami Serge, à qui il avait promis de téléphoner dès son arrivée :

– Tu dînes avec moi ? lui demande Serge. Je vais au Righi (le Righi est un restaurant).

– Non, pas possible, je sors avec une fille. La même qu'hier soir, la brune de l'Apocalypse... J'ai rendez-vous avec elle à 22 heures 30.

Alain T. jette un œil à sa Piaget : il va falloir qu'il se dépêche s'il veut dire bonjour à ses amis, au Mandarin, et acheter chez Clouet de quoi manger : il compte en effet dîner chez lui avec « la fille ». Il n'a pas le temps de se changer, il ressort.

Il va au garage Antar, rue de Courcelles, prend une voiture, au quatrième sous-sol : pas sa R5, mais la BMW gris métallisé qui appartient à son père.

– C'est pas possible, mais c'est un miracle, s'exclame Richard, en voyant Alain T. pousser la porte vitrée du Mandarin de Courcelles et venir vers sa table. Comment as-tu fait, ajoute-t-il, je viens à peine de laisser un message sur ton répondeur.

Alain T. sourit.

– Tu as dû raccrocher au moment même où j'entrais chez moi. J'ai entendu la sonnerie à travers la porte ! J'ai pris la voiture et suis venu sur-le-champ.

Alain s'assied à table. Richard est flanqué de trois autres convives : son frère Michel et des amis, Yves, Valérie et Danielle. Ils en sont au dessert : les éternels lichies, dans leur éternelle coupe en acier chromé, comme on en trouve dans ces éternels restaurants chinois parisiens, tous taillés sur le même modèle : aux murs des dragons dorés, sur le bar des magots en porcelaine.

Alain T. pique un ou deux lichies dans la coupe d'un de ses amis.

– Tu n'as pas dîné ? demande Richard.

– Non, je dîne ce soir avec une fille.

– Je la connais ?

– Je t'en ai parlé. C'est celle avec qui je suis sorti hier soir.

– Ça s'est bien passé ?

– Pas vraiment. Je l'ai raccompagnée chez elle... Elle m'a dit qu'on ne se connaissait pas assez.

– Ce soir on va au cinéma, dit un convive.

– Quoi voir ?

– *Le Réveillon chez Bob,* avec Mireille Darc, Guy Bedos et Jean Rochefort. Ça doit pas être triste.

Richard et Alain T. échangent quelques impressions sur le prochain voyage en Thaïlande. Ils partent en effet le 20 décembre. Il est question aussi des billets d'avion qu'il doivent aller chercher le mardi 18 à l'agence Pereire, rue de Courcelles.

L'addition est réglée. Alain T. regarde sa Piaget : presque 22 heures. « Clouet va fermer », songe-t-il sans doute. Les convives sortent. Richard et ses amis voient Alain T. monter dans sa BMW gris métallisé garée juste devant le Mandarin de Courcelles, sous l'enseigne en néons vert et jaune représentant une pagode. La voiture démarre. Ils la suivent des yeux jusqu'à la hauteur de l'avenue de Wagram où elle disparaît.

Ils ne le reverront plus vivant.

Au 81, avenue de Wagram se trouve une grande boutique peinte en vert laqué. Au-dessus est inscrit en lettres blanches : COMESTIBLES. Sur le store de tissu vert, en lettres blanches encore : GEORGES CLOUET. La vitrine est illuminée, Georges Clouet et l'un de ses employés, tous deux vêtus d'une blouse et d'une toque blanches, s'affairent : l'un s'apprête à démonter les étalages où sont exposés des fruits tropicaux multicolores, l'autre ôte de la broche d'une rôtissoire en plein air le dernier poulet croustillant, doré et ruisselant qui y reste empalé. La journée a été bonne. Soudain une BMW gris métallisé vient se garer devant la boutique. M. Clouet voit entrer dans son magasin un jeune homme moustachu portant une veste de cuir bleu agrémentée d'un col en fourrure de même couleur. Il le connaît bien. C'est un habitué de la maison.

Alain T. lui demande quelques tranches de saumon et de la salade grecque.

– Comme d'habitude... commente M. Clouet.

C'est en effet le dîner fin rituel que T. offre à ses petites amies, quand il les invite chez lui.

Avec une pelle d'acier chromé M. Clouet ramasse dans les bacs argentés, situés sur un présentoir à droite de sa vitrine, de la salade grecque. Et du saumon.

Le tout enfermé dans un sac blanc, frappé au sigle du traiteur, finit sur la banquette arrière de la BMW qui démarre et s'en va rejoindre au bout de la nuit une jeune inconnue brune.

Quatre ou cinq silhouettes, à demi confondues dans l'obscurité, sont groupées autour d'une lampe de bureau dont le faisceau lumineux éclabousse le plateau d'une vaste table blanche où les mains d'un inspecteur de police viennent de poser une feuille de plastique transparent...

Nous sommes au 36, quai des Orfèvres, le mardi 18 décembre, dans une salle située à droite, quand on entre par le porche principal : au service d'identification judiciaire. Sur la feuille de plastique transparent, en traits noirs, est imprimée une sorte d'ovale. « Non, plus rond », dit le témoin. Le fonctionnaire de police range derrière lui la feuille, en pose une autre sur la table blanche : la forme dessinée cette fois est un ovale moins étiré. « Oui, c'est ça », dit un deuxième témoin. Le policier pose alors une autre feuille transparente sur la première. Sur cette feuille, en noir toujours, est tracée la forme d'un menton. « Plus pointu », dit la voix. Et puis ce sont des cheveux, noirs, longs, touffus qu'on ajoute. Et puis un nez : droit, mais assez épais. De beaux sourcils sombres, arqués. « Les joues sont un peu plus grosses. » Des joues de gamine encore... Sur l'ovale initial, de multiples feuilles transparentes se superposent, chacune portant un des éléments du visage de « la fille », l'X, l'« inconnue », le « témoin n° 1 », que le dimanche 16 décembre, vers 2 heures du matin, plusieurs personnes ont vue, à l'Apocalypse (*alias* l'Apo, pour les initiés), en compagnie d'Alain T. Elle a de beaux yeux, sombres, en amande. La lèvre supérieure est fine, la lèvre inférieure épaisse, ce qui dessine une jolie moue. Le portrait-robot est achevé. La « meurtrière » est là : immobile, muette, entre les mains d'un policier.

Virtuelle.

L'original court toujours.

Dans le Sentier, tout le monde parle de la mort d'Alain T. : au Kick Burger du boulevard Bonne-Nouvelle, au café Le Sélect de la rue Saint-Denis, deux, parmi tant d'autres, des rendez-vous des employés du prêt-à-porter. Qui a pu faire ça ? Les commentaires se colportent d'une boutique à l'autre : Made in France, Zone Bleue, Roméo pour Juliette, Jeep, Casting, Vertigo, Tac-Tic, Nafta-Line, Grey Gory. Les putains aussi y vont de leur commentaire. Elles pullulent dans le coin, à l'angle de la rue du Caire et de la rue Saint-Denis, harnachées de superbes manteaux en fourrure acrylique jaune d'or, verte ou rose, identiques à ceux des mannequins de cire qui, dans les vitrines comme elles sur les trottoirs, montent la garde. La fringue et la fesse font bon ménage dans le Sentier. Les marchands habillent les filles, les putes, elles, se déshabillent. Sex-shops et vendeurs de tissu ont pignon sur les mêmes rues.

Ce jeudi 20 décembre, dans les boutiques, on épluche la presse : LES MYSTÈRES DU XVIIe ARRONDISSEMENT, titre *Le Figaro*. Et *Libération* : SCÉNARIOS SEMBLABLES POUR DEUX MEURTRES À PARIS. *Libération* conclut : « Selon les policiers, Alain T. aurait pu être tué par un ou des amis de rencontre, au cours d'une soirée à son domicile le 17 au soir. »

Dans le Sentier, on en sait plus que les journalistes. Et que la police. Par des gens du quartier, Béatrice T. apprend que la fameuse « fille brune » qui a été vue avec son frère à l'Apo se prénommerait Chantal et qu'elle serait vendeuse chez Jeep, une boutique de fringues, rue du Caire.

Immédiatement elle appelle le commissaire Flaesch, avec qui elle a sympathisé, et lui communique l'information. Il est 10 heures 15, ce 20 décembre 1984...

Il pleut sur le Sentier.

Il pleut sur la Seine : en contrebas des fenêtres de la Crime.

La météo a annoncé des « brouillards souvent tenaces... Un

temps plus doux mais couvert et pluvieux prédominera dès le matin. En cours de journée les pluies se renforceront »...

Dix minutes plus tard, le commissaire Flaesch reçoit un nouveau coup de fil de Béatrice T.

– En fait, dit-elle, cette « fille », ça n'est pas Chantal, c'est Valérie qu'elle s'appelle.

« C'était une chance, confiera le commissaire Flaesch, que ce soit moi qui aie été de permanence lors de la découverte des corps d'Antoine X. et d'Alain T. En effet, j'ai confié chacune de ces affaires à l'un de mes groupes d'inspecteurs. »

La première au groupe dirigé par Bernard P., l'autre à celui de Christian P.

Ces deux inspecteurs principaux procèdent immédiatement à une confrontation des carnets et agendas de maître X. et d'Alain T. Sur un agenda appartenant au premier, ils trouvent le prénom « Valérie » flanqué de deux numéros de téléphone (233 2... et 338 7...) ; et sur une feuille de papier volante, trouvée chez le second, est inscrit à l'encre bleue « Valérie (Apo) : 338 7..., Neuilly et 334 5... ».

L'agenda et la feuille volante comportent un numéro identique, le 338 7... Les deux Valérie n'en font qu'une !

L'inspecteur Christian P. appelle immédiatement les renseignements téléphoniques. L'aimable voix d'une jeune employée des PTT s'empresse de lui apprendre que l'un des numéros correspond à une boutique, Jeep, rue du Caire (celle-là même indiquée par Béatrice T. !) ; un autre numéro (celui qui se trouvait en possession à la fois d'Alain T. et Antoine X.) au domicile d'un certain M. Christian C., rue de l'Industrie à Courbevoie ; et le troisième à l'adresse d'une Mme Isabelle V., rue Wagner, Paris XIe.

Le « tuyau » donné par Béatrice T. semble très bon. Trois inspecteurs de la Crime, Joël K., Jean-Paul C. et Denis B., prennent à tout hasard leur pistolet qu'ils rangent, qui dans son holster, qui dans sa ceinture, et dévalent les escaliers de la PJ, usant encore un peu plus le vieux linoléum noir, chaque jour plus râpé et gondolé. Sur le quai des Orfèvres, la pluie tombe dru. Ils montent dans une voiture banalisée garée là : direction rue du Caire.

Il est près de 11 heures. Conseil aux automobilistes : ne pas s'aventurer dans le Sentier dans la journée. Chaque rue est bloquée par au moins trois ou quatre camions de livraison chargeant ou déchargeant manteaux, pantalons, jupes, joggings ou doudounes multicolores. Dans tous les sens passent et repassent des diables chargés de tours de Pise vacillantes de rouleaux de tissu, poussés par les Maghrébins et autres Pakistanais soufflant et suant. Ça klaxonne, ça beugle, ça s'engueule : « Hé, ton camion, hé couillon, tu peux pas l'garer un peu plus loin », « J't'encule hé connard », « Retourne dans ton pays ! »

Les inspecteurs parviennent cependant à se garer. L'un d'entre eux reste dans la voiture, les deux autres se dirigent vers la boutique : c'est une toute petite boutique ouvrant sur un trottoir étroitissime et coincée entre un vaste magasin Compagnie des Amériques et une bonneterie Groupe Boutonnier MP. Au-dessus de la vitrine, en grandes lettres rouges : JEEP.

Les inspecteurs Joël K. et Jean-Paul C. poussent la porte de verre : à l'intérieur, enfilés sur des cintres qui pendent à des tringles, d'innombrables manteaux et robes sous des housses de plastique transparent.

– Messieurs ? demande Simon A., directeur du magasin. C'est pourquoi ?

– Police. Un simple contrôle de routine. Vous avez bien une employée se prénommant Valérie ?

– En effet, c'est d'ailleurs la seule employée femme de la maison et...

– Elle est ici ?

– Oui, vous voulez que je l'appelle ? demande Simon A. vaguement inquiet.

– Appelez-la.

L'homme, qui doit avoir la trentaine, se tourne vers le fond du magasin, crie :

– Valérie, il y a du monde pour toi !

Par des petits escaliers, à demi dissimulés derrière des Himalaya de jeans, descend alors une toute jeune fille, aux longs cheveux bruns, épais, au teint très pâle. Ses sourcils arqués, ses joues enfantines un peu grosses, mais surtout la jolie moue de ses lèvres rouges correspondent tout à fait au portrait-robot dessiné par les Rembrandt de l'Identité judiciaire.

Jouant toujours au « contrôle de routine », les inspecteurs lui demandent de décliner son identité, qu'ils notent scrupuleusement sur un carnet :

– Valérie Subra, née le 8 avril 1966 à Paris, XIIe.

– Vous vivez où ?

– Rue Wagner, chez mes parents, dans le XIe.

Elle sort un chewing-gum d'une de ses poches.

– Vous en voulez un ? demande-t-elle aux policiers.

Ceux-ci refusent. Ils remarquent à l'un de ses doigts une alliance Cartier, à son cou une chaîne, au poignet gauche un bracelet argenté.

Comme elle se met à mastiquer son chewing-gum, ses joues fraîches, ses lèvres prennent un aspect plus enfantin et aguicheur à la fois.

« Elle a commencé par nous faire du charme », commenteront plus tard les inspecteurs.

Ceux-ci, quelques instants encore, tournent autour du pot, puis soudain ils lui jettent à la figure, comme une claque, cette question :

– Alain T., vous connaissez ?

– Non, j'crois pas, je...

– On vous a vue avec lui, samedi soir, à l'Apocalypse...

– Ah oui, bien sûr. Alain... Mais je n'connaissais pas son nom de famille. J'étais bien avec lui samedi dernier. Il m'a ensuite raccompagnée chez moi et...

– Et le dimanche aussi, vous aviez rendez-vous avec lui !

– Oui, j'étais avec lui dimanche. Je suis allée chez lui. Je n'me souviens pas d'l'adresse. C'était dans le XVIIe en tout cas...

Valérie continue de mâcher son chewing-gum, un peu plus nerveusement peut-être. Son joli teint est un peu plus pâle.

Après un bref interrogatoire, les inspecteurs l'emmènent, pour perquisition, chez elle, rue Wagner (là couraient jadis, au XVIIe siècle, les fossés longeant l'enceinte de la ville). Les policiers garent leur 205 en bas d'un immeuble neuf de teinte claire, dont les baies vitrées sont entourées d'un cadre gris métallisé et bleu.

Ils montent en ascenseur au deuxième étage. Une dame âgée leur ouvre, Hélène V., 60 ans, grand-mère de Valérie. Affolée, la vieille dame presse de questions les deux policiers et supplie Valérie de parler. Les inspecteurs restent évasifs. L'appartement est assez grand, quatre pièces, richement meublées. Valérie conduit les deux hommes sur la gauche, dans sa chambre : les murs sont tendus de bleu, sur le lit, des ours en peluche. Une table, des étagères en rotin posées à même le sol, une armoire. Les inspecteurs fouillent un peu partout. Sur l'étagère la plus haute de l'armoire, ils trouvent une dizaine de cahiers et d'agendas : un répertoire téléphonique dont la couverture verte est ornée d'une photo de jeune fille collée dessus (il comporte un très grand nombre de noms, mais surtout de prénoms, flanqués d'un numéro de téléphone et parfois d'un nom de boîte de nuit ou de restaurant) un carnet d'adresses de marque Sarah Kay, rose ; un agenda de marque Exacompta, à couverture de plastique noire, contenant lettres et cartes de visite ; un carnet répertoire à spirale de marque Clairefontaine, violet... Les inspecteurs jettent un coup d'œil rapide sur ces carnets, cherchant aux lettres concernées si n'y figurent pas les noms des victimes. L'un d'eux ramasse un cahier d'écolier à couverture blanche transformé en répertoire alphabétique : à l'intérieur sont glissés quelques cartons d'invitation. Comme il feuillette les pages une carte de visite tombe au sol en tourbillonnant. Il la ramasse. Le nom imprimé dessus est pour le moins évocateur : *Antoine X., avocat à la cour.* L'adresse gravée sur la carte, *rue de Courcelles,* a été barrée à l'encre bleue et, avec la même encre, a été inscrit juste au-dessus : *avenue de Villiers.*

– Vous connaissez maître X. ? demande l'inspecteur.

– Euh oui, comme ça ! souffle Valérie.

Sur la même étagère de l'armoire ils trouvent un morceau de papier jaune où est écrit, à la main : « Bébert », suivi du numéro de téléphone *553 07...* C'est le numéro du *public relation* du Jardin de La Boétie :

– Et ce numéro, c'est quoi ? demande l'inspecteur Joël K.

– Un ami, souffle Valérie.

Joël K. et Jean-Paul C. promènent leurs yeux sur les lits, les oursons. Ils examinent les étagères de rotin ; un billet bleu blanc rouge Air-Inter est posé là : aller-retour Paris-Marseille, départ 22 décembre 1984/retour 29 décembre 1984.

– Je pars après-demain voir Papa à Marseille... pour les fêtes, dit Valérie.

Son père et sa mère sont séparés depuis dix-sept ans, explique la jeune fille. L'appartement de la rue Wagner est celui de sa mère, laquelle est sur son lieu de travail : une compagnie d'assurances dans le XVIIe arrondissement.

Jean-Paul C. ramasse l'ensemble des carnets et le billet d'avion, les entasse dans un sac en plastique.

– Et maintenant, dites-nous ce que vous portiez le samedi 15 et le dimanche 16 décembre.

Valérie ouvre la penderie, montre un ensemble jupe-pull-over noir.

– Ça, c'est ce que je portais samedi, et ça... (Elle tend un jogging jaune portant la marque Tee-for-two, jeu de mots sans doute sur *tea* et le *tee* de tee-shirt.) ... C'était dimanche.

Jean-Paul C. prend les deux vêtements et les met chacun dans un sac en plastique transparent.

Il est 12 heures 35, la perquisition est terminée. Mme Hélène V., qui a assisté à tout cela, muette, harcèle à nouveau les policiers de questions. Ils tentent de la rassurer, tout en restant évasifs. Valérie et ses gardiens regagnent leur voiture qui fonce bientôt jusqu'au bout de la rue Wagner, contourne la place de la Bastille où, tout en haut des 52 mètres de la colonne de bronze, le Génie de la Liberté « qui-s'envole-en-brisant-les-fers-et-en-semant-la-lumière », en équilibre sur un pied, semble à chaque instant, depuis cent quarante et quelques années, manquer se casser la gueule. Les rues défilent dans les vitres et le pare-brise de la voiture : le Ciné-Bastille affiche *Le Bébé Schtroumpf*, un dessin animé produit pour les fêtes. Puis c'est la rue Saint-Antoine et ses boutiques d'alimentation ; la rue de Rivoli... Tout cela, Valérie ne le reverra plus.

Avant longtemps.

Le porche du 36, quai des Orfèvres, sans doute Valérie Subra l'a-t-elle vu nombre de fois, dans des polars de série B. Sans doute a-t-elle l'impression de vivre un de ces films quand, précédée de ses gardiens, qui n'ont pas pris la peine de lui passer les menottes, elle escalade les marches couvertes de linoléum noir des escaliers de la PJ où vont, viennent des flics en uniforme, et des oiseaux des îles à perruque et bas résille, raflés quelque part du côté de la rue Saint-Denis ou du bois de Boulogne : putes, travestis, junkies, entre deux défonces, deux passes ou deux séjours en tôle. Derrière son hygiaphone, au deuxième étage, le planton déclenche la porte automatique du sas. Valérie est conduite vers le bureau de l'inspecteur Bernard P. et de son groupe : en contrebas, la Seine, grise et froide comme de l'acier, coule vers le palais du Louvre et, plus loin, la piscine-péniche Deligny où, l'été dernier, Valérie a plus d'une fois piqué une tête. Sur le mur de gauche du bureau, elle regarde les affiches : *La Balance, La Crime.* Mais voit-elle, juste à côté, cette plaque de marbre gravée en lettres d'or : *A la mémoire de Jacques Capéla, inspecteur divisionnaire tombé victime de son devoir le 31 juillet 1978.* Rappel froid, officiel, que ces bureaux n'ont rien d'un décor. Et que les « flics » ne ressuscitent pas « à la fin du film » pour aller toucher leur cachet.

On fait asseoir Valérie devant un bureau. Elle doit à nouveau décliner son identité. Elle signale que, si elle dort de temps à autre chez sa mère, elle habite régulièrement depuis un mois un appartement à Courbevoie, rue de l'Industrie.

– C'est M. Christian C. (ami de sa mère) qui me l'a prêté. J'habite là avec mon petit ami. Il s'appelle Laurent Hattab...

« Au début, expliquera le commissaire Flaesch, elle a joué de son charme féminin. Elle a nié toute participation au meurtre d'Alain T. et Antoine X. »

Les policiers n'insistent pas. Ils ont d'autres chats à fouetter. Tous les inspecteurs de sexe mâle sortent du bureau. Reste un policier femme, qui demande à Valérie de se déshabiller complètement.

Entre quelques bureaux de bois jaune ou d'acier gris, des machines à écrire muettes, et, sous le regard, au fond de la pièce, de l'œil glauque d'un téléviseur éteint, elle entame un glacial strip-tease. Chaque vêtement est examiné, chaque parcelle de son corps : afin de déterminer s'il est porteur d'une quelconque marque ou blessure suspecte. Valérie doit donner au policier femme le bracelet blanc qu'elle porte au poignet gauche, l'alliance Cartier à trois anneaux, et la chaîne d'or qui pend à son cou. Les bijoux finissent au fond d'un sachet : sous scellés. Valérie se rhabille.

On fait aussi l'inventaire de son sac ; un chéquier, une trousse de maquillage, un carnet d'adresses comportant à la lettre A le prénom d'Alain T., deux feuillets de pressing, un prospectus LOCATEL VIDÉO où est inscrit à la main *Interphone, Boissière, en bas, à gauche, XVIe, quatre fois...* (« L'adresse d'un ami », explique Valérie). Il est à peu près 13 heures : Valérie est emmenée dans une des trois cages situées à l'étage : une pièce de trois mètres sur trois, à peu près vide. Les murs sont peints de gris dans la partie inférieure, de blanc dans la partie supérieure. Fixé au mur, un long banc de bois jaune où elle s'assied. Une porte d'acier comportant une petite ouverture carrée vitrée et grillagée se referme sur elle. Pour déjeuner, elle aura droit à un sandwich jambon et un peu d'eau : c'est l'ordinaire des flics comme des voyous qu'ils arrêtent.

Ce même jour, dans l'après-midi, l'inspecteur principal Marc V., qui appartient au groupe du commissaire Flaesch s'occupant de l'affaire T., est assis en face de Béatrice T. : sur le bureau qui les sépare, entre un cendrier débordant de mégots froids et quelques boîtes de trombones et de punaises, il dépose un bracelet de métal argenté, une chaîne d'or, et une alliance Cartier en or, formée de trois anneaux enlacés :

– On a trouvé ça sur cette vendeuse du Sentier, dont vous nous avez parlé... Valérie Subra.

Béatrice T. prend l'alliance Cartier, elle l'enfile sur son auriculaire gauche. La regarde :

– Cette alliance, je la reconnais. C'est celle de mon frère Alain, je suis affirmative. Elle m'allait parfaitement au petit doigt de la main gauche et regardez : c'est bien le cas. Et puis, je reconnais aussi l'aspect, l'usure... Mon frère portait ces anneaux en permanence. Il y attachait une valeur sentimentale. Il n'est pas possible qu'il les ait donnés à quelqu'un.

Elle repose l'alliance sur le bureau, examine le bracelet puis la chaîne.

– Je ne puis être affirmative pour la chaîne et le bracelet. Je sais qu'il avait une chaîne de ce type en tout cas !

Béatrice T. par ailleurs déclare qu'ont été volés, au domicile de son frère, une montre Piaget en or, une montre Rollex en acier, un briquet Cartier.

Il est à peu près 16 heures quand la voiture de l'inspecteur principal Joël K., qui est accompagné des inspecteurs Denis B. et Paul D., se gare dans la rue Victor-Hugo, non loin de son intersection avec la rue Molière : un panneau d'acier blanc indique, en lettres bleues : RUE MOLIÈRE VOIE PIÉTONNE. Ils sont arrivés à Courbevoie, proche banlieue de Paris, en face de Neuilly, de l'autre côté de la Seine. La rage spéculative de la fin des sixties a rasé tous les pavillons et petits immeubles, et hérissé le quartier de tours gigantesques et autres HLM de luxe destinées à la middle-class, espèce de village à la verticale dont toute trace du passé semble avoir été effacée, à l'exception de l'hôtel de ville, avec son fronton triangulaire en stuc, dans le meilleur kitsch néo-grec, et quelques vieux caboulots et hôtels, ultimes Mohicans architecturaux rappelant le Paname et les banlieues du temps de Michel Simon ou Arletty. Fossiles en péril : d'innombrables pelleteuses continuent les travaux de destruction, et de gigantesques grues d'acier peuplent le ciel.

Entre des plates-bandes semées de pelouse, la voie piétonne Molière, pavée de briques rouges, s'enfonce entre de hauts immeubles avant d'escalader, sous forme d'escaliers à larges marches, une proéminence située sur la droite. En haut des escaliers (pour qui ne connaît pas les lieux, c'est un vrai dédale), on tourne sur la gauche vers la Seine. On arrive alors rue de l'Industrie. Là, devant un porche, plantés dans des pots, montent la garde deux petits sapins. Un panneau indique : PROPRIÉTÉ PRIVÉE. Les inspecteurs appellent le concierge, Jean-Claude S., qui, avec un serrurier, M. Louis P., leur servira de témoin pour la visite de l'appartement qu'ils ont mission de perquisitionner.

Ils sonnent à l'interphone du bâtiment B. Nulle réponse. Le gardien, qui a les clefs de l'immeuble et un double de celles de l'appartement, ouvre la porte. Le hall de l'immeuble est peint en marron et tapissé de miroirs en verre fumé. Ils montent au treizième étage. L'appartement est un deux pièces :

Une entrée. A droite un salon et, au fond, un couloir menant à la chambre et à la salle de bains.

Dans la chambre, on trouve un sac de plastique blanc au sigle NAF-NAF. A l'intérieur, divers habits dont un jogging blanc qui porte inscrit en rouge sur la jambe gauche *Coca-Cola*. Sur la partie arrière de cette jambe, des traces brunâtres... La chambre est en désordre. Le lit est défait et jonché de vêtements divers. Dans une penderie, située à droite quand on entre dans la pièce, deux pantalons de cuir noir : l'un de marque Création absolue, taille 46, l'autre sans marque, de taille 38. Ces objets sont mis dans un sac, sous scellés. Sur le sol de la penderie, une mallette Cartier, à serrure s'ouvrant par un code. Dans la mallette, un tee-shirt blanc, au sigle *Tee-for-two, for Young*, un slip à carreaux bleus et blancs, et deux cagoules noires comportant deux trous pour les yeux, entourés d'un liséré rouge.

Faire une perquisition, cela ressemble un peu à ce jeu d'enfant « chaud ou froid » : quand on se rapproche de l'objet caché, on dit « chaud ». Et il semble que ça commence en effet à chauffer : sous le lit une boîte en carton blanc LES MUST DE CHEZ CARTIER. Dedans un stylo Dupont, un agenda 1985 Cartier, une ceinture Cartier marron...

Dans la cuisine, près de l'évier, plusieurs croissants encore frais ; un pack de lait non tourné ; une casserole pleine de chocolat posée sur le réchaud, et un reste de café dans une cafetière. Plusieurs personnes ont pris ici leur petit déjeuner. Dans la salle de bains, en boule dans le bidet, trempe un pantalon marron. Les boutons portent la marque Cyril Cachan et la poche arrière gauche, l'inscription *Vêtement type armée. Liberto.* Ce pantalon baigne dans de l'eau savonneuse.

Rouge de sang.

Subra et un inspecteur sont assis face à face de part et d'autre d'un bureau de la Crime : comme deux joueurs d'échecs qui s'affrontent. Soudain le policier jette sous les yeux de la jeune fille deux photos en couleurs.

– Ça vous dit quelque chose ?

Elle regarde une des photos. C'est un visage d'homme, mais dont les yeux, très bleus, sont fixes, écarquillés. Sa bouche est entrouverte. Des plaies strient le crâne dégarni. L'œil et le sourcil gauche sont tuméfiés ainsi que la partie droite du front. Une ecchymose bleuit l'arête du nez. Tout défiguré qu'il soit par les coups et le sang, ce visage, Valérie le reconnaît. C'est celui d'un homme avec qui elle a parlé souvent, dîné, blagué : maître Antoine X. Sur l'autre photo figure Alain T.

(Depuis quelques années, les photos de l'Identité judiciaire sont en couleurs. Ça les rend beaucoup plus réalistes, plus insoutenables que le noir et blanc.)

– J'ai rien fait, rien vu ! souffle Valérie qui perd les pédales.

– C'est toi qui les a tués ou fait tuer ! Ils avaient ton téléphone, on a trouvé le leur dans tes carnets. L'anneau que tu avais au doigt, il appartient à T. Des témoins t'ont vue avec lui le samedi soir, veille du crime. Trois témoins affirment qu'il avait rendez-vous avec toi le lendemain, dimanche, à 22 heures 30...

D'après ce que Valérie a dit à la journaliste Frédérique Lebelley, ce serait la vue des photos de l'identité judiciaire qui l'aurait fait craquer.

La version du commissaire Flaesch est différente :

« Elle n'a admis les faits que quand on lui a démontré les charges qui pesaient contre elle. »

Elle éclate en sanglots. Elle hurle aux hommes qui l'interrogent :

– C'est pas moi, c'est les autres. Ce sont des fous dangereux !

– Ils s'appellent comment ? Ils sont où en ce moment ?

– L'un, dit-elle entre deux sanglots, il s'appelle Laurent Hattab. Il a 19 ans. C'est un juif tunisien. Il mesure dans les 1,75 mètre.

– Ses yeux, de quelle couleur ?

– Marron. Il porte un diamant à l'oreille. C'est avec lui que je sors.

– Et l'autre ?

– Il s'appelle Jean-Rémy. Je ne connais que son prénom. Il doit avoir 20 ans. 1,80 mètre... On l'hébergeait presque tous les soirs à Courbevoie...

– Et la couleur de ses cheveux ?

– Châtains. Ses yeux sont bleus. Il porte des lunettes rondes à monture dorée... J'sais pas où il habite. Comme je vous l'ai dit, on l'hébergeait.

– Où ils se trouvent en ce moment ?

– Je pense qu'ils devront passer ce soir soit à l'atelier boulevard Sébastopol, au cinquième étage, soit à Courbevoie, ou peut-être chez ma mère, rue Wagner, dans le XIe...

Immédiatement le commissaire Flaesch envoie cinq hommes boulevard Sébastopol. Par radio, il appelle ceux qui perquisitionnent à Courbevoie. Il leur donne le signalement des deux complices. Deux policiers se mettent en planque dans l'escalier de l'immeuble et un en bas de celui-ci. Ils sont reliés par talkie-walkie...

– Bon maintenant, Valérie, il va falloir tout nous raconter, dans le détail, dit le commissaire Flaesch.

« Il se crée des espèces d'affinités entre les policiers et les personnes qu'ils interrogent, expliquera celui-ci. Avec certains cela accroche, pas avec d'autres. En la circonstance, Valérie n'a d'abord voulu parler qu'à moi. Peut-être parce que j'étais jeune : 28 ans à l'époque. Et elle en avait 18. On est allés dans un bureau isolé : elle pensait qu'en racontant tout elle allait être disculpée... et pourtant il s'agissait de deux meurtres. Pendant son récit, régulièrement, elle me demandait : " Je vais rester longtemps en prison ? " Elle ne se rendait vraiment pas compte. Je savais qu'elle en avait pour longtemps. C'était une gamine. J'ai voulu rédiger moi-même le procès-verbal. Chaque mot, chaque virgule allait compter... »

Dans un autre bureau, un policier interroge la mère de Valérie, qu'on a pu joindre.

Ailleurs, dans Paris, la police traque deux jeunes gens encore sans visage : Laurent Hattab et Jean-Rémy Sarraud.

Valérie Subra est née le 8 avril 1966. Sept jours avant sa naissance, le 1er avril, *La Religieuse* d'Alain Resnais, tirée du roman de Diderot, était interdite sur pressions de l'Église. Mai 68 était tout proche : le visage de la France et de ses mœurs allait être changé.

Dès 1967, selon l'enquête de personnalité, la mère de Valérie, née Isabelle V., divorce de son mari. Elle va vivre avec sa fille dans l'Essonne chez les grands-parents maternels , qui s'occuperont du bébé. La mère trouvera du travail dans un préventorium de la région. En 1969, elle se remarie. Mais, en 1970, les époux se séparent : « Valérie aimait bien son beau-père, dit Isabelle V., mais elle n'a pas été trop affectée par cette séparation, car de caractère déjà très indépendant. » Commencent les seventies. Ça n'est pas seulement la crise du pétrole mais celle des valeurs, comme on disait alors. Le monde de Papa se casse la gueule, le Paris de Zola s'écroule sous les pelleteuses : les Halles sont rasées, les quais de la Seine sont transmués en « voie sur berge ». C'est la montée aussi du terrorisme. En 1972, Andreas Baader, de la Fraction armée rouge, est arrêté.

En 1974, Isabelle V. se remarie avec un journaliste, Pierre S., son troisième époux donc. Elle a de lui un nouvel enfant. En 1975 : chute de Saigon. Écroulement des idéologies : Marx, Mao n'ont plus la cote. Cette année-là, le couple et les deux filles s'installent à Paris. Valérie doit quitter ses grands-parents auxquels elle est très attachée. Ceux-ci d'ailleurs, qui prennent leur retraite, vont vivre sur la Côte d'Azur. Valérie fréquente plusieurs écoles religieuses. La directrice du collège privé Sainte-Ursule, Louise de Brétigny, dira d'elle alors qu'elle est une bonne élève, instable, très gâtée par sa grand-mère qui l'a élevée. Nouveaux déménagements, nouvelles écoles pour Valérie. La mère s'installe à Chantilly. 1977 : Andreas Baader est trouvé « suicidé » dans sa cellule en Allemagne. Les soixante-huitards se rangent des bagnoles dans le show-biz, l'édition, le journalisme, etc. Demeurent quelques Don Quichotte de la révolution, qui versent dans le terrorisme. Cette année-là, Valérie entre à l'institut Anne-Marie-Jahouey, à Senlis. La directrice de cette école la trouve « intelligente, mais perturbée par la situation familiale de ses parents : ils étaient divorcés. [...] Elle présentait déjà une certaine maturité, vraisemblablement à cause de sa situation familiale. Elle avait un caractère renfermé et supportait à la limite la discipline. Elle est partie en cours d'année sans achever sa quatrième... » En 1979, se crée en France le groupe terroriste Action directe en liaison avec la Fraction armée rouge allemande. Valérie a 14 ans. Selon une de ses copines de lycée, c'est vers cet âge-là qu'elle aurait fait une fugue... En 1981 Valérie s'installe avec sa mère à Chantilly. « J'ai eu onze domiciles différents », déclarera-t-elle plus tard à Frédérique Lebelley.

C'est en 1981 que, pour la première fois, elle rencontre son père véritable : soit quinze ans après sa naissance. La scène a lieu dans la gare de Chantilly où, avec sa mère, elle est venue le chercher. M. Subra qui, entre-temps, s'est remarié et a eu un autre enfant, a, dit-il, éprouvé le besoin de reprendre contact avec sa fille...

Au milieu de la cohue des passagers anonymes qui vont et viennent autour d'elle, comment Valérie pourrait-elle reconnaître son père dans cet homme brun, assez grand, inconnu parmi les inconnus ? La jeune fille reste sur sa réserve. Entrevue décevante ? frustrante ? père perdu aussitôt que retrouvé ?

Un an plus tard Valérie téléphone à celui-ci. Elle lui demande si elle peut passer chez lui, à Marseille, les vacances de Pâques. Il accepte. Dans cette nouvelle famille, elle trouve une vie plus réglée. Elle refera régulièrement le voyage de Marseille. Elle songera même à s'installer chez son père : recherche d'une autorité ? d'un garde-fou ?

Car les « bêtises » commencent alors pour elle. Oh, *piano* au départ, *ma non troppo* ! Elle est au collège, en classe de troisième, dans le VIIe, arrondissement « chic ». Nous sommes en 1982. Sa mère se sépare de son troisième mari, Pierre S. Celui-ci décrit Valérie comme une « grande gosse complètement immature et inconsciente, qui avait un sacré petit caractère, mais pas influençable, étant plutôt du genre à prendre ses décisions par elle-même ». En avril 1982, sa mère connaît Christian C., un ingénieur : « Valérie, dit-il, était une gamine dans un corps de femme. Gaie, enjouée, mais très féminine. Spontanée. Ni renfermée, ni taciturne. Elle a eu une fin de scolarité indolente. Les études ne la passionnaient pas. Jusqu'à sa majorité, elle ne sortait que le dimanche après-midi. Elle était polie et courtoise, pas du tout influençable, ayant plutôt un caractère bien trempé. Elle savait ce qu'elle voulait. »

La directrice du collège où elle suit sa troisième dit d'elle : « C'était une petite minette gentille et coquette dont le comportement n'avait rien d'anormal. Pour ce qui est de son travail scolaire, il était nul. »

Ses copains de lycée se souviennent très bien d'elle. Sylvie est blonde, pétillante, avec un verbe vert et tranchant, un feu d'artifice : « Si je la connais ! C'était une teigne, ouais ! Y'avait dans notre classe un jeune garçon, il avait autour de 15 ans, il était très mal dans sa peau. Il s'appelait X., on le surnommait " la gazelle " parce que le prof l'avait engueulé pour ses retards et qu'après déjeuner on le voyait toujours arriver au lycée en courant et sautant. Valérie, mais elle n'était pas la seule, ils étaient bien quatre ou cinq filles et garçons à le faire, n'arrêtait pas de le taquiner, parfois cruellement... Moi, je prenais sa défense. J'ai même fait le coup de poing avec deux types qui l'embêtaient... La préoccupation essentielle de Valérie, c'était les fringues. Et son acné ! Elle se mettait des pots de crème sur la gueule pour cacher ses boutons. Elle allait chez l'esthéticienne. Un jour j'lui ai balancé : " Eh, tu f'rais mieux d'aller chez l'dermato pauv'conne ! " Au lycée, y avait des mecs assez BCBG. Elle n'arrivait pas à les aguicher, ça la faisait enrager. Mais elle avait enjôlé le pion. Il lui faisait ses devoirs. A l'époque, elle avait une bonne copine qui s'appelait elle aussi Valérie. Dès que l'une avait le dos tourné, l'autre lui cassait du sucre ! " Sympa les copines, je leur ai dit un jour, vous êtes deux belles salopes, toujours à dire du mal de l'autre quand elle est pas là ! " A ces mots, Valérie, elle s'est mise à pleurer. Quand on l'attaquait, et qu'elle ne trouvait pas la riposte, elle restait muette, toute bête, sans défense... Elle débarquait ! Elle sentait sa province. Pour elle le top du top c'était d'avoir sa bouteille à l'Élysée-Mat' (*alias* Élysée-Matignon, bar des Champs-Élysées). Sa vision de la réalité était faussée par ses rêves. Pour faire râler les copines, une fois, elle est venue se faire chercher au lycée par un mec en Rolls : elle avait dû le pêcher un dimanche après-midi à la Scala ! Pourtant elle était pas sotte, il suffisait qu'elle bosse et elle avait 20. Mais elle foutait rien ! Les études, ça l'intéressait pas ! Elle voulait être actrice, ou mannequin. Pourtant elle était plutôt petite et ronde. Un jour qu'elle s'était ramenée avec des nouvelles grolles de chez Sacha, j'lui ai lancé : " Eh boudin, tu f'rais mieux de t'payer une cure d'amaigrissement ! " Une de ses idoles, c'était Steph... »

Stéphanie de Monaco, la petite princesse, est à peine plus âgée que Valérie. Elle s'« éclate » avec sa planche à roulettes, sur l'esplanade du Trocadéro, son walkman sur les oreilles, elle se « déglingue », mieux que Valérie, à l'Apo (Apocalypse), à l'Atmo (Atmosphère) et chez Castel (Valérie, elle, se contente des dimanches après-midi à la Scala et au Bus-Palladium, pour l'instant du moins). Comme Valérie, qui est issue de la middle-class, ou nombre de coiffeuses, sorties du prolétariat, la princesse Stéphanie veut être « mannequin » ou se lancer dans le prêt-à-porter.

Autres temps, autres mœurs.

Les stars, jadis, rêvaient d'être princesses.

Les princesses désormais veulent être stars.

Ou starlettes.

Grand renversement de l'imaginaire : d'une génération l'autre.

De Grace Kelly à ses filles. Dans les magazines que dévore Valérie, on raconte tout – et n'importe quoi – sur les aventures de Steph avec Anthony Delon (fils d'Alain) et Paul Belmondo (fils de Jean-Paul) ; Anthony, c'est aussi un des maîtres à penser de Valérie. « Pour elle, dit sa copine Sylvie, tous les mecs c'étaient des cons, sauf Anthony. »

Et Anthony, c'est un « sacré » ; quand un journaliste demande au fils de Delon : « Pourquoi avez-vous raté vos études ? », il répond : « Ça m'ennuyait. » Par contre, question déconnage, Anthony, il est premier de la classe. Comme James Dean, au début de *La Fureur de vivre,* il pourrait dire : « S'il vous plaît, enfermez-moi, ou je vais faire des bêtises. »

Des bêtises, graves, il ne va d'ailleurs pas tarder à en commettre. La presse multiplie les articles à scandale sur ses frasques : accidents de la route, etc. Et c'est un peu comme si, dans une dimension « supérieure », celle, mythique, du show-biz, les « conneries » du jeune Anthony Delon allaient répondre en écho aux conneries où Valérie et ses copains s'enfonceraient.

Élevée dans les institutions religieuses, Valérie passe directement des images de missel à celles des magazines où on parle de son « idole ». D'une religion l'autre.

« Tout ce qu'elle faisait, raconte un lycéen de sa classe, Benjamin, il semblait que c'était pour les autres. Mais dès qu'elle cessait de faire son numéro, dès qu'on lui parlait en tête à tête, c'était quelqu'un de très bien. »

Elle est gourmande, un peu trop (car elle est plutôt potelée, et se surveille). Souvent avec ses copines, elle va au Pub des Champs ou au Framboisier, déguster des pâtisseries. A la belle saison, elle se fait bronzer à la piscine Carnot ou à Deligny. Là, elle rencontrera Véronique, Agathe, Valérie (une autre Valérie qui deviendra une très bonne amie), Patricia et bien d'autres. Et ces amies lui présentent des amis, qui lui présentent d'autres amis, une vraie chaîne, une boule de neige ! « Elle aimait rencontrer des gens, paraître. » Elle a 16 et bientôt 17 ans. On la décrit comme jalouse, possessive, aimant à exercer son pouvoir sur autrui. Avec elle, c'est « comme je veux, quand je veux ». Mais quand ça ne marche pas, c'est la crise, colère. Ou bien elle fait la gueule, s'emmure dans le silence. Une camarade, en classe, lui raconte une sortie avec telle amie. Valérie ne le supporte pas, c'est pour ainsi dire une infidélité qu'on lui fait (« Elle voulait même choisir les amis de ses amis. »). Elle jette ses cahiers par terre, quitte la classe, furieuse.

Elle a un copain au téléphone. Celui-ci lui décrit (avec un peu de complaisance peut-être) la jolie chanteuse que dans le moment même il voit à la télé. Nouvelle crise de Valérie : elle lui raccroche au nez.

Une autre amie, M., lui raconte son week-end avec « un tel ». Valérie, qui est assise avec elle dans un café, détourne soudain la tête, se lève, va s'asseoir quelques tables plus loin. Mais elle revient bientôt ; s'excuse : « Pardon, je t'aime beaucoup, je suis bête. » M. explique : « Il fallait qu'elle se sente désirée. Un soir, en boîte, elle me cherchait partout, demandant aux amis, aux serveurs, où j'étais. Quand elle m'a aperçue, elle est passée à côté de moi en faisant semblant de ne pas me voir... Elle aimait tout ce qui touche à la magie, à la science-fiction : les films de sorcellerie, par exemple, comme *Vendredi 13*. Mais la vue du sang l'effrayait. On s'est passé chez elle la vidéo du *Triangle des Bermudes*. Elle n'a pas pu regarder ça jusqu'à la fin : il y avait là-dedans, si je me souviens, une poupée qui saignait !... Les mecs, elle aimait les faire marronner, avoir sa cour, son harem. Elle jouait les filles faciles, mais elle ne l'était pas. Ce qu'elle aimait, c'était simplement séduire. Mais, quand elle voulait un mec, elle faisait tout pour l'avoir... »

Au Rock-and-Roll Circus, un soir, elle aurait réussi à approcher Anthony Delon. Malgré la flopée de minettes et autres gardes du corps qui se trouvaient autour de lui, elle lui aurait dit quelques mots.

« A l'époque, elle avait un petit copain : D. Ce qu'elle a pu lui en faire voir ! Dans une boîte, elle s'est amusée à flirter devant lui avec plusieurs types. Une fois elle est tombée sur un os : un mec beau, mais beau ! Il devait être mannequin ou je ne sais pas... Il lui en a fait baver. Là elle était mauvaise. Une punaise ! Elle se vengeait sur les autres. Dans une boîte, elle a lancé à un type avec qui elle flirtait : “ Dis donc, je viens de te voir à la lumière, t'es trop moche. ” »

Sa copine Véronique, étudiante en coiffure à l'époque, se souvient : « Il lui arrivait de donner quinze rendez-vous à quinze mecs le même jour et de n'aller à aucun. Un soir, elle a demandé à un de ses petits amis, B., de venir l'attendre en bas de chez elle. Nous on était dans la chambre de Valérie, on avait éteint les lumières et on le guettait par la fenêtre. B. a fait le pied de grue sur le trottoir pendant trois quarts d'heure. Un jour, il l'avait appelée au moins quatre ou cinq fois au téléphone. A chaque fois elle raccrochait en lui lançant : " Je suis sûre que dans cinq minutes tu rappelles. " Et il rappelait. »

Valérie joue avec les mecs : comme la souris... avec le chat. Mais parfois, patatras, c'est la déprime. Elle met son visage entre ses mains et, à sa confidente de l'heure, elle murmure : « Qu'est-ce que je suis ? Je ne suis pas aimée. Je suis inculte. Je ne suis rien ! »

Mais elle reprend vite du poil de la bête : et retombe dans les bêtises, les provocs.

Valérie Y. a connu Valérie Subra en boîte : à la Scala. Valérie Y. a 15 ans à l'époque. Blonde, une toute petite queue de cheval lui balance dans la nuque. Ravissante.

« C'est une fille, Patricia, qui nous a présentées, se souvient-elle. J'ai trouvé Valérie très belle. Mais elle était froide, silencieuse. J'avais l'impression qu'elle me faisait la gueule. Elle n'a pas dit un mot. Une semaine plus tard, je vais à Deligny. Je vois Valérie en train de bronzer, en monokini, les doigts de pieds écartés ! Moi, j'ai essayé de l'éviter. Elle m'a appelée : " Eh, eh ! Valérie ! " Elle m'a sauté dessus, m'a fait des papouilles. On est devenues copines. »

Valérie et Valérie ne portent pas que le même prénom, elles partagent les mêmes rêves : être mannequin, actrice ! C'est de cela qu'elles parlent, en sirotant un « coke » ou une orangeade, au soleil, au premier étage de la péniche-piscine. A travers les treillages de bois peints en blanc, elles voient passer sur la Seine, en contrebas, les grands voiliers blancs, luxueux, qui descendent le fleuve, vers l'ouest : vers l'Amérique peut-être ?

De temps à autre, un bateau-mouche, énorme, frôle la

péniche-piscine, la faisant tanguer. Ses haut-parleurs déversent, sur la cargaison de touristes qu'il charrie, toujours le même speech, tour à tour en italien, en français, en anglais, en espagnol : « A votre droite la place de la Concorde, construite sous Louis XV, c'est le type même de la place Royale... » Ou bien : « On the left side... Sur la gauche l'Assemblée nationale... » La piscine Deligny est amarrée en effet au quai Anatole-France, entre la Concorde et le Palais-Bourbon.

Quand elles sont tournées vers la Seine, les deux Valérie aperçoivent à l'ouest, surnageant au-dessus d'un océan d'arbres verts, les statues dorées du pont Alexandre-III, les verrières du Grand Palais et les colonnades de l'hôtel Crillon, par-delà l'Obélisque ; et, vers l'est, juste au-dessus de la grande pancarte de bois indiquant au premier plan BAINS DELIGNY LA PLAGE DE PARIS, le palais du Louvre, et, plus loin, par-delà la coupole ardoisée de l'Académie française, des tours pointues, noires, médiévales : le Palais de Justice.

« C'est à Deligny que j'ai utilisé mon premier Tampax, raconte Valérie Y. J'étais toute gosse, 15 ans, empotée. Je ne savais pas le mettre. Valérie m'a aidée à le placer. »

Valérie Y. a déjà eu quelques succès. Elle aurait posé pour un photographe, David Hamilton. Bientôt elle fera un peu de figuration...

Les rapports entre les deux Valérie ne sont pas toujours au beau fixe. Subra c'est une « sacrée ».

« Un soir, raconte Valérie Y., je sortais tout juste de chez Valérie... Elle n'habitait pas rue Wagner à l'époque, mais boulevard Raspail. Tout à coup, comme j'étais dans la rue, j'ai entendu qu'on m'appelait : " Valérie ! " C'était Valérie Subra qui m'interpellait du haut de sa fenêtre. »

Elle gueulait :

– Dis donc !

– Quoi ? répond Valérie (celle-de-la-rue).

– Dis donc, le stylo Mont-Blanc de Maman qu'était sur le bureau... poursuit Valérie (celle-de-la-fenêtre).

Valérie-de-la-rue, muette, regarde l'autre Valérie, hurlant à sa fenêtre :

– Tu l'aurais pas emporté, non, le Mont-Blanc à Maman ?

Outrée, Valérie-de-la-rue hausse les épaules et lance :

– Dis tout de suite que j'l'ai volé, hein ?

Valérie-de-la-fenêtre hausse les épaules et lance :

– Non, mais j'disais ça comme ça...

Valérie-de-la-rue, honteuse, s'enfuit sous le regard ironique des badauds assemblés.

Ce génie de la « provoc », Valérie Subra va peu à peu l'affûter. C'est avec délectation, semble-t-il, qu'elle joue à mettre « les pieds dans le plat ». Un jour Valérie-de-la-rue et Valérie-de-la-fenêtre sont dans un café avec deux mecs (« mais beaux, mais super », commente Valérie-de-la-rue). Valérie-de-la-rue est aux anges. Mais voici que Valérie-de-la-fenêtre se prend le ventre à deux mains et balance tout à trac : « Bon Dieu, la courante d'enfer que j'ai pas, mais une chiasse ! »

Valérie-de-la-rue est blême. Valérie-de-la-fenêtre rosit de jubilation. Casser les baraques, elle aime. Sauf quand c'est la sienne qu'on casse...

Valérie, donc, c'est une « sacrée ».

« Mais c'est aussi une gamine, très faible, très influençable, poursuit Valérie Y., *alias* Valérie-de-la-rue. A l'époque elle avait un petit copain qui ne me plaisait pas du tout. Il les roulait. Il se ramenait de sa zone avec ses Weston et ses belles fringues. Il voulait en jeter. Moi, j'ai du caractère, je le remettais à sa place : " Eh retourne dans ta zone, je lui disais. Où tu les as volées tes Weston ? C'est pas en balayant les rues que t'as pu te les payer ! " Je ne me laissais pas impressionner. Il interdisait à Valérie Subra de me voir. Un soir, à la Scala, je me baladais à la galerie du premier étage. Il s'est amené. Il était avec elle. Sans prévenir, il m'a balancé une gifle. J'ai riposté. En prenant mon élan, avec un terrible coup de poing. Alors il m'a rouée de coups... Valérie Subra n'a pas bougé. Elle n'a pas eu un mot, un geste pour prendre ma défense. Ça, je ne lui ai jamais pardonné, ça et d'autres choses dont je ne veux pas parler. Pendant un an, on ne s'est plus revues. Jusqu'au soir où elle m'a appelée au secours. C'était la veille de son arrestation... »

Évidemment, vu son état d'esprit, Valérie Subra n'est guère brillante dans ses études. A la fin de la troisième, elle se retrouve avec 5,6 de moyenne. Elle rate son BEPC. Peu importe, elle va s'inscrire dans une école d'esthéticienne. Elle pourra peut-être ainsi devenir maquilleuse à la télé, et pénétrer l'univers scintillant du show-biz. En mai 1982, elle s'inscrit dans une école de soins esthétiques, rue de l'Église, dans le XVe arrondissement. Ces cours coûtent relativement cher, mais Maman paie. Maman lui a même promis un studio à Paris si elle réussit son CAP.

Mme H., son professeur principal, blonde, jolie, est une femme à poigne : « Valérie était plutôt molle, sans caractère. Assez influençable. Elle avait peu de possibilités intellectuelles, la pratique l'intéressait, mais pas la théorie... »

Dans ces cours se retrouvent une dizaine de jolies minettes, dont les blouses de nylon rose ou bleu pâle sont reflétées par les hauts miroirs qui tapissent les murs de la classe, sous le feu des spots. Le prof demande à ses mignonnes ouailles de se rassembler au milieu de la pièce où, sur une chaise, est assis « le cobaye » : en général une vieille dame qui prête son visage un peu raviné aux coups d'essai de ces futurs maestros du nettoyage de peau et de l'épilation. Les mignons minois des esthéticiennes se penchent (leçon d'anatomie rembrandtienne revue par Andy Warhol) sur le visage ravagé du cobaye, qui a le buste à demi nu, le reste du corps étant caché par une sorte de pagne de nylon blanc retenu, à hauteur des seins, par un élastique circulaire qui entoure la cage thoracique.

– Et maintenant, demande le prof, décrivez-moi l'aspect de ce visage, la qualité de la peau, sa couleur, ses défauts, déterminez l'origine de ces défauts et voyons quel maquillage nous devrons adopter pour les corriger. Bon, commençons par l'aspect. Mademoiselle X. (ou Y.), décrivez-moi l'aspect de ce visage.

Avec un peu de répugnance – celle sans doute à peu près de l'étudiant en médecine auquel, pour la première fois, on demande de tâter un bubon –, lesdites mesdemoiselles X. ou Y. posent leurs mains sur le visage de la cobaye, qui reste de glace, et le caressent.

– C'est « velouté » non ? dit mademoiselle X.

– Mais non, mademoiselle X. D'ailleurs il ne faut pas caresser avec le dos, mais avec la face interne de la main qui est plus sensible, je vous l'ai déjà dit. Cette peau n'est pas veloutée, qu'est-ce qu'elle est mademoiselle Y. ?

– Elle est luisante, je crois, dit mademoiselle Y.

– Oui, c'est ça : « luisante » , dit le prof, ce qui veut dire qu'il y a hypersécrétion sébacée. Si cette hypersécrétion est continuelle, cela implique un dérèglement hormonal. Cette hypersécrétion est courante au moment de la ménopause. Mais il est rare qu'après quarante ans on ait la peau grasse...

Tous ces termes techniques, les élèves doivent les apprendre par cœur : pour épater le jury, à l'oral de l'examen.

– Et maintenant, dit le prof, décrivez-moi le grain de la peau.

Cinq ou six jolies mains, brunes ou roses, les unes très fines, les autres potelées, se promènent sur le visage de la vieille-cobaye qui semble jubiler sous ces caresses, à en croire le sourire béat se gravant sur sa bouche. Des minois se penchent un peu plus près, pour mieux voir la qualité de l'épiderme.

– Sur le front le grain est régulier, disent mesdemoiselles X. et Y.

Un jeune singe savant précise :

– Mais sur le bas des joues l'ostium-folliculaire-est-assez-dilaté (en d'autres termes les pores de la peau sont lâches).

Ne dites pas une peau « couperosée », mais « vascularisée » ; ne dites pas qu'elle est « sèche », mais « déshydratée » ; on ne parle pas de taches de rousseur, mais d'éphélides ; non de grains de beauté, mais de lentigos. Ce vocabulaire, paraît-il, impressionne les Trissotin des jurys d'examen :

– Et là, sur la tempe, qu'est-ce qu'elle a ? demande le prof en désignant sur le visage de la cobaye deux taches noires vaguement poilues.

Le singe savant, devant les autres élèves stupéfaites, lance alors :

– Ce sont des *nævus* pileux (traduire : verrues poilues).

Mais le prof corrige aussitôt le singe savant :

– On ne dit pas des *nævus* mais des *nævi,* c'est la conjugaison latine : *dominus/domini,* faites attention à ces fautes, ça peut vous coûter plusieurs points à l'examen.

Les *nævus/nævi,* « ça craint » un peu. C'est la barbe ! Valérie s'en fout. En revanche faire un masque, vaporiser un visage avec l'atomos, qui projette une « douche carbo-gazeuse », ou faire une pulvérisation ozonée avec le « Lucas-Championnière » (deux appareils semblables à des cafetières chromées), mettre un fond de teint clair sur des cernes pour les effacer, amincir les ailes d'un nez dilaté avec une ombre foncée ; adoucir d'un coup de crayon un sourcil un peu trop arqué, tout cela, elle aime bien le faire...

Au cour d'esthétique, Valérie s'est inscrite en même temps que sa bonne copine : M. Avec elle, question « provoc », elle va « s'éclater » un peu plus.

« En classe elle n'arrêtait pas de déconner. Un jour elle a pris à partie le prof d'ESF (éducation sociale et familiale). Il faisait un cours sur la contraception. Valérie lui a lancé : “ Et vous, vous faites l'amour avec votre femme ? Elle prend la pilule ? ” »

Valérie et M. cochent dans *France-Soir* les petites annonces : on demande mannequin, etc. Dans quels pièges à minettes a-t-elle pu tomber ? Elle réussit, en tout cas, avec quelques amies, à poser pour *Okay Magazine.*

« C'était je crois devant un lycée, pour une publicité », raconte M. Valérie, avec trois mois de délai, touchera 150 francs. Son premier cachet. Avec M., elle « fait les Champs », du drugstore de l'Étoile au drugstore du Rond-Point. Elles lèchent les vitrines. De temps à autre, elles abordent une inconnue. Elles lui lancent à la figure : « Dis donc, t'as pas honte d'être moche comme ça ? » A la piscine Deligny, à la belle saison, Valérie, en monokini, arpente, superbe, craquante, croquante, les planches tapissées d'une hécatombe de gens vautrés, en plus ou moins bon état de conservation, quadra, quinquagénaires mâles et femelles enduits d'une luisante et odorante couche de crème à bronzer : champ de bataille où reposent, par dizaines, des corps terrassés, les uns sur le dos, les autres sur le ventre, un livre ou un journal posé sur le visage pour s'abriter du soleil. Parfois l'un de ces corps, comme dans la Résurrection de la chair, se relève, va au fond, au bar, sous un parasol à tranches rouges et blanches marqué du sigle Winston, boire une orangeade ; ou peut-être, à l'autre bout de la piscine, s'asseoir sur un des innombrables instruments de torture qui sont disposés là : planches à abdominaux nickelées ; vélo fixe où un vieux monsieur s'épuise à pédaler en faisant du sur-place, sans doute pour tenter de faire fondre une abondante brioche ; cheval d'arçon ; haltères. Valérie ou sa copine interpelle les messieurs, s'amuse à se laisser « baratiner », accepte le morceau de papier qu'on lui glisse, où est inscrit un téléphone, en échange de quoi elle donne à son tour un téléphone, mais « bidon ». Elle récolte ainsi un chapelet de noms, de prénoms qu'elle note – ou plutôt qu'elle thésaurise – dans un de ses nombreux petits carnets, et en regard desquels elle écrit la profession des intéressés et le lieu de rencontre : piscine, café, etc. C'est sa collection. Son butin. Le lendemain, en général, aux heures où elle pense le « monsieur » absent, elle se serait quelquefois amusée à téléphoner au domicile de celui-ci. Tombant sur la mère ou l'épouse, elle balance : « Votre mari (ou votre fils) est un salaud, je n'ai pas quinze ans, il m'a mise enceinte. »

Et elle éclate en sanglots.

Pour éclater de rire aussitôt, une fois le téléphone raccroché.

Selon une de ses amies encore, elle aurait collectionné d'autres farces d'enfant terrible...

En boîte, un soir – au Martin's, dans le bois de Boulogne, où elle commence à sortir –, elle repère, avec sa complice, deux types assis dans un coin, sur une banquette, devant une bouteille de champagne. Valérie et sa copine s'asseyent, chacune à côté d'un des « mecs », s'envoient sans demander d'autorisation une coupe ou deux. Les mecs sont charmés par les nymphettes, ils offrent une autre tournée. On trinque, on blague, on s'attendrit, on flirte. Tout d'un coup (suivant le scénario qu'elles ont toutes deux mis au point à l'avance), elle s'écartent un peu de leurs « séducteurs », se penchent l'une vers l'autre au-dessus de la table et des coupes pétillantes et, à voix assez haute pour être entendue, elles se disent : « Et si on changeait de mec ? » Sans consulter leur partenaire tout à fait abasourdi, elles changent de place, et de cavalier à la fois, se remettant aussi sec à flirter : « On est comme ça, expliquent-elles, on aime changer. » Les « mecs » se laissent faire, un peu dépassés à vrai dire. Soudain les deux jeunes filles reprennent leurs distances et se penchent à nouveau l'une vers l'autre comme deux soubrettes de comédie, se disant à voix forte : « On n'est pas folles d'aller avec ces types, t'as vu la gueule qu'ils ont ? »

Et vlan, ça ne manque pas, Valérie and Co reçoivent un verre à la figure.

D'autant qu'au Martin's Club, qu'elle commence à fréquenter en 1983, les « mecs » sont plutôt macho. A l'époque la clientèle est avant tout pied-noir : gens du prêt-à-porter, patrons et employés. On arbore chaîne en or (ou en plaqué or, pour les moins fortunés), gourmette, Rollex. La plus grosse chaîne n'implique pas toujours le plus gros compte en banque. N'est pas Naf-Naf qui veut et faute de fric on frime. Une blague qui court dans le Sentier retrace bien cet état d'esprit : « Un jour, un fils de famille s'écrase contre un arbre à bord de la super Maserati rouge que Papa vient de lui payer. Il est sur le macadam, sonné, en sang, à côté de sa voiture fumante et en morceaux. Il pleure : " Maman, Maman, ma Maserati ! " Une dame s'approche et lui dit : « Ça va pas, fils, de pleurer comme ça sur ta bagnole, tu vois pas que t'as le bras coupé ! " Et le type de chialer de plus belle : " Maman, Maman, ma Rollex ! " »

Parmi les Dix Commandements de la réussite, on peut signaler qu'il « faut » passer le week-end à Deauville, qu'il « faut » passer l'été à Juan-les-Pins, qu'il « faut » être bronzé toute l'année, quitte à faire des séances d'UV, qu'il « faut » avoir une grosse bagnole, au risque de collectionner les PV parce qu'on ne peut pas se garer, qu'il « faut » habiter le XVIe, le XVIIe ou Neuilly. Ascension suprême, réservée au *nec plus ultra* : s'installer un jour en Californie.

Dans ce milieu, l'argent liquide circule. On vend en gros, mais au détail aussi. Les espèces ça brûle les doigts. Ça n'est pas vraiment du fric, c'est des jetons, des baguettes magiques qui vous permettent de réaliser tous vos désirs ou presque.

Monde mixte où les businessmen côtoient les frimeurs, où les demi-sel croisent de vrais gangsters. « Dans ce milieu, raconte un patron de boîte, y en a beaucoup qui roulent des mécaniques. Mais, quand ils se trouvent devant un vrai truand, ils se font docilement racketter, ils crachent leur pèze et après ils vous prennent à part, ils vous disent : “ Tu comprends, je lui donne de l'argent, c'est parce que c'est un ami... ” »

Et c'est dans ce monde-là, où on trouve des types qui « assurent » et avec qui, en boîte, « on crève pas de soif » parce qu'ils ont « leur bouteille », que Valérie – ex-sage petite pensionnaire des institutions religieuses – va de plus en plus évoluer.

Elle s'amuse. « Tout le monde il est beau, tout le monde il est gentil. » Elle ne voit que les bons côtés de la vie. Mais pas sa face cachée : le mal.

Peut-être aime-t-elle aussi « jouer avec le feu » ?

A la maison, elle parle comme une sage petite fille. En boîte, elle singe le langage des « demi-sel ».

Cependant sa mère s'inquiète :

« Valérie, fais attention. »

Mais Valérie ne répond pas.

Ou d'un haussement d'épaules.

« Devant sa mère, dit son amie M., elle ne montrait que son côté positif. Elle jouait les gamines. »

M. réussit son CAP d'esthéticienne. Elle ira bosser, pour l'équivalent du SMIG, chez Coryse Salomé. Mais elle espère bien un jour se mettre à son compte. Valérie, elle, échoue. Elle fera un stage (vite écourté : une semaine en tout) dans un salon. Mais elle renoncera : « Les modèles sont trop sales », explique-t-elle. Berk ! De toute façon, elle commence à connaître des gens dans la « fringue ». En septembre 1983, un copain photographe la fait poser sur une plage du Midi, pour présenter une collection de tee-shirts : Valérie, nue, assise le dos contre un rocher, un bob sur la tête, brandissant devant elle un tee-shirt blanc où une Minnie Mouse est imprimée ; Valérie en naïade, toute trempée encore de la mer dont elle vient de sortir, les cheveux humides, tirés en arrière, les bras écartés, faisant saillir ainsi ses seins épanouis, qui apparaissent en transparence sous un tee-shirt humide orné d'une tête hilare de Mickey ; Valérie gambadant dans l'écume des vagues : sur son tee-shirt le visage énigmatique, très stylisé, d'une femme aux lèvres rouges, épaisses. Sur le front de cette femme est inscrit : *Blue Eye*...

Ça y est. Elle est mannequin. Mot magique. Du moins elle s'en persuade.

Et puis elle a trouvé un job : vendeuse chez Jeep, rue du Caire, dans la boutique de prêt-à-porter d'un copain.

« Valérie, dira plus tard le psychiatre qui l'examinera après son arrestation, se trouve ainsi plongée dans le monde du Sentier, monde qu'elle ignore, où l'intérêt pour les affaires est capital, mais où une population jeune et sans souci vit au milieu des outrances de la mode et de la liberté sexuelle actuelle. »

Peu avant de trouver cet emploi chez Jeep, Valérie a passé quelques semaines au Maroc, en vacances avec son père. Ils ont discuté ensemble. Elle lui a promis d'aller vivre avec lui, à Marseille. Mais elle reviendra sur sa décision. Crainte d'avoir moins de liberté ? A-t-elle hésité à se séparer de sa mère ? Le job qu'elle a décroché décide de tout. Elle reste à Paris.

Le destin a choisi.

Elle gagne près de 5 000 francs par mois. C'est pour ainsi dire de l'argent de poche. Elle est nourrie, blanchie et logée à l'œil par Maman. Valérie va être bientôt majeure. Elle a 18 ans, le 8 avril 1984. Son anniversaire, elle le fête dans le Midi. Sa famille lui a offert un énorme gâteau rose où, avec de la crème blanche, on a écrit en grand le chiffre 18. Elle enverra à un petit ami d'alors, Pascal, une photo d'elle en longue robe noire satinée, soufflant les bougies du gâteau. Comme elle se penche, un pan de ses cheveux noirs retombe, sur le côté, formant un voile sombre sur lequel se découpe son profil aux lignes douces. Ses paupières sont mi-closes, bordées de longs cils. Elle a l'air d'une poupée asiatique. Au dos de la photo elle a écrit : *En souvenir des 18 ans de ta petite amie je te dédie cette photo en te faisant mes plus gros baisers.*

Pascal a eu une assez longue idylle avec Valérie qu'il a connue dans une boîte, au printemps 1983, quand elle avait 17 ans.

Au début il n'est pas spécialement attiré par elle. Ils sont copain/copain. Ils dansent ensemble, prennent des pots, vont au cinéma. (« Valérie, déclarera-t-il à la police, m'est apparue comme une jeune fille honnête et sérieuse, droite, avec le cœur sur la main. ») Un mois s'écoule ainsi. Et puis elle présente son nouvel ami à sa mère. C'est une femme très élégante (« Très Vieille France », dira d'elle une camarade de Valérie). Le courant passe entre la mère et Pascal. Valérie obtient la permission de minuit. Fini les dancings pour lycéennes. Elle peut aller maintenant dans de « vrais » night-clubs. Sans doute est-ce Pascal qui l'a introduite au Martin's et dans le milieu du prêt-à-porter.

Bientôt majeure Valérie va, mieux que jamais, « s'éclater », c'est-à-dire « se déchirer », c'est-à-dire « se mettre en lambeaux », c'est-à-dire « se déglinguer » ; autrement dit « s'amuser ».

« C'était une petite fille pleine de joie de vivre, un bébé », dira d'elle un de ses employeurs de chez Jeep. « J'ai 18 ans, affirme-t-elle, je suis libre de faire ce que je veux. »

« 18 ans, 18 ans du Martin's, 18 ans d'aujourd'hui, 18 ans de toujours, qui peut jurer qu'à 18 ans il n'est pas passé à côté du malheur, lancera maître Pelletier, avocat de Valérie, aux assises. Quand je regarde mes petits camarades, sur une photo de classe : l'un est mort en Indochine, l'autre est sénateur, l'autre est un bandit, il est en prison... »

Valérie a plusieurs visages. Dans la journée, avec Maman, c'est la petite fille. Mais, comme Cendrillon, elle change de peau la nuit venue quand, en bas de ses fenêtres, l'attend « une grosse voiture » dont le conducteur, hyperboliquement, fait ronfler le moteur. Valérie passe un *Absolu* (marque de pantalon !) de cuir noir, ou une longue robe sombre, style western (« Elle ne portait jamais de jupe courte, elle devait avoir un problème de jambes », dit une mauvaise langue de ses amies). Elle fouille un peu partout dans l'appartement pour essayer de dénicher la dernière cachette où Maman aura planqué son coffret à bijoux, histoire de lui emprunter un bracelet ou une chaîne, parce que ça en « jette » (Valérie, avec art, se maquille, comme Mme H., de l'institut de soins esthétiques, le lui a appris). Sur la surface du miroir, la timide petite Jekyll s'efface. Jaillit Miss Hyde peinturlurée de rouge et de fond de teint. Femme enfant longue et belle. Prête à pousser les Portes de la Nuit.

« Je l'ai entraînée dans des petites conneries, confiera son amie M. Mais c'étaient les grosses qu'elle préférait. Elle n'avait pas de limites (surtout quand elle avait un verre dans le nez : elle devenait hystérique). Elle était comme une gosse qui ne sait pas s'arrêter. Au fond, elle était malheureuse, elle se détruisait elle-même. Elle souffrait du divorce de sa mère. Ses " provocs ", c'était pour faire sortir Maman de ses gonds. Elle avait besoin d'amour, d'être reconnue, désirée. Les conneries, ça servait à ça. Peut-être a-t-elle voulu trop jouer. Elle sera devenue méchante, perverse ? Le jeu sera passé au deuxième plan, le " reste " aura fait surface ? »

Quelques mois auparavant, Valérie, qui ne s'est pas trop encore « affranchie », et son petit ami Pascal vivent « en amoureux », évitant les copains. Ils font des courses ensemble, se baladent dans les grands magasins, sur les Champs, dînent parfois dans des restaurants « chic ».

Pascal ne roule pas sur l'or. C'est un simple employé de bureau. Il porte une montre Cartier, mais se déplace en vélomoteur. Il a sans doute du mal à « assurer » dans les night-clubs. Cependant, il offre bientôt une bague à son amie, une très belle bague. Et très chère. Pour lui ce bijou est symbolique. C'est une sorte d'alliance. C'est qu'il en pince. Bien que Valérie ait un « sacré caractère ». Leurs rapports sont souvent orageux mais, avec des hauts et des bas, leur liaison durera un an et demi. D'autant que la « petite fille » devient de plus en plus attirante. Depuis qu'elle travaille dans le prêt-à-porter, elle s'habille toujours à la dernière mode. Elle a en effet des prix sur les « fringues » dans les magasins. Tous les garçons ont le béguin pour elle.

Après une longue lune de miel, Pascal présente Valérie à sa « bande » : une bande de copains dont le quartier général à l'époque est un café de Saint-Mandé, La Terrasse :

Dans cette bande, on trouve de tout, voyous et « enfants de bonne famille » : entre autres Laurent Hattab, fils d'un gros commerçant du Sentier. Papa a une villa avec piscine à Juan-les-Pins, un hôtel particulier à deux étages rue Guynemer, à Saint-Mandé, plusieurs boutiques et une fabrique de vêtements.

Comme Valérie Subra le dira plus tard à la police, qui lui demandera son signalement, Laurent Hattab est grand, châtain, il a les yeux marron, il porte un diamant à l'oreille gauche, un vrai diamant, il arbore une chaîne, une gourmette, une chevalière, et c'est vraiment de l'or.

C'est M. Hattab, son papa, qui lui a offert tout ça. Mais Laurent s'en cache. Il se prend pour un dur. Joue les voyous. Aux copains, il raconte que ces bijoux, offerts par son père, proviennent d'un casse. Il est baraqué, sportif (tennis, natation, boxe) ; il aime rouler les mécaniques (comme les héros de polars de série B qu'il voit à la télé). Sur son avant-bras gauche, il arbore un tatouage : deux cœurs enlacés. Il a 18 ans, toutes ses dents, porte des blousons, des jeans, des Nike.

Ses soirées, il les passe au Martin's, à la Scala, au 78 : un vrai prince des mille et une boîtes de nuit.

Et dans les boîtes de nuit, avec Laurent Hattab, on « crève pas d'soif ». Il a « sa bouteille », il « assure », il offre le restaurant. Il se balade dans l'énorme Mercedes noire de Papa avec laquelle il emmène ses copains en week-end.

« C'était un gentil garçon, Laurent, il faisait pas de problème, raconte un serveur du Martin's. C'était pas le genre à vider une bouteille et à dire ensuite : " Je vais aux toilettes ! " pour pouvoir se casser sans payer. »

Valérie rencontre la première fois Laurent Hattab en plein centre de Paris, au Forum des Halles : espèce de vaste espace « commercialo-culturel », construit en lieu et place des superbes structures de verre et d'acier de Baltard, sous lesquelles étaient entreposés par milliers, jadis, des carcasses de bœufs sanguinolentes, pendues à des crocs, des cageots de légumes, de fruits, et où grouillait un peuple coloré de marchands, de putes, de voyous et de clodos. La fièvre spéculative des sixties et des seventies a rasé les pavillons Baltard. Sur leurs ruines ont proliféré fast-food et boutiques de prêt-à-porter. Quartier que les promoteurs destinaient à la middle-class, les Halles sont devenues le rendez-vous des zonards, du moins le week-end. Juste retour de manivelle. Rappliquent vers le cœur de Paris les rejetons (en version plus triste et grise) de ceux-là mêmes qu'on en a expulsés : ouvriers, artisans, petits commerçants, retraités qui, du Marais jusqu'aux Halles, formaient naguère un monde bariolé, hâbleur, gouailleur, parigot du diable, avec ses petits restaurants et ses troquets populaires aujourd'hui à jamais détruits, rasés de la mémoire architecturale de la ville. Au caboulot a succédé le McDo. Le « ventre de Paris » s'est vidé.

Valérie est immédiatement « conquise » par Laurent Hattab. Mais celui-ci, à l'époque, n'a guère d'yeux pour elle. Des filles, il en change comme de tee-shirts. Et, des tee-shirts, il en a à volonté : il en fabrique. Début 1984, en effet, son père a monté pour lui une entreprise de confection, Tee-for-two, que Laurent dirigera avec un associé, Gilles H.

Laurent Hattab gagne alors 13 000 francs par mois, une petite fortune quand on a 19 ans. D'autant que ce fric, c'est pour ses menus plaisirs. Il habite dans l'hôtel particulier de Papa, il est nourri, logé, habillé, blanchi gratis. Sans compter les billets de 500 que tontons et tatas et autres cousins cousus d'or glissent en passant dans sa poche. Laurent, c'est le chouchou, l'aîné de la famille (il a un petit frère). Tout le monde l'adore.

« Mon fils, c'est un lingot d'or », aime à dire le père de Laurent : M. Hattab a construit sa fortune en une dizaine d'années à la force du poignet. A cet égard, il a des poignets d'Hercule. Ce self-made man est une sorte de géant, une masse de muscles tout à fait impressionnante. Épaules carrées, démarche souple, respirant la santé. Un battant. « Dans le Sentier, dit-il, je suis une sorte de parrain. Pas un parrain de truands, mais de commerçants. Quand il y a un litige, un plagiat par exemple, on me demande souvent de trancher. »

On sent que chez cette espèce de roi Salomon, à son domicile comme dans ses entreprises, tout marche au doigt et à la baguette. Juif d'origine tunisienne, sorti de la mouise, il veut donner à son fils l'enfance qu'il n'a pas eue : « M. Hattab, même s'il a de l'argent, ça ne sera jamais que le Hattab du Sentier, dit un de ses proches, il voudrait que son fils soit un Hattab de Neuilly. »

« Mon père, raconte M. Hattab, fabriquait du nougat, en Tunisie. Il a été tué quand j'avais dix ans, en 1955, lors des événements qui ont précédé l'indépendance du pays. Ma mère en est devenue à moitié folle. Nous étions sept en tout, dont trois frères et trois sœurs, avec ma mère. Nous sommes partis en France. J'ai connu l'Assistance publique et j'ai dû faire toutes sortes de métiers, pour soutenir les miens : j'ai été soudeur, entre autres, puis j'ai travaillé sur les marchés. »

La nuit, il charge et décharge les cageots aux Halles, quand les pavillons Baltard existaient encore. Bientôt il tombe amoureux de N., qui est catholique. « Le père de N. n'approuvait pas l'idée de notre mariage. N. et moi, nous avons dû vivre chez ma mère à Bobigny. On était à une dizaine dans un deux-pièces, cousins et cousines. C'était une HLM, neuve, mais déja pourrie. Les poutres étaient bouffées par la vermine, les punaises couraient partout. Ma femme travaillait dans la journée comme sténo-dactylo, moi la nuit. On se croisait. Dans les pires moments, elle allait ramasser les légumes à moitié pourris sur les marchés, on enlevait la partie avariée, on mangeait le reste. Et puis Laurent est né. Vu nos conditions de vie, on a préféré le mettre chez les parents de N., qui vivaient non loin de chez nous, à Bobigny. Sa grand-mère maternelle s'est beaucoup attachée à lui. Quand quatre ans plus tard on l'a repris, parce que nous avions trouvé un logement, elle l'a très mal supporté. »

Sa mère, 38 ans, est une grande belle femme blonde : « Quand j'ai décidé de reprendre Laurent avec moi, ce fut une brisure pour ma mère et pour lui, au point que j'ai dû les réunir à nouveau tous les week-ends... »

Le couple s'installe dans un studio. M. Hattab achète fruits et légumes aux Halles, la nuit, et prend place sur les marchés le matin. Il dort l'après-midi. Cependant, extrêmement autoritaire, trop peut-être, il veille à l'éducation de son fils : « Laurent était un petit garçon équilibré et poli. Lorsqu'il est allé à l'école, je l'ai obligé à écrire de la main droite alors qu'il était naturellement gaucher. Plus tard, j'ai appris que c'était sans doute une erreur et que son développement avait pu s'en trouver modifié. La vie que j'ai menée m'a endurci, et j'ai pris très au sérieux l'éducation de mon fils. Je ne me suis jamais montré violent avec lui : je ne l'ai giflé que deux fois en dix-neuf ans. Une fois, je me souviens, parce qu'il avait distribué notre collection de médailles en argent à ses copains, à l'école... »

Parce que, en une dizaine d'années, la famille Hattab s'est considérablement enrichie. Depuis que M. Hattab s'est lancé avec un petit capital, dans le prêt-à-porter : les jeans.

Cette ascension sociale, qui s'étale sur une décennie, l'inspecteur P. la parcourera, lui, en quelques jours, lors de l'enquête dite « de voisinage » : en visitant les domiciles successifs des Hattab : de leur HLM de départ, à Bobigny, jusqu'à l'hôtel particulier de Saint-Mandé. Ce type d'enquête, aujourd'hui, c'est une corvée, disent les policiers. Il y a vingt ans cela avait encore son charme d'interroger les concierges, les petits commerçants, les voisins. Tout le monde se connaissait, les gens parlaient facilement. Désormais, dès qu'on annonce « police », on se fait rembarrer : « Ceux-là, je les connais pas, jamais entendu parler. » Le voisin ne fréquente plus son voisin, on ne cause plus qu'à sa télé.

Les dérives « à la Maigret » ne sont plus ce qu'elles étaient.

Pour se rendre rue de Belgrade, à Bobigny, l'inspecteur P., qui arrive de Paris, doit s'engager avec sa voiture dans la rue Paul-Vaillant-Couturier jusqu'au long bras glauque du canal de l'Ourcq, égaré là au milieu de tas de sable ocre et de gravillons gris. Il remonte ensuite, sur la gauche, la rue Édouard-Vaillant jusqu'à la rue de Varsovie. Il coupe la rue de Moscou... Cette banlieue est « rouge », comme le nom de ses rues l'indique. Les hautes HLM laissent la place à de petits pavillons d'un étage, jaunâtres, tassés devant un bout de jardin grillagé où se désespèrent quelques pieds de salade. Devant la rue de Belgrade, un panneau jaune indique, en lettres bleues : GROUPE SCOLAIRE ROBESPIERRE. Tout à côté se trouve la place de l'Europe : une boucherie musulmane, une pharmacie avec son inévitable caducée vert, un kiosque à journaux à l'enseigne FRANCE-SOIR et une pathétique galerie EUROP'ART où s'ennuient en vitrine trois tristes croûtes. C'est tout. La rue de Belgrade est une petite artère sinueuse. Quand on y entre par la rue de Varsovie, des pavillons la flanquent sur sa droite et, sur sa gauche, un immeuble de deux étages. Devant, des petits Arabes jouent avec un ballon crevé. Certaines fenêtres, en guise de carreaux, sont obturées par du nylon transparent scotché que le vent enfle et fait craquer. L'immeuble est peint d'un bleu lépreux, la porte du bas est grenat, complètement écaillée : personne, rue de Belgrade, ne se souvient des Hattab, qui vécurent là quatre ans. C'était il y a quinze ans, il faut dire...

Quelques années plus tard, les Hattab ont résidé à Maisons-Alfort, banlieue plus bourgeoise, rue Carnot dans un immeuble de cinq étages, joli, situé derrière l'hôtel des Finances et tout près du stade des Juilliottes. Et puis, après quelques autres domiciles, et tout au sommet de l'ascension sociale des Hattab, c'est leur hôtel particulier de deux étages, avec jardin, à Saint-Mandé. Dans le quartier, on se souvient très bien du jeune Laurent, particulièrement la boulangère de la rue de la République : « Il était vraiment charmant, dit-elle aux policiers. Il achetait souvent des articles coûteux, des gâteaux, du champagne... »

Laurent dispose, dès son adolescence, de beaucoup d'argent de poche. Il aime régaler les copains (« C'était le roi de Saint-Mandé », dit l'un d'eux). « Je lui donnais de l'argent sans compter, explique son père, généreusement et sans excès. Il en recevait aussi de ses oncles. »

Laurent avoue ne s'être jamais plu à l'école, écriront les psychiatres. Il ne s'intéressait pas aux études et ses rapports avec les camarades de son âge n'étaient pas toujours excellents. Ils lui reprochaient d'être un enfant gâté, d'avoir trop d'argent, et ils lui faisaient payer sa situation privilégiée... Il fait sa sixième et sa cinquième au collège Guy-Flavien, dans le XIIe. Puis, de 1979 à 1981, deux ans de comptabilité au lycée d'enseignement commercial Théophile-Gautier, rue de Charenton, dans le XIIe encore. « C'était un jeune homme tranquille, plutôt mou », dit un responsable de l'établissement. Il est admis à redoubler. Il a 16 ans. Il décide d'abandonnner ses études car « ça lui prend la tête ». « Laurent avait peu de goût pour l'école, explique son père. Je n'ai pas cherché à l'influencer à cet égard. Mais je l'ai peut-être influencé malgré moi : je lui ai souvent raconté ma vie, et je crois qu'il m'admirait beaucoup. »

Une petite amie de Laurent dit à ce propos : « Laurent avait énormément de respect pour son père. Il fumait, mais il ne se serait jamais permis d'allumer une cigarette devant M. Hattab. Il l'admirait. Je ne pense pas qu'il le craignait. Les deux hommes avaient souvent l'air de deux copains. »

Et Mme Hattab, mère de Laurent, ajoute : « Face à mon mari, Laurent s'est toujours montré obéissant et soumis. Il craignait son père, homme habitué à commander et qui dégage une impression de force et d'autorité. Jamais il ne s'est opposé à son père... »

Laurent est adulé par sa famille. Du côté paternel surtout : il est en effet le premier petit-fils qui soit venu au monde. Lui qui n'a reçu aucune éducation religieuse, il décide de devenir juif. A 16 ans. Il se fait circoncir en clinique.

« Laurent brûlait de suivre mon exemple, poursuit M. Hattab. En juin 1982, je l'ai embauché comme aide-vendeur dans ma société de la rue Palestro, dans le Sentier, c'est une société de prêt-à-porter. Je lui ai fait la leçon : il devrait me succéder un jour, aussi il fallait qu'il soit capable de diriger seul l'affaire. Il fallait qu'il sache tout de ce travail. J'ai insisté pour qu'il commence au plus bas. Il a appris la technique de la fabrication, de la gestion, il a rangé les rayons, il a même balayé les locaux. Je ne lui ai fait aucune concession. Il percevait le salaire d'un simple employé : 3 300 francs par mois en moyenne. Quand j'ai senti qu'il était prêt, j'ai acheté une affaire de fabrication-vente de sweat-shirts Tee-for-two et je l'ai installé comme gérant. Le siège de la société était au premier étage du boulevard Sébastopol. Il avait un associé, Gilles H. »

Laurent a 18 ans et bientôt 19. Il est patron. Il gagne plein d'argent. Il a une Alfa Romeo Sprint de 60 000 francs. La bagnole, c'est sa passion. Il aurait voulu devenir pilote de course. Son dernier anniversaire, c'est au Lido que sa famille le fête : 50 personnes sont invitées. Une photo montre Laurent Hattab drapé dans un costume gris perle moiré, arborant sur son poitrail une énorme chaîne d'or.

Et pour que ce tableau soit parfaitement idyllique, c'est à cette époque qu'il découvre l'amour : grâce à Sabine, une jolie brune aux cheveux frisés, qu'il connaît depuis longtemps, mais qui devient sa maîtresse en mars 1984. « Nous étions très amoureux, dit celle-ci. Je crois que Laurent aimait pour la première fois. Ses parents, qui ne lui avaient pas connu de relation durable, ont pu me considérer comme sa fiancée. »

Ils songent tous deux à l'avenir. Sabine voudrait arrêter ses études. Laurent l'en dissuade. « Il regrettait d'avoir mis fin aux siennes. Il était beau parleur, mais souffrait parfois de ne pouvoir mieux s'exprimer. Il manquait de vocabulaire. »

Désormais Laurent Hattab sort tous les soirs avec Sabine. Et il régale mieux que jamais ses copains : dont Pascal et la petite amie de celui-ci, Valérie Subra.

Les deux couples deviennent inséparables. Le vendredi et le samedi soir, ils vont « s'éclater » au Martin's. A moins qu'ils ne décident de partir, avec d'autres copains, à Deauville. Là-bas il y en a, toujours un, parmi eux, qui possède un « appart' ». D'ailleurs ils ne sont pas difficilles. Ils se serrent à plusieurs par pièce. Dans la journée ils flânent sur les « planches », jouent au tennis, piquent une tête dans la mer, flirtent... *Sea, sex and sun,* les trois « S », comme disent les Anglo-Saxons.

Entre les deux couples tout se passe bien. Laurent ne fait pas de charme à Valérie. Quoique celle-ci – au dire de Sabine – ait toujours été « en extase » devant lui.

Le lundi, le boulot reprend : Sabine rejoint sa fac, elle est étudiante, Valérie sa boutique, Jeep. Pascal et Laurent vont à leurs jobs respectifs.

Tout baigne dans l'huile. Mais une série de contretemps frappe la famille Hattab. Début janvier 1984, leur atelier, au cinquième étage du boulevard Sébastopol, prend feu. Quant à l'affaire Tee-for-two, dont les bureaux sont au premier étage du même immeuble, elle tourne plutôt mal. Laurent et son associé ne s'entendent guère. Laurent dira de celui-ci : « Il ne fournissait pas autant de travail que moi. » Mais Laurent surtout ne semble guère avoir la bosse du business. Le pèze, il sait le dépenser mais guère le fabriquer.

Morale : Tee-for-two ferme boutique au bout de cinq mois, en mai 1984. Contretemps beaucoup plus dur, le 23 mai 1984, M. Hattab est l'objet de poursuites judiciaires. A tort. Mais l'image du père tout-puissant, espèce de Moïse effrayant tenant d'un côté les tables de la Loi et de l'autre les cordons de la bourse, patatras, s'est cassé la gueule.

« Ça a dû le traumatiser, lui faire sauter les plombs », dira

M. Hattab. Et Mme Hattab d'ajouter : « Ça a été un choc pour Laurent. Laurent avait toujours vu en mon mari un chef. Et ce chef a dû s'incliner... »

Sept mois plus tard, Laurent Hattab expliquera aux policiers que c'est à cause des problèmes de son père que son « comportement vis-à-vis de la société a changé du tout au tout »... « Je me suis mis à mal penser... J'ai trouvé ça injuste. Ça m'a fait basculer. »

Atteint au plus profond du cœur, Laurent est directement touché, aussi, à son porte-monnaie. Tee-for-two a fermé. En juin, il travaille à la boutique de la rue Palestro, mais pour 5 000 francs par mois seulement. Bientôt, il ne touchera plus que 2 500. Pour continuer à mener la belle vie, il doit emprunter aux autres membres de la famille.

« Vous mendiiez, vous demandiez l'aumône, lui lancera quatre ans plus tard, aux assises, l'avocat général Guilloux.

– J'étais le chouchou ! » répondra Hattab.

Mais Hattab en a « marre d'être un fils à papa ». Il veut se faire lui-même, comme son père, « à la force du poignet ». A cette différence près que Papa, lui, est passé par l'école de la rue, de la mouise. Faute d'études, ça met quand même du plomb dans la cervelle. Laurent, lui, n'y va pas par quatre chemins : le monde entier est injuste, il va se venger de la société.

Il va « faire des coups ».

*

Champigny est une banlieue plutôt tristounette à l'est-sud-est de Paris. Mais, en ce mois de juillet 1984, le soleil ravive les façades des petits pavillons écrasés d'ennui du boulevard Stalingrad. De l'immense parc du Tremblay s'élèvent des cris, des coups de sifflets : échos arrachés aux cinq ou six terrains de foot qui s'y trouvent. Alain est blond, il a 18 ans, pas d'emploi, pas un rond, comme nombre de garçons de son âge à l'époque. Il marche nonchalamment sur le trottoir pavé de briques rouges, devant le parc.

Une voix l'interpelle soudain :

– Alain.

C'est l'énorme silhouette de Kamel, qu'il a devant lui, 1,80 mètre au bas mot, rien que des muscles. Il connaît bien Kamel, celui-ci fréquente les mêmes bars que lui à Champigny. C'est un voleur, du moins c'est sa réputation.

– Alain, j'ai des choses à vendre, si ça t'intéresse. Entre autres un pétard. Il vient d'un casse...

Alain réfléchit. Cela fait six mois qu'il a emprunté 4 000 francs à son copain Laurent Hattab : à l'époque où celui-ci, au sommet de sa splendeur, dirigeait le Tee-for-two. Aujourd'hui Laurent ne gagne plus que 5 000 francs par mois. Alain pense que ce « pétard », ça pourrait peut-être lui servir à rembourser sa dette.

– Laisse-moi réfléchir, dit-il à Kamel. On se revoit ici même dans une semaine.

Au même endroit, ils se retrouvent donc, sept jours plus tard.

– T'as combien sur toi ? demande Kamel.

– 500 francs.

– C'est pas beaucoup !

– J'ai rien de plus, je suis à sec !

– Bon, ça ira. Attends-moi.

Kamel s'en va. Revient au bout de dix minutes. Il a dans la main un chiffon blanc roulé en boule. Il le déplie un peu, afin de montrer ce qui est à l'intérieur : un pistolet, noir.

Alain, sans plus examiner la chose, prend l'arme et la fourre dans la poche de son blouson. Kamel lui remet aussi une boîte :

– Les cartouches, dit-il.

Alain lui compte cinq coupures de 100 francs. Puis il retourne immédiatement chez lui, à quelques centaines de mètres de là. Ses parents sont partis en vacances avec son frère. Il est seul. Aussi peut-il examiner à loisir son achat : il manœuvre le pistolet. Et se rend compte que c'est une arme véritable. Un 7,65. *Unique*, la marque est gravée dessus. Il sort le chargeur de la crosse, y trouve quatre cartouches. Dans la boîte vendue avec le pistolet, il découvre quelques cartouches encore de marque Gevelot 7,65.

Alain téléphone à Laurent Hattab :

– J'ai quelque chose pour toi.

Laurent va chez Alain le soir même. Examine l'arme.

– Si tu veux je te le laisse pour les 4 000 francs que je te dois. Mais ça vaut beaucoup plus... Seulement je te préviens, il vient d'un casse, ce pétard.

Marché conclu. Laurent accepte le pistolet à la place des 4 000 francs. Il le met dans la poche de son blouson. Sans doute cela lui donne-t-il le sentiment d'être plus fort, plus puissant. « Il le portait toujours sur lui », dira plus tard Valérie Subra.

Devant plusieurs copains, il tirera avec dans le jardin de l'hôtel particulier de Saint-Mandé.

*

Cet été-là, au mois de juin, un employé du garage de la Roquette, XIe arrondissement, frappe au bureau de sa directrice, Mme S., une Italienne de 40 ans.

– Y a encore un jeu de plaques minéralogiques qu'a disparu... Les plaques de l'Autobianchi à Mme D. !

Il s'agit des plaques minéralogiques 986 MNO 75. Déjà plusieurs autres plaques ont tout récemment été volées.

– Bon, eh bien ne les laissez plus traîner à l'atelier, ces plaques ! Mettez-les plutôt au bureau du secrétariat.

« A cette époque, se souviendra plus tard Mme S., l'Alfa Romeo Sprint de Laurent Hattab était en réparation pour un ennui de moteur » (du 13 juin au 12 juillet précisément).

Six mois plus tard, lors de la perquisition effectuée rue Guynemer, chez Hattab, les policiers retrouveront, caché sous un canapé, le jeu de plaques 986 MNO 75.

Quel « coup » préparait-il alors ?

Et avec qui ?

Avec un étrange compagnon. Une « armoire à glace » de 82 kilos et 1,85 mètre, tout en muscles : Jean-Rémy Sarraud. Une « gueule d'enfer » : cheveux qui retombent sur les oreilles, barbe toujours mal rasée, menton puissant, un éternel blouson de cuir noir Chevignon sur un pull gris râpé.

Comme le décrira plus tard Valérie Subra à la police, à qui elle donnera son signalement, il a des lunettes rondes, à bords dorés, des yeux bleus... Des yeux plus délavés que son jean usé. Aux pieds, il porte des santiags. Style rocker plutôt. Sarraud est un fan de Johnny Hallyday. Sur ses deux avant-bras des tatouages énormes : dont un scorpion qui dresse son dard, dessiné à l'encre bleue. Au-dessus du scorpion est inscrit : J.R.20/11/63. Sa date de naissance. Jean-Rémy Sarraud a 20 ans.

Et plus de dents. Elles sont déjà complètement pourries. « Sarraud l'affreux, Sarraud le répugnant, Sarraud le dégénéré, Sarraud l'abominable », lancera l'avocat général Guilloux en pleine crise d'adjectivite.

La vie de Sarraud, « c'est la galère », comme il aime à dire. Et c'est à peu près l'antithèse de celle d'Hattab.

Jean-Rémy Robert Clovis Sarraud est né en1963 donc, à Saint-Maurice, dans le Val-de-Marne. Il n'a jamais connu sa mère, serveuse, qui l'a abandonné quand il avait six mois. Son père (47 ans lors des faits) est chauffeur-livreur dans la charcuterie. Jean-Rémy Sarraud n'a été reconnu que par son père. Jusqu'à l'âge de 8 ans, il a été placé chez ses grands-parents, dans le Cher, à Sancoins. Sa grand-mère déclarera aux gendarmes venus l'interroger : « Pendant le temps que Jean-Rémy a vécu chez moi, c'était un enfant normal. Il était mignon et calme. Je n'ai jamais eu de problème avec lui. Il n'avait pas de camarade dans le quartier et il jouait seul. »

Jean-Rémy restera toute sa vie un solitaire. « En présence d'inconnus, écrit le psychiatre qui l'interrogera plus tard, il a toujours manifesté une certaine méfiance. Il se présente comme sensitif, gardant pour lui tous les affects pénibles. Il est renfermé de nature. Il a peu d'amis. »

A 8 ans il va vivre chez son père. Celui-ci, comme son fils, est une armoire à glace. La vie l'a endurci. Il habite avec une femme plus âgée que lui, Mme F. qui, à cette époque, tenait une épicerie. Sarraud est scolarisé jusqu'à l'âge de 15 ans, au CES Paul-Bert à Saint-Mandé. Avec sa belle-mère, il y a des hauts et des bas. « Elle me faisait lever à 6 heures du matin pour que j'ouvre le magasin avec elle, avant l'école, et je devais faire les livraisons, le soir », prétend-il. A 15 ans, il est puni par le directeur du collège qui l'a surpris en train de fumer. Peur de réprimandes par son père ? Il fait une fugue. Les fugues se succéderont pendant sa scolarité. Elles pourront durer jusqu'à quinze jours.

Ses études battent de l'aile : il est placé dans une sixième « allégée » (réceptacle à cancres et à paumés), puis dans une cinquième du même nom. On le dirige ensuite sur une école d'apprentis pâtissiers, le centre Jean-Moulin, à Vincennes. Il a 17 ans, c'est l'âge où il connaît sa première petite amie.

Au centre Jean-Moulin, il reste deux ans, d'octobre 1980 à mai 1982. Parallèlement, il est employé comme apprenti, dans une pâtisserie de Maisons-Alfort, la pâtisserie Paris, 63, avenue du Général-de-Gaulle. Son patron, c'est M. Willoteau. La quarantaine, moustache, le visage avenant, M. Willoteau est un de ces artisans qui aiment encore leur métier. Un métier qui lui rapporte assez bien. Derrière son magasin, il y a une jolie maison avec un jardin où jouent ses deux enfants, un garçon et une fille. La pâtisserie, c'est une tradition dans la famille. Dans sa boutique est accrochée une antique photo où posent sa mère, en col de dentelle, son père, avec une grosse moustache, un tablier blanc et une toque blanche sur la tête, et trois apprentis habillés de la même façon.

« La pâtisserie, dit-il, c'est d'abord une bonne recette, puis le tour de main. Mais on ne fait rien de bon sans des ingrédients de qualité : œufs frais, beurre des Charentes, etc. »

Jean-Rémy Sarraud a travaillé pendant deux ans à la pâtisserie Paris, du 15 février 1980 au 1er septembre 1982, de 6 heures du matin à midi et de 13 heures 30 à 16 heures 30.

« Les premiers six mois, il touchait 30 % du Smig ; les six mois d'après 40 % et pour finir 60 %. Il venait en bus. Parfois son père l'accompagnait. Parfois j'allais le chercher en voiture. Son père m'a dit au tout début : " Vous avez carte blanche pour le façonner. Battez-le s'il le faut. " »

Mais dans les années 80 le temps où l'on battait les apprentis est révolu. M. Willoteau, lui, l'a connu. Il a pris nombre de râclées.

« Sa première année n'a pas été trop mauvaise. La seconde

année, il a été souvent absent. Il n'était pas doué, mais tant qu'on était à côté de lui, ça allait. Il fallait le tenir. »

Et certes, dès lors qu'il faut préparer une crème au beurre, il est préférable de ne pas être trop distrait : la cuisson dure une demi-heure, il faut régulièrement en vérifier la température avec un thermomètre, l'agiter aussi, pour que ne se forment pas de grumeaux.

Mais l'esprit de Sarraud, lui, vogue très loin du « laboratoire » de la pâtisserie, où cinq à six apprentis autour de lui, toque en papier blanc sur la tête, s'agitent, qui roulant sur l'énorme table de marbre rose, au milieu de la salle, une pâte à tarte, qui battant les blancs d'œuf dans une immense cuve de fer étamé où tourne un fouet électrique géant... L'esprit de Sarraud va sans doute « s'asseoir » à une table de la Terrasse, avec ses copains de Saint-Mandé, petits cambrioleurs, revendeurs de shit ou autres fils à papa en bagnole de sport et moto, roulant les mécaniques en arborant des gourmettes en or.

Entre la préparation d'un Saint-Rémy (spécialité de la maison : une meringue aux amandes et à la crème de noisette... « Jean-Rémy était un champion pour faire le Saint-Rémy, on le blaguait là-dessus », raconte le fils de M. Willoteau), entre donc la préparation d'un Saint-Rémy et le glaçage d'un éclair au chocolat, Jean-Rémy Sarraud parle à ses compagnons de travail de ses sorties avec ses copains de la Terrasse :

– On est allés l'autre week-end à Deauville. Un pote à moi, il avait une Porsche. Une brique il a dépensé, en une soirée.

« Il se vantait sans cesse, explique M. Willoteau. On ne savait jamais quelle était la part du réel et de la mythomanie, dans ce qu'il disait. Par exemple, il n'arrêtait pas d'évoquer un copain, un “ fils d'ambassadeur ”, très riche. Son copain l'avait emmené ici, son copain l'avait emmené là. Il lui avait offert ceci ou cela. Il en avait plein la bouche. Un jour, il nous a dit que son-copain-le-fils-de-l'ambassadeur allait l'inviter en Égypte, au Club. Personne ne l'a cru. Jusqu'au moment où, au retour des vacances, il nous a montré des photos de lui : posant devant les pyramides, des dromadaires ou, grand seigneur, installé sur une chaise longue au bord d'une piscine. »

Jean-Rémy avait un bon copain parmi les apprentis, Georges, garçon massif, trapu, pesant chacun de ses mots quand il parle :

« Jean-Rémy a commencé de se révolter quand son père a eu des problèmes à la suite d'un accident de la route dont il n'était pas responsable. Il était chauffeur-livreur. Il avait près de 50 ans et il a été viré de son emploi... »

Au sujet des problèmes de son père, Jean-Rémy Sarraud dira : « J'ai trouvé le système pourri. Mon père n'a jamais fait le moindre faux pas. Il a passé je ne sais plus combien de temps dans l'armée, et là ça faisait presque vingt piges qu'il bossait pour la même boîte... C'était sa vie, son job. Je le voyais jamais à cause de ça et, là, il a eu un accident. Il n'était pas en tort. C'est lui qui a prévenu les flics... C'est quoi ça, c'est une justice qui juge sur un seul acte la vie d'un homme, c'est vrai que cela m'a dégoûté. Il fait partie des gens qui se tuent au travail en sacrifiant parfois les gens qu'ils aiment. A quoi ça sert d'être honnête, autant faire voleur. Là, au moins, quand on va en prison on sait pourquoi... »

Un père qui a des problèmes, le fils qui se révolte : même schéma pour Sarraud et Hattab.

Jean-Rémy préfère le café La Terrasse, et les week-ends à Deauville, à la pâtisserie. Il rate son CAP : pas la pratique mais la théorie (comme Valérie pour ses cours d'esthéticienne). Cependant, à la fin de son apprentissage, il revient voir souvent ses copains à la pâtisserie Paris. Il se pavane sur une Yamaha 500 (il est fou de motos), immatriculée en Allemagne et dont « la clef de contact est une pièce de monnaie trafiquée », raconte Georges. Il lance à ses copains :

– Vous êtes des cons de travailler !

« Il frimait. Mais ça sonnait faux, explique M. Willoteau. On ne le prenait pas vraiment au sérieux. Et ça le gênait d'ailleurs qu'on ne le prenne pas au sérieux. Jean-Rémy c'était un type plutôt influençable, faible, un suiveur. C'était le lampiste. »

Un jour, il débarque avec la gueule criblée de petites cicatrices.

– C'est un motard qui m'a poursuivi, explique-t-il à ses copains, je me suis pris une décharge de grenaille, y m'a tiré dessus.

En fait, d'après un de ses amis, ce qu'il dit est bidon : « Il avait tiré sur je ne sais plus quel objet, les plombs lui ont ricoché dans la figure. Il inventait toujours de nouvelles histoires. C'était un vrai mytho. »

Jean-Rémy commence à dériver. Il a 19 ans. Il commet de petits vols. Il a un casier judiciaire : le 6 octobre 1981, il a une amende de 300 francs pour défaut d'assurance de mobylette ; le 25 octobre 1982, il est appréhendé dans le métro avec une « arme de 6e catégorie » (un Opinel !) ; le 13 avril 1983, il dérobe un sac dans une voiture après avoir tenté de voler la voiture... Il couche à droite, à gauche, chez des copains. Son père et sa belle-mère l'aperçoivent de temps à autre.

Chez eux, il n'a pas de chambre. C'est un F3. Il dort sur un canapé, dans un coin. Pour ses affaires, il a droit à deux tiroirs dans une commode. Parfois, chez Manpower, rue Renault, à Maisons-Alfort, il décroche un petit boulot : manutentionnaire (ses larges épaules et sa force de taureau le lui permettent), il vend sur les marchés, il a même vendu, pendant quelques mois, l'*Encyclopédie*. Son premier client, ce fut lui-même : il s'est payé l'*Encyclopédie de la mer* de Cousteau. Il aime nager. Il aime les fonds sous-marins.

Mère perdue, inconnue. Passion de la mer ?

« Sa mère, il avait envie de la connaître, raconte Marie, qui fut quelque temps la petite amie de Sarraud. Il en parlait souvent. Il se demandait ce qu'elle faisait. Pourquoi elle l'avait abandonné. Il faisait toutes sortes de suppositions. Il allait jusqu'à imaginer que c'était une prostituée. Une fois, quand il était jeune, il est passé devant chez elle, il avait déniché son adresse. Elle habitait dans une HLM. Derrière la porte, il a entendu des gosses. Il n'a pas osé sonner. Plus tard, je lui ai proposé qu'on aille la voir ensemble, mais elle avait changé d'adresse... Avec les filles, Jean-Rémy était très fuyant. Il n'a jamais eu de relation amoureuse suivie. Sauf avec moi, cela a duré deux ans, mais avec des intermittences. C'était la première fois que quelqu'un lui portait une affection vraie, profonde, sincère. Cela lui faisait un peu peur. J'avais 17 ans quand je l'ai connu, il a été mon premier amant... »

Quand elle parle de Sarraud, Marie a les yeux humides, une émotion profonde dans la voix. Elle est blonde, a les cheveux courts, de grands beaux yeux verts et une bouche rose épanouie. Elle est « jardinière d'enfants ». Elle n'a pas du tout l'air de trouver, comme dirait l'avocat général, que Sarraud a une gueule « abominable ».

« Il pouvait être très drôle. Il avait de l'humour. Il nous faisait, à moi et à ma mère, toutes sortes de gâteaux. Surtout des charlottes. Il leur faisait, avec de la crème, des décorations pas possibles. Quand il a fini son apprentissage, à 18 ans, il n'a plus voulu vivre chez son père. Pendant quelque temps, il a squatté le garage abandonné de l'ancien Franprix de Saint-Mandé. Il s'était installé là-dedans un lit, une table, il s'était arrangé pour faire je ne sais quel branchement, afin d'avoir l'électricité. Le résultat était pas trop mal. Un soir, des mecs de Franprix sont passés, ils l'ont vu, ils ont rigolé, ils ne lui ont rien dit. Sa toilette, il venait la faire chez ma mère. Pendant un certain temps, elle lui a nettoyé son linge, elle l'avait à la bonne. Il adorait les motos et les bagnoles. Il piquait des motos, il slalomait comme un fou derrière les voitures, dans la rue, un kamikaze. Un jour, il est venu me chercher avec la TX de son père, quand j'étais encore à l'école. Il n'avait pas le permis. Son père a cru qu'on lui avait volé la voiture. Il a porté plainte. Les flics nous ont vus tous les deux dans la TX. J'ai été convoquée au commissariat. Mon père m'a fichu une sacrée rouste ! Jean-Rémy, je l'aimais très fort. Il me disait : " Tu ne me connais pas. " Il était bizarre parfois... Il avait le cartilage d'une oreille qui avait une drôle de forme. Je lui demandais : " Qu'est-ce que tu as là ? "Il me répondait : " Ça, c'est le diable. " Son tatouage, le scorpion sur son bras, c'est son signe astrologique. " Le scorpion, il m'expliquait, c'est la force, la puissance. " Il entendait par là beaucoup plus la puissance mentale que physique... »

Marie a aussi un peu connu Hattab. Mais elle n'appartenait pas exactement à la même bande : « Hattab, il avait du fric, c'était le " roi de Saint-Mandé ". Il était sympathique, généreux, mais distant. »

Elle a fréquenté aussi la Terrasse. « On était une dizaine à glander autour d'un seul café pendant des journées entières. Le patron, à la fin, il en a eu marre, il nous a virés... »

En 1982, Jean-Rémy Sarraud se lie un peu plus avec Laurent Hattab qu'il rencontre à la Terrasse. Hattab trouve un job de livreur à Sarraud dans la fabrique de sweat-shirts de son père. Puis il l'emploiera lui-même quand, en 1984, il dirige Tee-fortwo. « C'était la première fois que quelqu'un s'intéressait à Sarraud, raconte sa petite amie ; Hattab est devenu son dieu. »

Que se passe-t-il entre les deux garçons ? Quelle fascination ?

Pascal, copain d'Hattab et amant de Valérie Subra, dira : « Jean-Rémy était subjugué par Laurent. Il ne parlait qu'à lui quand nous étions à plusieurs. Il l'admirait. Il ne voyait que lui. Laurent était généreux, mais il l'était particulièrement avec Jean-Rémy. Il l'habillait entièrement, il lui prêtait sa voiture, le recevait chez ses parents. »

Laurent Hattab se rapproche de Sarraud. Et s'éloigne d'autant de Pascal.

« Laurent a commencé à fréquenter beaucoup Jean-Rémy environ deux mois avant les faits, explique Mme Hattab. Il le connaissait avant cette époque mais, autant que je sache, leurs relations n'étaient pas très suivies. Je ne parvenais pas à comprendre l'intérêt de Laurent pour ce garçon insignifiant et sans qualités. Laurent me parlait de la situation difficile dans laquelle son ami se débattait. Je pensais qu'il avait pitié de lui. Jean-Rémy était constamment auprès de lui. Je ne peux pas dire que Jean-Rémy le dominait. Simplement il ne le quittait pas. Laurent avait pour lui des gestes qu'il n'aurait jamais eus pour ses autres copains. Il lui prêtait ses vêtements, il lui laissait prendre le volant de sa voiture. Laurent m'a même demandé de recueillir Jean-Rémy à la maison pendant quelque temps ou plus exactement de m'occuper de son linge, car sa belle-mère refusait de le faire. J'ai accepté. Un certain temps du moins. Mais j'ai vite mis le holà ! En effet, à la suite d'un week-end où Jean-Rémy et Laurent étaient restés seuls à la maison, Jean-Rémy avait sali deux matelas. Il était incontinent la nuit. »

Au juge d'instruction Jean-Claude Vuillemin, Laurent Hattab dira : « Jean-Rémy n'avait rien. Il vivait chez moi, à mon domicile ou à l'atelier, boulevard Sébastopol. Il portait même mes vêtements et mes chaussures... »

« Je me suis étonnée, dira Sabine, petite amie d'Hattab, que Laurent puisse s'intéresser à un garçon qui lui apportait si peu. Laurent m'a répondu : " Il n'a plus de parents, il a besoin d'un soutien ! " »

Aux assises, Laurent Hattab s'exclamera :

« On avait tous pitié de lui ! »

Cette « pitié », un peu voyante, n'était-elle pas lourde à porter ? Comme gênants à porter les habits qu'Hattab lui offrait ostensiblement ? Quelles idées ont pu germer dans l'esprit de Sarraud le paumé, Sarraud aux dents pourries, Sarraud le petit voyou, Sarraud qui couche chez les uns, chez les autres, une nuit sur un coin de canapé, l'autre dans un atelier glacial ? « Sarraud le pouilleux, Sarraud le galeux », pour citer la rhétorique de l'avocat général.

Sarraud se tait. Il suit son copain, comme une ombre : comme un soldat son chef ; comme un second couteau son caïd ? Une groupie son idole ?

L'avocat général lui lancera :

« Sarraud, vous n'appartenez pas à la même classe que Laurent. Lui est bourgeois, vous prolétaire ; lui est riche, vous pauvre. Alors comment ? Pourquoi êtes-vous devenus amis ?

– C'est fascinant quelqu'un qui a beaucoup d'argent ! », répondra Sarraud.

Sarraud se présente sous une double face. Avec une espèce de génie de conteur des *Mille et Une Nuits*, il brode autour de son passé de petit voleur minable une sombre légende, histoire de « poser au dur ». Il parle de « sa bande ». Et « l'ombre de cette bande, dira le psychiatre, se profile derrière Jean-Rémy, lui donnant une allure de truand réel ou imaginaire ». Mais par ailleurs, et contradictoirement, il cherche à se faire plaindre en s'inventant une enfance encore plus misérable qu'elle ne l'est.

On peut assez bien l'imaginer à la table des Hattab, se resservant en couscous sous les yeux bienveillants de l'herculéen *pater familias* et de toute la famille, racontant sur le mode mineur sa « légende » : sa mère, quand il avait tout juste six mois, l'a abandonné (non point comme Moïse dans une corbeille confiée au Nil) mais « dans un caddie » et, qui pis est, « sur le parking d'un Prisunic ». Image exemplaire, et superbe, du nourrisson ravalé au rang de vil paquet de lessive ou de spaghettis. Ça n'est plus chez sa grand-mère, mais à la DASS qu'il a passé son enfance. Il va même – vision digne d'un Jérôme Bosch hyperréaliste – s'inventer une leucémie, sinon une déficience immunitaire, qui l'aurait obligé longtemps à vivre dans une bulle stérile en plastique.

Comment Sarraud arrive-t-il à faire tenir ensemble cette image du « dur » qui a « une bande » et sa misère économique autant que physique ?

Peu importe !

Aux yeux d'Hattab, qui veut faire « des coups », ne représente-t-il pas, par sa misère doublée de son passé mythique de voyou, the *right man* : l'homme de main idéal, le parfait porte-flingue ?

« Sarraud, s'exclamera maître Szpiner, avocat partie civile des T., vous aviez un métier : pâtissier. Vous suivez Hattab pour devenir garçon boucher. Et bientôt commis d'abattoir. »

Sarraud en tout cas suit Hattab partout, comme un chien fidèle :

« J'ai plaidé pour M. Hattab, raconte maître Benazerah. C'était à Caen. J'étais revenu à Paris en voiture avec son fils et Jean-Rémy. A un moment donné, je me suis arrêté pour faire le plein. Laurent est allé acheter des chocolats. Jean-Rémy l'a suivi. Il était tout le temps à côté de lui. Plus tard j'ai dit à M. Hattab : " Qu'est-ce qu'il a ce type, il est malade ? " »

Sarraud fait les courses, Sarraud va chercher l'Alfa Romeo au garage, Sarraud promène le petit frère de Laurent. Laurent charge même son homme-à-tout-faire d'étranges besognes :

« Un soir, Laurent a demandé à Sarraud d'accomplir une coutume d'Afrique du Nord, raconte Sonia, ex-employée du Tee-fortwo. L'atelier venait de brûler. Il lui a dit d'acheter un poisson, il lui a fait ouvrir le ventre du poisson avec un couteau et étaler ce sang sur les portes. »

Coutume visant sans doute à chasser le mauvais œil.

Dans cet atelier de confection désaffecté où Jean-Rémy dort quelquefois, Laurent Hattab et lui ont aussi l'habitude de se retrouver, depuis l'été 1984, pour discuter « des coups à faire ». Situé à un cinquième étage, boulevard Sébastopol, il comporte six pièces en tout. Les murs sont noirs de cendres du fait des flammes qui les ont léchés. A gauche en entrant, la cuisine est complètement carbonisée. C'est là qu'est placée la chaudière où a éclaté l'incendie. L'atelier est traversé par un long couloir sur lequel donnent toutes les pièces. A l'intérieur de celles-ci : des tables de coupe, des rouleaux de tissu à demi brûlés, des cartons où sont entassés des patrons, quelques machines à coudre désormais inutilisables. Par terre traînent des débris d'étoffe. Sur la droite, au fond du couloir, un bureau épargné par l'incendie : pour tout mobilier, quelques casiers métalliques, une commode et une table.

Et c'est dans cet endroit vaguement apocalyptique que les deux garçons vont penser, pourpenser à longueur de journée le scénario d'un film noir pour le moins effarant. Ils ont un 7,65, ils ont des plaques minéralogiques volées. Quels coups envisagent-ils ?

Ça n'est plus Hattab, le fils à papa, ni Sarraud le minable petit voyou, mais pour le moins Alain Delon dans le rôle d'Al Capone et Jean-Paul Belmondo dans celui de Scarface. A ce duo manque la star, la femme fatale, l'inévitable vamp de tout polar.

L'été 1984 commence à s'achever. Dans la presse, il a été beaucoup question d'une série d'attentats réalisés par le groupe terroriste Action directe. En juillet, une bombe à l'Institut atlantique des affaires internationales. En juillet encore, une bombe au Centre de recherche et de construction navale ; en août, une bombe à l'Agence spatiale européenne ; le 23 août, on trouve 23 kilos de TNT (qui n'ont pas explosé) à l'Union de l'Europe occidentale...

Maître Antoine X. et quelques amis retapent l'appartement qu'il vient d'acheter avenue de Villiers. Il a déménagé de son ancien domicile, rue de Courcelles. Le loyer était trop élevé. Le soir, il sort souvent. Il fait la connaissance de plusieurs jolies femmes : Carla, une Antillaise, à qui il trouvera un job de monitrice d'aérobic ; Carine, une comédienne et mannequin. Il a promis de la mettre en relation avec un de ses amis producteurs : « Le métier de mannequin et de comédienne n'est pas facile, raconte-t-elle. Il y a un abîme entre un " top model " et un simple mannequin. On n'imagine pas ! Les mannequins, on s'en sert, on ne les paie pas. On n'est même pas mises au courant des " parus " (parutions des photos). Quant aux comédiens, il y a de plus en plus de concurrence. On court d'un casting l'autre. On peut en faire des dizaines par jour. C'est crevant. Et, quand vous avez mauvaise mine, on vous le fait savoir ! Sans compter les castings bidons, ou douteux... Pour avoir droit aux Assedic, il faut avoir travaillé 707 heures par an. Or un cachet équivaut à 12 heures, ça n'est pas toujours évident... »

En cette fin d'été, Alain T. vient tout juste de rentrer du Brésil où il a passé ses vacances. Le jour il s'adonne à son business. Le soir c'est l'Apocalypse, Régine, le Privé...

Valérie Subra passe ses journées à la piscine Deligny, ou à la piscine Carnot, vers Vincennes, et ses soirées au Martin's. Elle se fait deux nouvelles copines : Agathe, une grande petite fille blonde de 15 ans, et Véronique, 16 ans. Toutes deux très mignonnes. L'une fait des études de comptabilité, l'autre de coiffure. Entre deux séances de bronzing, elles évoquent leurs rêves en papier glacé : devenir mannequin, actrice... Un soir Agathe et Valérie vont au Privé avec des amis : Jacky, un commerçant du Sentier, et Dove (les relations entre Valérie et son « fiancé », Pascal, commencent à se détériorer). Jacky demande à Agathe : « Tu te décides à passer la nuit avec moi ce soir ? » Agathe, toute gamine encore, refuse. « Bon, dit Jacky, tu veux bien que j'en drague une autre ? » Agathe : « Fais ce que tu veux. » Jacky a repéré une jeune femme, plutôt petite, brune , aux cheveux mi-longs retombant sur les épaules. Ils dansent ensemble. Elle est jolie, malgré une légère cicatrice sur le côté droit de la bouche (« Un chien qui m'a mordue quand j'étais enfant », explique-t-elle). Elle a les yeux noisette. Ils se plaisent, flirtent.

La jolie brune s'appelle Anna, elle a 24 ans. Elle vient d'en finir avec une assez longue liaison. Elle est sortie pour se changer les idées. Elle retourne avec Jacky à la table de Valérie, Agathe et Dove. Ils parlent, sympathisent. Anna semble connaître beaucoup de gens. Elle est une amie, dit-elle, du chanteur Jean-Luc Lahaye. Ses propos sont régulièrement ponctués de noms de chanteurs célèbres et autres mots magiques : « casting », « tournage », « première », « top model », « show-room », « clips ». Valérie est captivée. Ce ne sont pas les spots rouges, jaunes et verts clignotant sans cesse au rythme du dernier tube à la mode qui font briller ses yeux. C'est cette idée, peut-être, qu'Anna détient la clef du monde auquel elle aspire : un monde sur lequel le soleil des « projos » ne se couche jamais : le show-biz. C'est Alice au pays des mirages. La soirée se poursuit chez Dove, dans son grand appartement de la place d'Italie. Valérie assaille Anna de questions sur tel chanteur, tel comédien. Elle lui parle de son désir de faire de la figuration ou de poser pour des photos. Toute la bande couche chez Dove, Anna passe la nuit avec Jacky. Agathe, elle, dort sur un canapé, dans le salon.

Le lendemain matin Agathe dit à Anna :

– Tu sais, Jacky, c'était mon petit ami.

– Oh, pardon, je ne savais pas, dit Anna.

– Ça ne fait rien.

Anna laisse son téléphone à Valérie. Elle lui a promis de lui présenter quelqu'un qui « connaît beaucoup de gens ». C'est le *public relation* d'un restaurant des Champs-Élysées, Bébert. Ce restaurant s'appelle le Jardin de La Boétie.

Les jours suivants, Valérie harcèle Anna de coups de fil : elle veut aller au Jardin de La Boétie et rencontrer ce monsieur qui connaît « des tas de gens ». Un vendredi soir, elle vient s'asseoir sous la verrière du café Le Berkeley, près du Rond-Point des Champs, où Anna lui a donné rendez-vous. Comme chaque soir, depuis des années, un piano, au fond de l'établissement, égrène ses ritournelles : *Un homme et une femme, Les Parapluies de Cherbourg, Le Port de l'angoisse.* Par terre, la moquette jaune à pois noirs s'épuise à imiter l'aspect d'une peau de léopard. Au-dessus de sa tête, de grosses lampes à abat-jour jaune imprimé. Les sièges en fer forgé peint en blanc semblent les rejetons hybrides de l'accouplement d'une chaise de jardin et d'un fauteuil Louis XV.

Anna vient bientôt la cueillir. Le La Bo (La Boétie), c'est tout à côté, dit-elle. Elles remontent la rue de Ponthieu qu'achalandent putes et sex-shops, croisent la rue du Colisée où siège l'Apocalypse, night-club très dans le vent à l'époque, et débarquent bientôt rue La Boétie, où se trouve le restaurant du même nom. Anna pousse la porte vitrée que flanquent deux étalages d'huîtres et crustacés, Valérie pénètre à sa suite dans ce saint du saint que fréquentent « des gens connus ». A peine leurs deux jolis minois ont-ils surgi dans la première salle, un homme trapu, carré, aux yeux vifs et au crâne chauve entouré d'une couronne de cheveux argentés, se précipite à leur rencontre. Présentations : « Bébert, voici Valérie, Valérie, voici Bébert. »

« Valérie était tout à fait superbe avec sa moue gourmande, son beau teint pâle, frais, son visage enfantin, et son épaisse chevelure noire, se souvient Bébert. Son corps était peut-être un peu potelé mais elle avait une figure vraiment magnifique... A première vue elle paraissait timide, réservée. Une mèche rebelle lui retombait sans cesse sur le front et, sans cesse, elle la rejetait en arrière avec sa main. »

Ce geste, ce soir-là – émue comme elle l'est –, elle le fera très souvent. C'est une façon peut-être de se donner une contenance, d'occuper ses mains. Bébert les entraîne au bar, constitué d'une énorme plaque de verre rouge dépoli. Tournée de jus d'orange. Bébert parle, parle, blague. Valérie, muette, pétrifiée, comme elle l'est toujours, disent ses amis, devant les personnes inconnues, regarde « ce monsieur qui connaît des tas de gens ». Et des tas de gens, il va de suite lui en présenter. Il remorque bientôt les deux jeunes femmes vers la deuxième salle au fond, celle du restaurant, où il les installe à une table où se trouvent déja des filles et plusieurs messieurs...

– C'était quoi, ce Jardin de La Boétie ? demandera quatre ans plus tard l'avocat général Guilloux. C'était quoi ce restaurant pour « couples échangistes » ? Bébert attirait-il des filles particulières ?

– Il amenait des femmes, répondra le commissaire Flaesch venu témoigner aux assises.

– Quelles femmes ?

– Il faisait miroiter aux femmes qu'il connaissait des producteurs de cinéma...

Un des convives, un homme jeune, qui va vers la quarantaine, plutôt rouquin, vif, sanglé dans un blazer bleu marine, s'intéresse tout particulièrement à Valérie.

Ce monsieur, appelons-le André R., est un industriel du textile.

On pose des questions à Valérie. C'est un peu comme l'interrogation orale, au BEPC : son âge, ses goûts, son travail, sa famille.

« Elle se disait mannequin, raconte Bébert. Elle avait l'illusion de l'être parce que le patron de sa boutique lui faisait parfois essayer des modèles devant les clients... Valérie parlait des problèmes qu'elle avait dans sa famille, de ses parents qui ne s'entendaient pas. Elle voulait faire carrière dans la mode, poser pour des photos. Elle m'a demandé des conseils. Je lui ai dit : " Bébé, faudra d'abord un peu maigrir. " Elle avait en effet les hanches un peu fortes. Mais elle savait s'habiller avec des robes longues et sombres qui affinaient sa silhouette. Et puis elle n'était pas très grande : 1,65 mètre ! Ça n'était pas exactement les mensurations requises pour un mannequin.

Au milieu des cliquetis de verres et de couverts et du brouhaha des conversations, on entend par moments les accents lointains d'une chanson : « Ma bohème, ma bohème, ça voulait dire, on est heureux »... C'est une vieille scie de Charles Aznavour que, sur une estrade dressée au milieu du restaurant, débite un crooner quadragénaire gominé qui gratte sans conviction sa guitare élecrique violet métallisé. Évidemment, ça n'est pas exactement le style de Valérie, elle préfère Jermaine Jackson, les Worse ou Steevie Wonder. « Ma bohème » ça craint un peu... Paroles de la chanson et paroles des convives se mêlent : « J'ai trouvé un rôle pour Julie dans le dernier long métrage de K. » « ...Bien que miséreux, avec le ventre creux, nous ne cessions d'y croi-oire... » « Lucie va être la pépée du mois dans le prochain *Playboy* », « ...Nous ne mangions qu'un jour sur deux... »

Les yeux de Valérie se promènent d'un bout à l'autre du Jardin de La Boétie où pépient une multitude de jolies minettes devant des tables blanches, sur les banquettes vert pomme longeant les murs de droite et de gauche. Au-dessus des banquettes s'étiolent des plantes grasses en pot, certaines en plastique, d'autres véritables. Les murs, blancs, sont tapissés de treillages verts où pendent là aussi des plantes. Au fond de la salle, derrière une immense vitrine montant du sol au plafond, un jardin intérieur avec ses rocailles et ses arbrisseaux. Au milieu un jet d'eau fatigué, jaillit d'une espèce de vasque « coquille Saint-Jacques » en plastique blanc. A gauche de la coquille Saint-Jacques, la statue de bronze, assez grossière, d'un homme assis penché sur un livre : sans doute Étienne de La Boétie relisant dans son « Jardin » son *Discours de la servitude volontaire* (« Les hommes naissant sous le joug, et puis nourris et élevés dans le servage, sans regarder plus avant, se contentent de vivre comme ils sont nés, et ne pensent point avoir autre bien ni autre droit que ce qu'ils ont trouvé, ils prennent pour leur naturel l'état de leur naissance »).

Il est d'involontaires ironies.

A table, les messieurs, entre deux bouchées de pavé au roquefort, se délectent du joli minois de Valérie. On lui trouve une ressemblance avec la jeune actrice à la mode alors : Valérie Kaprisky.

Le vin coule à flots. A la fin de ces agapes, on décide d'aller à l'Apo (*alias* l'Apocalypse). (« " Apocalypse ", quel nom ! », s'exclamera aux assises l'avocat général Guilloux.)

Quelle formule magique aussi. C'est à l'Apo, disent les nouveaux Nouveau Testament imprimés sur papier glacé en lieu de papier bible, qu'Anthony Delon aurait rencontré Stéphanie de Monaco. Rois du pétrole et rois du show-biz s'y côtoient. Princes de la fringue aussi. Valérie est émue comme une première communiante allant recevoir les sacrements.

« Elle était vraiment contente qu'on l'introduise à l'Apo », dira Anna aux policiers.

Et Bébert précise :

« A l'Apo, on ne laissait pas entrer n'importe qui ! »

L'Apo, c'est tout à côté, dans la rue du Colisée, qui est parallèle à la rue La Boétie. La rue du Colisée doit son nom à une immense salle de fêtes construite au XVIIIe siècle, sur le modèle du Colisée de Rome. Quarante mille personnes pouvaient s'y côtoyer, nobles et manants, princesses et bourgeoises.

Autres temps, mêmes mœurs.

Devant la porte capitonnée de l'Apo, un cerbère tient en respect une trentaine de minets et minettes assemblés là, attendant de son régalien bon plaisir qu'il condescende à les laisser entrer. Bébert n'a qu'à faire un clin d'œil et, sur un geste du « gardien du temple », la petite foule s'ouvre comme devant les Hébreux la mer Rouge. Et bientôt ils s'enfournent dans cette obscure et platonicienne caverne, descendant des escaliers couverts de moquette noire.

La foule se presse à l'intérieur de la boîte. Des ombres chinoises gesticulent sur la piste de danse couverte de dalles de verre rouge et jaune lumineuses, au rythme du dernier tube, un tube qui deviendra l'air préféré de Valérie, et presque son hymne national pendant cette quinzaine de jours où elle va soudain basculer dans l'horreur : *When the rain begins to fall/You'll ride my rainbow in the sky/ And I will catch you if you fall...* C'est un duo de Jermaine Jackson et Pia Zadora : Pia Zadora, un milliardaire s'est toqué d'elle et l'a épousée. Maintenant elle a sa Rolls et son jet privé. Et il y en a beaucoup, des filles comme ça. La « réussite », c'est une question de « relations ». Le meilleur capital aujourd'hui n'est-ce pas un « bon carnet d'adresses » ? Et son carnet d'adresses, quand elle en tourne les pages, Valérie, il n'est guère fourni, à part les copains et les copines. Mais ça n'est pas eux qui vont lui mettre le pied à l'étrier. Valérie songe-t-elle à Isabelle Adjani, passée des HLM de banlieue aux sunlights ? Ou peut-être a-t-elle en mémoire le postmoderne conte de fées de Sandrine Bonnaire : il était une fois la fille d'un tout petit employé de la firme d'aviation Dassault, lequel avait à sa charge onze enfants. Elle s'appelait Sandrine. Elle était toute jeune. Un jour elle avait accompagné sa sœur aînée qui devait se présenter pour un essai, sur un plateau de tournage. Sandrine, toute timide, s'était cachée dans un coin. Mais le metteur en scène l'avait remarquée. Contre toute attente, c'est elle, la gamine, qui fut choisie pour le rôle. En 1983, *A nos amours,* le premier film qu'elle tourne avec Pialat, en fait une star... « Connaître des gens », pas de miracle, c'est ça le « sésame ». En l'occurrence, la caverne d'Ali-Baba, sinon d'Ali Babette, de Valérie, ce sera l'Apocalypse (comme tous les habitués, elle l'appellera l'« Apo ») et le Jardin de La Boétie (« restaurant pour couples échangistes »), où elle se rendra jusqu'à quatre fois par semaine.

« Je ne pense pas que Valérie ait pu venir si souvent à ce restaurant sans participer ensuite aux “ soirées ” », dira le commissaire Flaesch à la barre des témoins. Il ne fut pas plus disert sur lesdites « soirées ».

« On trouve deux types de femmes dans les boîtes, explique Olivia Valère, actuelle propriétaire de l'Apo (rebaptisé " Club Olivia Valère "). Les petites banlieusardes qui débarquent avec leur panoplie de faux Hermès et faux Vuitton pour décrocher la poule aux œufs d'or, sinon le prince charmant ; et les bourgeoises qui veulent oublier leur vie trop conformiste et se donner une illusion de liberté et de vice. Valérie Subra doit se situer entre les deux. Toutes les petites-bourgeoises, à 98 %, quand elles s'encanaillent, c'est pour punir leurs parents. »

« Pour aller dans les boîtes comme l'Apo, ajoute M. James Arch, patron du Studio A, il faut avoir du cran. Les minettes qui vont là, elles assurent. Les paumées, elles vont avec les paumés, au Forum des Halles par exemple... »

Valérie Subra aura ses entrées gratis au La Boétie et à l'Apo. Elle y emmènera des copines. A l'œil encore. Elle voit là un privilège. Mais, du haut de ses naïfs 18 ans, sans doute ne conçoit-elle pas ce qu'elle donne en échange : sa jolie gueule. « Ces messieurs sont friands de chair fraîche », commentera le juge d'instruction, Martine Anzani. Sans le savoir, Valérie tient un rôle d'entraîneuse. Nombre de jeunes mannequins, apprentis mannequins et autres jolies filles ont leurs entrées gratis dans les boîtes. Ça attire le client.

« Ça peut coûter cher de draguer ce type de filles, raconte un habitué. On leur paie le resto, des petits cadeaux, des pots. Pour peu qu'il y ait des copains et des copines, on multiplie les tournées. A 150 balles le verre, ça peut chiffrer dur en fin de soirée. C'est souvent plus cher que de s'envoyer une call-girl. Mais c'est plus excitant. Il y a le plaisir de la chasse, même si le gibier, à la fin, peut vous échapper. »

Psychiatres et avocat général, aux assises, ont parlé de prostitution. Le mot est inadéquat. En fait, il s'agit plutôt d'une sorte d'échange, masqué, dont la minette est le plus souvent la dupe. Elle troque sa peau contre le chèque en bois d'une promesse de « rôle dans un film » et quelques coupes de champagne. Elle n'y gagne qu'une gueule de bois...

Les chances d'« arriver » sont en effet minimes. En saison près de 13 000 mannequins sont en concurrence à Paris. Et les agences réalisent 80 % de leur chiffre d'affaires avec seulement 20 % de filles disponibles en « booking ». Elles préfèrent commercialiser quelques rares et précieux top models, dont on fabrique de toutes pièces la gloire : elles se vendent plus cher, donc rapportent plus. Les autres, les petites, les paumées, les « sans grade », elles zonent : elles courent le casting, avalant régulièrement, de la part des photographes et autres, les vannes les plus vulgaires : « Dis donc, t'as d'la cellulite » ou « d'la culotte de ch'val », « T'as une gueule d'enterrement, tu ferais mieux d'aller bronzer », « T'as un bouton sur la gueule », etc. Sans compter les castings bidons où force oies blanches se font piéger : posant nues pour un « essai », en général sans suite, photos et films étant après recyclés dans l'industrie porno sans que les intéressées soient mises au courant du destin de leur image (un mannequin, récemment, a eu la désagréable surprise de se retrouver, nue, comme ornement d'un briquet en plastique tiré à des dizaines de milliers d'exemplaires, sans en avoir été avertie ni avoir été payée pour). Autre attrape-nigaudes, ces écoles et agences qui exigent un droit d'inscription élevé et des sommes allant jusqu'à 3 000 francs pour réaliser un« book ». Dans le milieu du business et du show-biz par ailleurs, les candidates mannequins sont une monnaie d'échange, un petit extra qu'on rajoute au contrat, un dessert qu'on offre en fin de dîner d'affaires. Combien de jeunes naïves débutantes ne se sont-elles pas entendu dire : « Si tu ne viens pas à telle party, je te brise ta carrière... » Eros centers et peep-shows son pleins de bécassines qui, un jour, prenant leur courage à deux mains, ont osé répondre à une petite annonce demandant des « figurantes ».

« Maintenant, je réalise, dira Valérie Subra à Frédérique Lebelley, que si je n'avais pas fini en prison j'aurais fini à Tanger. »

Mais ce premier soir où elle est allée à l'Apo, Valérie n'est pas encore « affranchie ».

Elle s'assied avec André R., Bébert et quelques autres filles, au fond de la boîte. Pia Zadora et Jermaine Jackson continuent de cracher leurs décibels : *And when the rain begins to fall/ I'll be the sunshine in your life/ You know that we can have it all...* Et Valérie, sirotant son jus d'orange sous les regards allumés de Bébert et André R., Valérie qui, avec le mouvement mécanique d'un métronome, ne cesse de renvoyer en arrière la mèche sombre qui sans cesse retombe sur son visage, Valérie est sans doute alors tout à fait sûre qu'elle *can have it all,* qu'elle pourra TOUT avoir.

André R. drague Valérie.

« Vers une heure du matin, raconte-t-il, comme elle était seule, je lui ai proposé de la raccompagner. Elle a accepté de venir boire un verre chez moi... »

Ils sortent ensemble de l'Apo. La voiture d'André R. est garée non loin. Un lampadaire laisse pleuvoir sur les belles courbes de sa carrosserie rouge et ses chromes des gouttelettes de lumière blanche qui en avivent la couleur.

Une Jaguar.

Valérie monte dans le carrosse.

Le prince charmant démarre et fonce vers les « beaux quartiers » : VIIIe arrondissement, parc Monceau, XVIIe.

Il se gare devant un hôtel particulier en pierre de taille, proche du parc Monceau. Valérie connaît ce quartier. Sa mère y travaille.

André R. forme un chiffre sur l'espèce de magique et moderne cryptogramme qu'à droite de la porte de l'immeuble semble figurer le digicode. Puis ils montent tous les deux.

« Arrivée chez moi, Valérie était très décontractée, dira André R. à la barre des témoins. Elle a fait le tour de l'appartement, regardé les tableaux, mis son nez partout. Elle semblait beaucoup plus intéressée par les lieux que par le propriétaire des lieux. Enfin, pour appeler un chat un chat, elle ne voulait pas coucher. Je lui ai demandé alors de partir. J'ai appelé un taxi. Elle n'était pas contente. Elle a trouvé ma façon d'agir un peu cavalière... »

Tu veux, ou tu veux pas.

Les princes ne sont pas toujours charmants.

Deux mois plus tard, de retour d'un voyage d'affaires en URSS, M. André R. vient dîner à son QG du Jardin de La Boétie : le 22 décembre 1984.

« Valérie a été arrêtée », lui dit immédiatement Bébert.

« Mon ami André n'en a pas cru ses oreilles, raconte Bébert. Il a fallu que je lui montre *France-Soir* qui venait de paraître avec en grand la photo de Valérie et en titre :

LA SOIRÉE D'AMOUR DE VALÉRIE SE TRANSFORMAIT EN SÉANCE DE TORTURE.

Sur André R. s'écroulent soudain des tonnes d'effroi. Mais d'effroi rétrospectif, fort heureusement.

En quelques secondes, dans son esprit, se rejouent les soirées qu'il a passées avec Valérie. Il a l'impression – et il ne sera pas le seul des clients du La Boétie à avoir ressenti cette impression – de l'avoir échappé belle. A un cheveu près, il aurait pu finir, pense-t-il, ficelé comme un paquet-cadeau et reposant sur la moquette de son appartement, bâillonné et la poitrine criblée de coups de couteau.

Parce que Valérie, après ce premier « petit tour du propriétaire » réalisé chez André R., va relancer celui-ci à plusieurs reprises.

« Elle m'a donné des dizaines de coups de fil », raconte-t-il.

Et Bébert d'ajouter : « Comment soupçonner le scénario diabolique qu'elle était en train de monter. »

Trois jours à peine après sa première rencontre avec Valérie Subra, André R., qui est en train de travailler au siège de sa société (il fait de l'import-export dans le textile) à Saint-Ouen, reçoit un coup de fil, le quarantième peut-être de la journée. Il a plusieurs appareils sur son bureau et ça n'arrête pas de sonner.

– Allo, c'est Valérie, dit une voix.

Valérie ? André R., qui est un noctambule professionnel, en connaît pas mal, des Valérie. Et il a d'autant moins de chance de penser qu'il s'agit de Valérie Subra qu'ils se sont quittés plutôt sèchement.

Valérie rappelle comment ils se sont rencontrés. André R. la remet. (« C'était au cours du mois d'octobre », se souvient-il.)

– J'aimerais qu'on se revoie, dit Valérie.

Il convient d'aller la chercher chez elle le vendredi suivant.

Ce soir-là une grosse Jaguar rouge s'arrête rue Wagner. André R. est accompagné d'un de ses amis, Claude. Il est 21 heures. Il klaxonne. Deux têtes, l'une brune, l'autre blonde, se montrent dans l'encadrement gris métallisé d'une fenêtre du deuxième étage. C'est Valérie et une de ses copines (appelons-la Julie). Les deux jeunes filles, maquillées à point, pimpantes, croquantes, montent bientôt dans le carrosse écarlate. Premier investissement du dragueur : le restaurant. On dîne. Scénario classique. Deuxième investissement du dragueur, et deuxième scène du scénario : on va en boîte. Valérie choisit le Martin's. André et Claude ne connaissent pas. Hop, on enfile le long fleuve lumineux des Champs où, dans un sens, coule le flot rouge des feux arrière des voitures remontant l'avenue et, dans l'autre, le flot blanc et jaune des phares de celles qui la redescendent. En amont du fleuve, sur la jambe droite de l'Arc de Triomphe éclaboussé par la phosphorescence des projecteurs, la Marseillaise de Rude, la gueule grimaçante, brandit son poignard de boucher. Hop, on prend sur la gauche par l'avenue Foch et la route de Suresnes. A l'orée du bois de Boulogne, des silhouettes d'oiseaux exotiques vêtus de pelures acryliques rouges, violettes, roses, et de bas résille, jaillissent dans le faisceau des phares : putes et travestis. Des pelures semblables, de toutes les couleurs de l'arc-enciel, et quasi fluorescentes, André et Claude vont en voir s'entasser par cinquantaines dans le vestiaire complètement saturé du Martin's Club. L'automne commence à piquer. Les fourrures artificielles sont à la mode. Dans le Sentier, on en vend des kilomètres. Et cette boîte, à l'époque, est un des rendez-vous privilégiés du Sentier.

Valérie et Julie poussent la lourde tenture qui sépare le hall de la boîte de la salle de danse. André et Claude les suivent. A l'intérieur, surtout des jeunes en uniforme réglementaire : Nike aux pieds, jogging ou jeans, chaîne en or. Valérie a l'air d'évoluer là-dedans en pays conquis. Elle dit bonjour et donne la bise à tout le monde. Près du bar, son ombre et celle de Julie s'agglutinent à deux ou trois ombres masculines. André et son ami Claude se sentent mis sur la touche. André en a assez. Il va trouver Valérie :

– Je m'en vais, dit-il.

– Si tu veux, je te rejoins chez toi après ! dit Valérie.

André refuse.

Sans doute se demande-t-il déjà : « Mais qu'est-ce qu'elle veut, cette fille ? »

Valérie harcèle Anna de coups de fil : elle désire que son amie l'emmène à nouveau au Jardin de La Boétie. Un samedi soir, 6 octobre, Anna, 24 ans, plutôt petite, Valérie, 18 ans, moyenne de taille, et sa copine Agathe, 15 ans, une très grande petite gamine, poussent la porte vitrée du restaurant. (« C'est formidable, a dit Valérie à Agathe le lendemain de sa première soirée au Jardin, y a un type là-dedans, il connaît tout Paris ! Y a un piano bar ! Y a plein d'gens ! Y a... »)

Bébert (c'est lui « le monsieur qui connaît tout Paris »), papillonne autour des nouvelles venues. On se donne la bise de rigueur. Il les invite à s'asseoir à une table où se trouvent déjà plusieurs jolis mannequins et des messieurs. Dont André R.

Le boulot de Bébert c'est de faire venir « du monde » (« On ne vient pas dans un restaurant où il n'y a personne. »).

Et les amis rabattent des amis.

C'est une chaîne d'amour, une boule de neige. Et le La Boétie se transforme vite en volière bourrée de clients dont force jolies filles.

Ça laisse froid M. Étienne de La Boétie, figé dans le bronze, là-bas, au fond du restaurant, derrière sa vitrine, lisant et relisant, entre trois plantes grasses, son *Discours de la servitude volontaire* : *« Vous semez vos fruits afin que le tyran en fasse le dégât ; vous meublez et remplissez vos maisons, afin de fournir à ses pilleries ; vous nourrissez vos filles afin qu'il ait de quoi saouler sa luxure.* »

Après le dîner, vieille habitude, toute la bande se rend à l'Apo. Pia Zadora, encore et toujours, hurle sa rengaine : *Time goes by so fast/You have got to have a dream.*

Valérie et Agathe vont se « déglinguer grave » sur la piste de danse. « Valérie adorait danser », dit Bébert. Puis, quand elles sont bien « cassées », elles reviennent vers la table où Bébert et André R. sont installés au milieu d'un essaim de meufs de rêve. Valérie boit un coup, puis se lève. Elle fait quelques pas vers le bar.

« Un homme brun à moustache, pas très grand, s'est alors approché de moi, dira-t-elle plus tard. Il s'est présenté très poliment. »

L'homme est jeune. 29 ans. Au cou, il porte une chaîne en or. Au poignet, une Piaget. En or elle aussi.

« Il m'a fait un grand baratin, poursuit Valérie. Pour finir il a proposé qu'on se voie le lendemain. »

L'homme lui demande son prénom et son téléphone. Valérie lui donne un faux numéro. Au commissaire Flaesch elle dira : « Je ne voulais pas le revoir. » Au juge d'instruction Martine Anzani : « A l'époque, j'habitais encore chez mes parents et ma mère n'aimait pas que n'importe qui téléphone à mon domicile. »

Sur son agenda Cartier, à la page datée *dimanche 7 octobre,* l'homme note au stylo, sur une moitié de feuillet : *Valérie,* suivie du faux téléphone, et sur l'autre moitié son téléphone à lui. Et son prénom :

Alain.

Il s'agit d'Alain T. Il vient de signer sa condamnation à mort.

Il aura cependant un long sursis : un mois et neuf jours très exactement. L'exécution s'effectuera le 16 décembre.

Alain T. déchire en deux le feuillet de l'agenda. Il garde le morceau portant le numéro de Valérie, et donne l'autre à celle-ci. Cet autre demi-feuillet, la police le retrouvera le 20 décembre 1984, lors de la perquisition, rue Wagner.

– Il faut que je passe au Martin's, dit-elle.

Bébert l'accompagne en voiture. Le Martin's est son QG. Sans doute va-t-elle y rendre compte de sa « mission ».

« Jamais Valérie ne m'a donné l'impression de jouer un jeu diabolique, explique Bébert. Comment pouvais-je soupçonner qu'en fin de soirée elle allait retrouver ses deux complices ? Je ne savais rien de sa vie, ou presque. »

Valérie est devenue une habituée du Jardin. Elle y a fait venir donc sa copine Véronique (apprentie coiffeuse) ; qui y a fait venir sa copine Maritie (secrétaire) ; qui... Nommons encore Corinne, vendeuse dans un magasin de chaussures, et Cathy, vendeuse en accessoires... Par contre, en tête de chaîne, on a laissé tomber Anna : Valérie et Anna sont en effet convenues d'un rendez-vous au drugstore des Champs avant d'aller passer une troisième soirée au Jardin. Anna l'attend une bonne heure : le temps de vider plusieurs cafés. A la fin elle se décide à se rendre seule au restaurant. Elle y aperçoit Valérie (qui lui a posé un lapin et vole désormais de ses propres ailes) et Agathe. Valérie lui envoie un petit bonjour glacial.

« Sympa les copines. »

Bébert appelle Valérie et Agathe « mes bébés ». Un soir, après le La Boétie, il les a emmenées chez lui, dans son studio de la rue Boissière. C'est un endroit assez vaste, mais très peu décoré. Dans un placard, Bébert détient cependant un trésor, un millier de photos de tous formats, en noir et blanc et en couleurs. Que des jolies filles, mannequins, actrices. Autant de créatures de rêve, raconte-t-il, à qui il a donné un « coup de pouce » pour leur carrière : décrochant à l'une une double page dans *Playboy* ou

Lui, à l'autre une pub à la télé, à l'autre un petit rôle de figurante : il faut bien commencer par quelque chose. C'est plusieurs kilos de rêve, mais de rêve concrétisé – paperisé pourrait-on dire – qu'il tient ainsi enclos dans son placard.

« Attention, il ne s'est rien passé entre moi et Valérie », dira Bébert à la barre des témoins.

« Valérie, c'était plutôt le genre coincée, explique Bébert. Au début elle me charmait. Elle avait un si joli visage. Elle est venue pendant un mois et demi, régulièrement, dîner au Jardin. Elle me téléphonait souvent : pour que j'aille faire des courses avec elle. J'avais des prix dans les boutiques. Elle en profitait. A la fin, je me suis dit : c'est pas possible, elle me prend pour son micheton ! Elle était terriblement possessive. Jalouse ! Au La Boétie un soir, je rends à une copine, Pascale, une belle montre en or qu'elle m'avait confiée pour que je la donne à réparer à un ami horloger. Valérie a cru que c'était un cadeau que je faisais à Pascale. Elle a piqué une crise. Pascale m'a dit : " Envoie-la bouler, cette fille. Elle est barjo. "

« Je lui ai présenté des acteurs, des metteurs en scène. Être vue avec eux par ses copines, qu'elle amenait au restaurant, ça la faisait jubiler. Son rêve : que je l'invite à une soirée chez Anthony Delon ! Elle voulait " connaître des gens ". Elle enrageait. Un jour, elle a vu ma photo à côté de Drucker, dans le *France-Soir* du 14 novembre. C'était pour l'anniversaire des 30 ans d'Hinault. Une soirée de 500 personnes au moins. Sortait en même temps, au Studio 1, le film *L'Année du cyclisme.* Le soir même, au Jardin, Valérie m'a lancé : " Je t'ai vu dans le journal. Dis donc, ça va pour toi ? " J'ai répondu : " Oui, ça va pour moi. " Elle trépignait : " Arrête, ça suffit, fais-moi faire des trucs. "

« Mais je ne m'occupais plus tellement d'elle, poursuit Bébert. Bien sûr, je la sortais de temps à autre parce que je préfère être vu avec une belle nana qu'avec un boudin. Mais des comme elle et des mieux, j'en ai autant que j'en veux. Et des moins complexées. Des plus cool. Je veux dire des filles qui n'avaient pas tous les blocages de Valérie.

« Et puis un soir, elle a eu un geste qui ne m'a pas du tout plu. Alors qu'elle entrait au Jardin, j'ai voulu lui faire une bise.

Comme d'habitude, “ à la russe ”, sur la bouche. Elle a détourné brusquement la tête. Ça m'a jeté un froid : “ Dis donc, Valérie, je lui ai lancé, j'ai pas le sida ! ”

« Depuis ce soir-là, je n'ai plus eu confiance en elle... »

Bébert donc s'occupe de ses « autres copines ». Et particulièrement de Agathe. Entre Valérie et Agathe, il y a de l'eau dans le gaz. Agathe vient maintenant au Jardin toute seule, ou avec une copine, Maritie, qui est secrétaire à TF1. Entre autres vedettes dont elle a dû s'occuper à la télé : Marguerite Duras, qui a eu le Goncourt cette année-là pour *L'Amant.* (« Quand on l'a vue rappliquer, confie Maritie, on s'est dit : c'est pas possible, c'est pas ça un écrivain. La mère Duras, elle voulait à tout prix, pour l'émission, être assise sur un fauteuil de Starck. Si on ne lui apportait pas un fauteuil de Starck, elle refusait de faire l'émission. Il a fallu que je lui cherche un fauteuil de Starck dans tout Paris ! »).

Pour Agathe, le La Boétie, c'est un bon dîner gratis tous les soirs. Elle appelle ça « se faire un plan restaurant ». « Là-dedans y avait toutes sortes de types. Des cinéastes, des mecs du prêt-à-porter, des médecins, des... Y en avait un, un cinéaste, on l'appelait Panpan. J'sais pas pourquoi, pendant longtemps j'ai cru que c'était Polanski. J'écoutais pas ce qu'on me disait. Je parlais, je parlais. J'étais fofolle. Certains mecs de ce milieu, les filles, pour eux, c'est toutes des putes : sauf leur sœur, leur cousine et toute la casbah ! Faut dire qu'au La Bo y avait parfois des meufs débiles avec des maquillages trafalgar (catastrophiques). Je me souviens d'un type, vraiment gentil : la veille, il avait les cheveux blancs, sa couleur nature, le lendemain on l'a vu rappliquer avec une tignasse aile-de-corbeau. C'qu'on a pu rigoler. C'était géant ! Une fois un mec, type ripou rigolo, il nous avait invitées à dîner chez lui. Au milieu du dîner, il a ouvert sa braguette et sorti son machin, il nous a dit : “ Enchanté de vous connaître. ” A la fin des dîners, on filait toujours à l'anglaise, moi et Maritie, on tenait pas à servir de dessert. On allait danser à l'Apo. Faut dire que les types, dès que je leur annonçais mon âge, 15 ans, ils ripaient. Ça jetait un froid. Ils voulaient pas avoir d'ennuis...

Moi à l'époque, je marchais à côté de mes “ tiags ”, ça allait pas à la maison, Maman était séparée de Papa, elle avait quatre gosses sur les bras et pas de pension alimentaire. Moi, j'planais, j'voulais m'éclater grave, oublier tout ça. Je comprenais rien à ce qui m'entourait. Jamais j'aurais soupçonné que le La Boétie était un “ club échangiste ”. »

Valérie n'aime pas qu'une proie lui échappe. Elle est possessive. Il faut qu'elle dise son fait à Agathe. Un soir un copain, qui a une grosse voiture, emmène Valérie dans le XIIe arrondissement, où habite Agathe.

– J'arrive de suite, dit Valérie.

Elle entre dans l'immeuble. Va sonner chez Agathe. La mère de celle-ci ouvre la porte.

– Agathe n'est pas là.

Et referme la porte aussi sec.

« Valérie est restée sur le palier à m'attendre en faisant les cent pas, raconte Agathe. Ma mère l'observait par l'œilleton de la porte. Elle la voyait aller et venir en rejetant en arrière sa mèche de cheveux. Je suis arrivée. Valérie m'a dit :

– Rends-moi mes fringues ! (on s'échangeait nos vêtements). Et viens chez moi chercher tes bottes !

– Elles sont pourries, mes bottes. J't'en fais cadeau.

– Pourries ou pas, j'en veux pas. Viens les chercher.

– Jette-les à la poubelle.

– J'me dérangerai même pas pour les balancer à la poubelle. Jette-les toi-même ! »

Les feuilles mortes se ramassent à la pelle...

Debout sur son estrade, serrant contre son cœur sa guitare éléctrique enrouée, le crooner du Jardin de La Boétie semble de plus en plus fatigué.

Agathe dîne à une table avec des amis. Soudain Bébert vient lui frapper sur l'épaule :

– Le téléphone pour toi, bébé.

Agathe se lève, dépliant les 1,70 mètre de ses 15 ans. Elle se rend dans la cabine, au fond du restaurant, prend le combiné.

– Allo, c'est Éric, dit une voix à l'autre bout du fil.

« Je connaissais vaguement un Éric, un copain à Valérie que je voyais quelquefois à l'Apo, explique Agathe. Il m'a dit :

– Y a une boum à Versailles.

– J'y go pas, j'go à l'Apo.

– Si c'est nul, on ira à l'Apo après, okay ?

– Okay.

– J'envoie mon cousin te chercher au restaurant. Attends-moi dehors. A tout'.

« J'étais complètement frappée-dingue-folle-dingue à l'époque. Je vivais sur un nuage. J'aurais suivi n'importe qui. Une Autobianchi noire est venue se garer devant le restaurant. Je suis montée dedans. Il n'y avait qu'un seul type à l'intérieur. Plutôt châtain, les cheveux en arrière. Il portait un pull, un jean et des " tiags ". Je lui ai dit :

– C'est toi le cousin à Éric ?

Il m'a dit :

– Ouais.

« Il a démarré. Moi je causais, je causais, je sais plus de quoi. Le type a foncé à travers Paris. Jusqu'à la porte d'Auteuil. Il a pris l'autoroute de Versailles. Je faisais pas très attention. Les panneaux défilaient dans les phares. Et puis, à un moment donné, j'ai senti une main se poser sur ma bouche et tirer ma tête en arrière. Il y avait un autre type caché dans mon dos. Ce type m'a lancé :

– Tu connais la Hollande ?

« Il a braqué sur ma tempe le canon d'un revolver. J'ai voulu regarder sa tête dans le rétroviseur. Le chauffeur a rabattu le rétro. »

– On va t'envoyer à Amsterdam, et ça va marcher à la coke ! dit le type de derrière.

(Les panneaux continuent de défiler dans le pare-brise : Ville-d'Avray, Marnes-la-Coquette. Le chauffeur accélère.)

– Mais qu'est-ce que vous voulez, qui êtes-vous ? s'exclame Agathe effarée.

– Tu vas travailler pour nous, dit le chauffeur.

– Et si tu marches pas droit, lance l'autre, on va te violer. Ta petite gueule, on va la vitrioler. Okay ?

– Mais, si tu es gentille, on s'entendra. Qui dit argent pour nous, dit argent pour toi.

« Le type dans mon dos avait une voix plutôt douce et fine, le chauffeur une voix grave. L'un jouait le gentil, l'autre le méchant, et puis ils changeaient de rôle.

Soudain un car de police a surgi devant nous. Le conducteur est devenu blême :

– Merde les poulets.

« Il a pris la première bretelle sur la droite. On s'est enfoncés dans une espèce de petit bois. Il s'est garé. J'ai alors vaguement aperçu le type de derrière. Il avait des cheveux longs coiffés sur le côté et un blouson. Ils m'ont dit :

– On sait où tu habites. On sait que t'as une petite sœur et deux petits frères.

« Ils m'ont donné les prénoms de mes frères et sœur. Ils ont ajouté que si je ne voulais pas " marcher " avec eux, ils leur feraient du mal. Ils ne m'ont pas dit exactement ce qu'ils attendaient de moi. Ils se sont contentés de me terroriser. Ils m'ont dit qu'ils allaient me ramener à Paris et qu'ils me téléphoneraient le jeudi suivant au Jardin de La Boétie, et qu'ils me donneraient alors des précisions.

– On te ramène où ?

– A l'Apo.

« Ils m'ont laissée pas loin de la boîte. J'ai pas pu regarder le numéro minéralogique de leur voiture. Ils m'avaient avertie :

– Si tu te retournes, on te dire dessus.

« Je ne suis bien sûr pas allée en boîte. J'ai sauté tout de suite dans un taxi et suis rentrée chez moi. Je suis restée enfermée, terrifiée, pendant dix jours. Ma copine Maritie m'a dit :

– T'en fais pas, si c'était des vrais voyous, ils ne t'auraient pas laissée repartir.

« Le jeudi suivant, je ne suis évidemment pas allée au Jardin pour recevoir le coup de fil. J'y suis cependant retournée au bout d'un certain temps. Valérie était là. Quand je suis partie me donner un coup de peigne aux toilettes, elle m'a suivie. Je lui ai raconté mon histoire. Je lui ai demandé :

– Dis donc, ce serait pas toi qui aurais donné des renseignements sur moi à des voyous, non ? Ils connaissaient le nom de ma petite sœur. Ils savaient où elle allait à l'école.

« Valérie m'a juré qu'elle n'était pour rien là-dedans. Mais je la croyais pas. Elle était une des rares personnes à connaître ma famille. Et puis elle disait partout qu'elle faisait ce qu'elle voulait de moi. Elle a même fait courir le bruit que j'étais sur le trottoir... Après un moment, Valérie m'a soufflé :

– J'ai un secret hyper important à t'dire... Je sors avec un mec du Martin's, c'est un voyou. Un mec baraqué. Faut pas trop le chercher, c'est un dur. Il se laisse pas ennuyer ! Avec lui je fais des coups.

– Qu'est-ce que tu racontes ?

Valérie prend un air mystérieux.

– On va chez des types qui ont du pèze. On les braque.

« Valérie, elle était super mytho. Elle racontait beaucoup de vent. Je croyais toujours que la moitié de c'qu'elle disait.

– On les fait raquer, poursuit Valérie. Et avec le fric, moi et mon copain, on va partir en Amérique.

« Je comprenais pas pourquoi elle voulait faire ça, de l'argent elle en avait, sa mère lui offrait ce qu'elle voulait. Bien sûr elle aimait le fric et elle pensait toujours " en fringues ". Moi j'crois que Valérie, elle a pété les ponts, elle a disjoncté grave. Elle était plus dans ses " tiags ".

– Valérie, j'veux rien savoir de tes histoires. Fais attention quand même, tu vas te faire prendre.

– J'ai rien à craindre. Mon copain, c'est un mec en béton. Il sait se faire respecter.

« Elle ne m'a pas expliqué comment ils allaient voler, et s'ils l'avaient déjà fait. Et elle ne m'a pas dit bien sûr qu'ils envisageaient des meurtres. Un mois plus tard, Maman m'a jeté à la figure un *France-Soir*. C'était le 22 décembre :

– Tiens, regarde-la, ta copine, regarde ce que c'est ! »

En première page, il y avait la photo de Valérie. Et de ses complices : Laurent Hattab et Jean-Rémy Sarraud.

Devant le juge d'instruction, Nathalie n'a pas affirmé reconnaître en Sarraud et Hattab ses agresseurs. Mais elle assurera plus tard que c'étaient bien eux [1].

1. Hattab et Sarraud nieront avoir organisé cet enlèvement.

Un mois auparavant environ, au retour d'un week-end à Deauville, Valérie Subra et son ami Pascal décident de « casser ».

Il n'y aura ni cris, ni larmes. Cela se passe à l'amiable. (« On s'est lassés, on s'est séparés sans dispute », dira-t-il à la barre des témoins.) D'ailleurs Pascal a vaguement dans l'idée qu'avec Valérie cela recommencera un jour. Il lui demande de conserver la précieuse bague qu'il lui a offerte : comme souvenir.

Parfois dans le quartier du Sentier ou en boîte il arrive qu'ils se rencontrent. Ils n'échangent que quelques mots :

– Ça va ? demande-t-il.

– Ça va.

– Avec qui tu sors ?

– J'ai de nouvelles relations.

Les messieurs du La Boétie « assurent » sans doute plus en boîte que Pascal. Et avec eux « on ne crève pas de soif ».

Une dizaine de jours après leur rupture, Pascal apprend que Valérie « sort » avec Laurent Hattab. Laurent vient en effet de « casser » lui aussi avec sa petite amie Sabine.

Savourant avec une délectation ironique l'argot des jeunes, le président Versini demandera à Laurent Hattab, aux assises :

« Pourquoi avez-vous " cassé " avec Sabine ?

– On a cassé parce qu'on a cassé.

– Qui a pris cette décision. Vous ? Elle ?

– C'est plutôt elle. »

Sabine racontera : « Nous nous sommes brouillés pour une futilité. Nous avons évoqué une séparation sans y croire vraiment. Laurent était très affecté et manifestait une grande émotion quand je parlais de ça. »

C'est un nouveau coup pour Laurent : frappé déjà très durement par les problèmes de son père et la chute de ses revenus. Est-ce un signe de son désarroi ? Fin septembre, il a un accident. Son Alfa Romeo noire Sprint doit être mise en réparation au garage de la Roquette, qui lui prête en échange une Lancia bleu marine, type Volumex. Laurent Hattab, qui a reçu « le coup du lapin », est mis en observation à l'hôpital Saint-Antoine, pendant deux jours.

« Notre séparation semblait l'avoir beaucoup perturbé, poursuit Sabine, il ne pouvait maîtriser ses larmes lorsque nous nous retrouvions ; il affirmait : " En te perdant, j'ai tout perdu... " »

Un soir, à cette époque, Mme Hattab trouve son fils assis sur un canapé, en train de sangloter. Jean-Rémy, silencieux comme toujours, se tient à ses côtés, immobile.

– Que se passe-t-il ? Pourquoi pleures-tu ? demande-t-elle.

– C'est rien. Ne t'inquiète pas. C'est simplement à cause de Sabine.

Plus de petite amie et Papa qui a des problèmes. Ça bouillonne dans la tête de Laurent. Et au cinquième étage du boulevard Sébastopol, dans l'atelier aux murs carbonisés par l'incendie, les discussions qu'il mène avec Jean-Rémy « chauffent » de plus en plus. « A l'époque, dira Jean-Rémy, je ne travaillais plus et Laurent non plus. Tous les deux, nous avions besoin d'argent. Laurent a émis l'idée que l'on fasse quelque chose. Par exemple cambrioler. Mais on ne savait trop quoi exactement... »

ARMES BASTILLE tient pignon au 61, rue de Lyon. Dans la vitrine, on trouve de quoi supprimer son prochain de quarante façons différentes : casse-tête, arcs, flèches, couteaux, épées, pistolets de toutes sortes, fusils, mitraillettes, haches... Dans les miroitements de la vitrine, deux silhouettes se reflètent : en blouson et jean. L'une porte des santiags marron en peau de requin, l'autre des Weston noires imitation croco : Laurent Hattab et Jean-Rémy Sarraud. Ils ont repéré une matraque dite « télescopique » noire, et un revolver noir, à barillet, avec une crosse en plastique noire : un pistolet à grenaille. Ils se décident à entrer, demandent à voir les armes : le pistolet pèse lourd.

– On dirait un 357 Magnum, dit Sarraud.

Sur le canon du revolver est gravée la marque UMAREX, cal. 22. Sur le corps de l'arme est écrit : *Attention : le tir d'une seule cartouche à balle entraînerait la destruction de l'arme. Made in Italy.*

– Ça ira.

Laurent et Jean-Rémy embarquent le revolver et la matraque. Laurent fait un chèque : un chèque en bois, il le sait. Son compte n'est plus approvisionné.

Les deux garçons se séparent. Rentrant seul au Sentier, Laurent passe devant le garage Saint-Martin. Non loin, se trouve un marchand de cycles. En vitrine, des casques de motard multicolores, gris, bleus, rouge métallisé, Shark, Black Shadow, des Nava en polycarburate avec écran antirayures ; des casques intégraux ; des casques « à visière » ; des casques type *american police.* A côté, des bustes de mannequin en polyéthylène blanc arborent blousons et cagoules noires dites « dessous-de-casque ». Certaines cagoules comportent une ouverture unique, horizontale et large, pour les deux yeux ; d'autres comportent seulement deux orifices correspondant chacun à un œil. Ces orifices sont entourés d'un liséré rouge. Laurent Hattab entre dans le magasin, achète deux cagoules type « chouette » (celles avec deux orifices) et deux paires de sous-gants en soie noire.

Il règle à nouveau avec un chèque.

Maintenant Laurent sort « seul » en boîte, c'est-à-dire sans Sabine.

« Il m'a dit un jour, raconte-t-elle : “ Désormais je me moque de tout. ” »

Un soir d'octobre 1984, il va au Martin's flanqué de son « homme de main » Sarraud. Il aperçoit Valérie au milieu d'un essaim de copains et de copines.

« Cela faisait près d'un mois que je n'avais plus vu Laurent », dira-t-elle.

Il s'approche d'elle, lui annonce.

– Avec Sabine, c'est fini.

– Moi aussi, c'est terminé avec Pascal.

Ils tombent bientôt dans les bras l'un de l'autre.

Aux assises, le président Versini lancera à Valérie :

« Sabine a dit que, dès que vous avez appris sa rupture avec Laurent, vous vous êtes littéralement jetée sur lui. »

Sabine commentera : « Valérie a ainsi précipité ma rupture avec Laurent, sinon cette rupture n'aurait pas duré plus d'un mois. Je considérais Valérie comme mon amie. J'ai été déçue et blessée dans ma fierté. Je ne pense pas que Laurent était amoureux d'elle. Il avait eu l'occasion de la juger alors que nous sortions à quatre en compagnie de l'ex-ami de Valérie, Pascal. »

On peut se demander si c'est par calcul, ou poussé par un quelconque sentiment, que Laurent Hattab a commencé cette liaison avec Valérie. Selon celle-ci, c'est le soir même où elle est « sortie » avec lui qu'il lui a parlé des « coups » qu'il envisageait.

Une amie de la bande confie : « Avec Valérie, il savait très bien sur qui il tombait. Une fille comme Sabine n'aurait jamais marché dans ce type de combine, elle avait trop les pieds sur terre. Elle en aurait tout de suite parlé au père de Laurent. »

Ce soir-là donc, Laurent dit à Valérie, entre deux slows :

– Tu veux partir avec moi en Amérique ? Avec Sarraud on va monter là-bas une affaire de confection [1].

Sarraud, Valérie le connaît à peine. Laurent le lui a présenté quelques jours auparavant, au Sélect, rue Saint-Denis. Comme à son habitude Jean-Rémy n'a pas ouvert la bouche. Ce soir-là, au Martin's, il est assis sur la même banquette que Valérie et Laurent, qui viennent de quitter la piste de danse. Mais il se tient un peu en retrait, de sorte qu'il ne peut entendre leur conversation. D'autant que les haut-parleurs crachent leurs décibels : *All my dreams of love / began with the reality of you... And when the rain begins to fall...* chantent Pia Zadora et Jermaine

1. Les faits narrés dans ce chapitre sont reconstitués à partir des déclarations de Subra, Sarraud et des premières déclarations d'Hattab à la police (sur lesquelles celui-ci est revenu par la suite, affirmant avoir été manipulé dès le début par Sarraud).

Jackson. Mais c'est un autre couplet que Laurent débite à Valérie :

– Faut du pèze pour partir en Amérique. Tu veux en gagner avec moi ?

– Oui, j'veux bien, mais...

Laurent se lève, fait signe à Valérie de le suivre. Sarraud, muet, ne quitte pas son siège. Laurent entraîne la jeune fille jusqu'à la terrasse du Martin's. De là, entre les arbres, on voit briller dans la nuit les eaux du lac inférieur tout proche. La température est presque douce en ce soir de mi-automne. Mais la conversation n'est guère romantique :

– Faut du fric, okay ? Beaucoup d'fric pour monter c't'affaire.

Laurent a une façon assez brutale de parler. Il ne dit pas les mots, il les assène.

– Tu fréquentes des boîtes « chic ». Des mecs à pognon, t'en connais plein. Tes amis du La Boétie par exemple. Tu vas nous aider à les braquer. On va leur piquer leur pèze, moi et Jean-Rémy. Il nous faut des types en béton.

Valérie, lors de ses « week-ends d'éclate » à Deauville, avec Laurent Hattab et ses amis, a dû se vanter, en exagérant les faits sans doute, de ses innombrables « relations », particulièrement au Jardin. Elle parle d'André R. Elle parle aussi de Bébert, qu'elle prend à l'époque pour le patron du restaurant, alors qu'il en est un simple employé. Tout le monde d'ailleurs, dans cet étrange univers en trompe l'œil, passe pour autre qu'il n'est. Il s'agit d'avoir une « image en béton », l'image c'est une valeur d'échange avec laquelle on donne « le change », une fausse monnaie. On vit à crédit, on anticipe sur le statut social qu'on envisage très bientôt d'atteindre. Valérie se dit « mannequin », le marchand de tissu se présente comme cinéaste, le metteur en scène de porno s'affirme l'équivalent d'Orson Welles, monde de reflets, de fausses fenêtres et de perspectives bidons, miroir aux alouettes, « attrape-minettes ».

« Je savais par Valérie qu'elle sortait souvent le soir, dira Laurent Hattab, et qu'elle rencontrait des gens riches ou aisés. Je lui ai donc proposé de nous trouver quelqu'un dans cette situation. Je lui faisais miroiter que nous voulions nous installer aux États-Unis pour y monter une affaire. »

Au procès, Hattab ajoutera : « J'ai jamais eu l'intention de partir aux USA. L'Amérique, c'est un bateau qu'on montait à Valérie pour qu'elle marche dans le coup. Elle était jeune, elle était amoureuse de moi... »

– Tu connais des mecs pleins aux as qui ont un coffre chez eux ? demande Laurent

– Oui, peut-être... je sais pas... c'est délicat, répond Valérie.

Le monde d'Hattab s'inscrit entre la porte Saint-Denis, la porte Saint-Martin et la rue de Réaumur : c'est le Sentier, le prêt-à-porter. Ses horizons ne vont pas plus loin. Or, dans ce monde, on trouve des commerçants en gros et au détail. L'argent liquide circule. On a aussi des « coffres ». Il en déduit que toute personne « friquée » a forcément un coffre.

« Ils ne sont vraiment pas dans le coup ces trois-là, soufflera l'écrivain Jean Cau à l'un de ses collègues, qui assistera avec lui au procès, dans le box de la presse. Ils ne connaissent pas encore les cartes de crédit. Ils croient au trésor. »

C'est *L'Ile au trésor* revue à travers *Mr Jekyll.* On ne quitte pas Stevenson, il est vrai.

Toute la soirée, sans revenir sur les « braquages », Laurent parlera à Valérie de leur installation future aux États-Unis. Des business qu'ils allaient y monter, New York, San Francisco, Los Angeles. Les cartes postales tournent comme sur un tourniquet.

Ils passeront la nuit ensemble et « Tout naturellement nous sommes devenus amants ».

Par la suite, selon Valérie, Laurent la relance tous les jours. Il lui téléphone. Lui demande si elle est décidée : « Dès que tu trouves quelqu'un qui fait l'affaire, préviens-moi. »

Au cinquième étage de l'atelier du boulevard Sébastopol, entre les rouleaux de tissu carbonisés et les tables de coupe désaffectées, ils sont trois désormais à élaborer et peaufiner des « projets ».

Le « trio diabolique », écrira la presse, qui croit au Diable.

Maître Lombard, avocat d'Hattab, résumera l'affaire en une formule lapidaire :

« C'est la rencontre d'un immature, d'un psychopathe et d'une ingénue perverse », dans l'ordre Hattab, Sarraud et Valérie (mais on doit se demander si, cet ordre, on ne peut pas librement l'intervertir). Le « plan » de Laurent et Jean-Rémy est simple. Aussi simpliste que le scénario d'une série télévisée américaine :

« Nous avions imaginé, raconte Sarraud, que Valérie s'arrangerait pour obtenir un rendez-vous au domicile de l'une de ses riches relations. Le soir. Il fallait qu'elle entraîne son hôte dans sa chambre en se servant de ses charmes. Quant à nous, nous rentrerions armés et masqués dans l'appartement, nous braquerions à la fois l'homme et Valérie afin de donner le change. Nous obligerions alors l'homme à nous filer son argent liquide... »

Les « riches relations » (comme on l'écrit dans le style des procès-verbaux) c'est-à-dire les « caves pleins d'oseille », c'est dans le joli petit carnet d'adresses parfumé de Valérie qu'on les trouve. Les deux garçons, régulièrement, le feuillettent, avec l'assiduité de jeunes latinistes tournant les pages d'un dico. Ils demandent à Valérie : « Et çui-là, qui c'est ? Qu'est-ce qu'y fait dans la vie ? Il a des ronds ?... Et çui-là ?... »

A mesure que les jours passent, le plan se précise. Pour la pause de midi, et le soir après le travail, Valérie rejoint les deux autres à l'« atelier », qui se trouve sur le Sébasto, à quelques centaines de mètres de Jeep.

On passe en revue tous les cas de figure : lors du braquage, que faire : d'abord avec la victime ? l'attacher ? l'assommer ? Et avec Valérie ?... Puisque l'agressé (choisi dans le carnet d'adresses) connaît Valérie, faut-il l'attacher elle aussi, pour faire croire qu'elle n'est pas dans le coup ? Mais, dans ces conditions, on ne pourra faire qu'un seul coup. Valérie ne peut en effet « servir » deux fois. Les flics découvriraient immédiatement le pot aux roses. Or, des coups, il faut en faire plusieurs. Monter une affaire en Amérique, ça coûte de la thune. Il faut au moins « 1 milliard » (ils comptent en centimes)... Ça bouillonne dans les crânes, on agite des mots, des phrases, on essaie de penser . On croit trouver une solution : « Faut plusieurs filles, plusieurs chèvres. »

« Nous ne souhaitions pas, Hattab et moi, dira Sarraud, que Valérie soit la seule fille à participer à nos agressions. »

Sans doute peut-on situer à cette époque l'« enlèvement » d'Agathe. Du moins si, comme elle l'a affirmé plus tard, ce sont bien Hattab et Sarraud qui ont essayé de la kidnapper. Il semble que plusieurs autres filles aient été contactées. Parmi elles, en tout cas, l'on trouve cette jolie fille au teint mat et à la longue natte noire pendant jusqu'aux fesses, ex-employée du Tee-for-two : Sonia.

L'été précédent, à Juan-les-Pins, où le prêt-à-porter tient ses quartiers d'été, elle a rencontré Laurent sur la plage. Elle lui a parlé de ses problèmes : elle n'a plus de travail, plus d'argent... En novembre, Laurent lui donne rendez-vous à l'atelier. Elle évoque à nouveau ses difficultés. Laurent lui dit qu'il a lui aussi d'« énormes besoins d'argent » et qu'il compte monter une affaire aux États-Unis.

Pour Sonia, comme pour beaucoup de gens dans le Sentier, l'Amérique c'est un peu un mythe. Elle rêve elle aussi d'aller y faire fortune, d'y commencer une nouvelle vie. Ne serait-ce que pour aider sa mère qui, toute seule, l'a élevée, ainsi que ses quatre frères et sœurs.

Pour ce qui est de la « réussite » outre-Atlantique, celle des frères « Naf-Naf » (le Grand Méchant Look) est légendaire dans le Sentier. Après s'être taillé un franc succès dans l'Hexagone, l'un des frères, Gérard, serait parti en vacances aux USA. Chez Bloomingdale, le grand magasin des élégantes de New York, il aurait fait du shopping pour sa femme. Problème : il ne parle pas anglais. Une interprète est envoyée à son secours. Celle-ci, le voyant tâter les étoffes d'un doigt expert, lui demande : « Vous êtes un professionnel, n'est-ce pas ? » Et lui de répondre : « En effet, je suis Naf-Naf. » Et l'interprète de s'exclamer : « Ça fait deux semaines que mon boss essaie de vous contacter, il veut voir vos collections à tout prix. » Le lendemain, le second frère Naf-Naf rapplique de Paris avec une centaine de modèles. C'est le succès. En 1984, les Naf-Naf réalisent le quart de leur chiffre d'affaires aux États-Unis. Et leur chiffre d'affaires c'est... plus de 300 millions de francs à l'époque [1].

Faute d'avoir le génie de la fringue, Hattab pense avoir celui du flingue. Il expose son projet à Sonia :

– J'ai quelque chose de très sérieux à te dire...

A ce moment-là Sarraud et Valérie arrivent dans l'atelier. Laurent continue d'expliquer son plan devant toute l'équipe réunie. Il n'a pas besoin en effet de faire les présentations. Jean-Rémy et Valérie sont déjà sortis avec Sonia en boîte. Laurent, qui file du fric et des fringues à Sarraud, a même essayé de lui fourguer une femme :

« Laurent voulait que je devienne la petite amie de Jean-Rémy, explique Sonia, mais j'ai refusé. Jean-Rémy me faisait plutôt pitié. Je suis simplement devenue sa confidente. Il me racontait sa jeunesse misérable d'enfant abandonné. »

Mais, dans l'atelier, l'heure n'est pas désormais à Dickens, c'est dans Hitchcock que l'on donne. Sonia, dans le scénario concocté par Hattab et Jean-Rémy, sera un nouvel ingrédient. Elle facilitera en effet le travail de Valérie. Pendant que l'une d'elles « occupera le client » dans sa chambre, l'autre ira ouvrir la porte aux braqueurs. Les deux filles comme leur hôte doivent être alors attachées. Jean-Rémy a pour tâche de « faire parler » l'homme. Comment ?

– On avisera sur place, disent Hattab et Sarraud.

– Et le butin ?

– On partage à égalité.

Il est même question de partager « par couple » : d'un côté Sonia et Sarraud, de l'autre Valérie et Hattab.

– On va s'en faire quelques-uns comme ça, dit Hattab.

– Mais, si on remet ça plusieurs fois, on finira par nous reconnaître, dit Valérie.

Et à quoi bon deux chèvres, si les deux chèvres sont utilisées dans le même coup ?

1. Cette anecdote, résumée et remaniée, est tirée de l'intéressant reportage d'Annette Lévy-Willard sur le Sentier (*Libération*, 25 et 26 mars 1986).

– On portera des masques, disent les garçons.

– Oui, mais moi j'aurai pas de masque, réplique Valérie.

– On trouvera une solution, dit Hattab.

Sonia se souvient d'avoir assisté à six ou sept « réunions préparatoires » : « Valérie, dira-t-elle, avait peur. Elle n'était pas vraiment consentante. Elle craignait d'être reconnue et que cela tourne mal pour elle. Surtout du fait que les victimes étaient choisies dans son carnet. »

Valérie envisage-t-elle seulement la perspective d'affronter un interrogatoire de police au cas où – selon leur plan – elle aurait dû être abandonnée ligotée, comme la victime qu'on se serait contenté de voler ?

« Comment pouviez-vous imaginer tenir tête aux inspecteurs, lui demandera le président Versini aux assises, vous qui avez " craqué " le jour même de votre arrestation ? »

Et, si elle « craque », les policiers remonteront immédiatement jusqu'à ses complices ! Cela aussi, ils l'ont envisagé.

– Eh bien y a qu'une seule solution, dit un des garçons.

– Ouais, qu'une seule, dit l'autre.

Cette solution ils l'ont mainte fois évoquée, quand ils ont discuté du coup tous les deux, « entre hommes ».

– Faut tuer.

Valérie se rebelle.

– Mais c'est la seule solution... Pour que tu ne sois pas reconnue.

A la fin de la première réunion, Sonia dit à Hattab :

– Mais Laurent, t'es fou. Ta famille est riche, pourquoi tu vas faire ça ?

– J'veux être indépendant, j'en ai marre qu'on me prenne pour un fils à papa.

Sonia ne répond ni par oui ni par non, mais, d'une « réunion » à l'autre, elle finit par s'habituer à l'idée de « faire un coup ».

« Pour moi, lancera-t-elle aux assises, ça n'était que des mots ! »

Des mots on passe aux choses : la plupart du temps seule, mais parfois flanquée de Sonia, Valérie écume les boîtes, les cafés des Champs, et particulièrement le Jardin de La Boétie.

Bébert un soir les installe à la table d'un copain, un certain Michel, quadragénaire, commerçant dans le prêt-à-porter.

On peut assez bien imaginer le ravissement du bonhomme face à ces deux nymphettes croquantes et craquantes. Dévorant son foie gras, servi plutôt tiédasse dans l'établissement (le cuisinier, à l'époque, ne devait pas être un cordon-bleu, mais ça n'est pas tellement pour la bouffe qu'on vient au La Bo), combien ne doit-il pas se régaler à regarder la jolie bouche rouge et fraîche de Valérie lui poser des questions apparemment anodines entre quelques pétillantes considérations sur les derniers tee-shirts à la mode, les nouvelles fourrures acryliques ou les doudounes Naf-Naf. En fait le malheureux, grisé de bon vin et par sa charmante compagnie, ne se rend pas compte qu'il est en train de subir un interrogatoire en règle.

Évidemment les questions ne sont pas posées brutalement. Valérie les distille entre deux sourires ; entre deux bouchées de salade ou de dessert. Mais très froidement, ça peut se résumer à ça :

– Domicile ?

(Il vaut mieux que la victime future habite dans les arrondissements friqués : VIIIe, XVIIe, XVIe, ou à Neuilly.)

Question annexe :

– Y a-t-il un code ?

(Il faut connaître le numéro de code pour que les garçons puissent entrer dans l'immeuble à la suite des filles.)

– Situation de famille ?

(Il faut bien sûr que la victime soit célibataire et vive sans concubine.)

– Train de vie ?

(Profession, loisirs, etc.)

On note aussi les « signes extérieurs de richesse » : montre, chaîne, bagouzes, bagnole.

Cela tient du conseil de révision et du contrôle fiscal.

L'« interviewé » répond cordialement aux questions de la jeune fille. Peut-être même en rajoute-t-il, se faisant passer pour plus riche qu'il n'est, ignorant qu'il aggrave d'autant son cas.

« Pour moi, dira Sonia, il était manifeste que Valérie cherchait à se renseigner dans le but de faire de ce Michel une victime potentielle. »

Le lendemain en effet, toujours selon Sonia, lorsque les deux jeunes filles se rendent à l'atelier pour rendre compte de leurs expéditions nocturnes, Valérie aurait dit à Sarraud et Hattab :

– Michel, on peut le mettre sur la liste.

Valérie, en quelque sorte, c'est l'éclaireur de la bande. Elle se met à l'affût. Mais ses « proies », ça n'est pas dans une gibecière qu'elle les met. C'est dans son joli petit carnet d'adresses.

« Valérie était fascinée par sa nouvelle existence de jeune femme libre et indépendante vivant dans un milieu agité et brillant, dira le psychiatre aux assises. Elle a été victime de ses fantasmes. Complimentée et courtisée, elle a été prise au jeu de son pouvoir tout neuf. Il lui semblait être l'héroïne alors qu'elle n'était que l'appât... »

Nouveau nom que Valérie récolte : M. Pierre M. Une figure du monde de la nuit. C'est un commerçant du prêt-à-porter. Il a 29 ans, il s'habille jeune, souvent d'un blouson de daim, et porte son trousseau de clefs en breloque à un passant de sa ceinture. Tous les vendredis soir ou presque, il va au Berkeley avant de tourner dans les boîtes. Il est brun, son front commence à se dégarnir. Il a deux touffes frisées au-dessus des oreilles. Il est d'un naturel plutôt blagueur : « On l'appelait Bozo le clown », dira Agathe qui l'a connu plus tard. C'est au Berkeley qu'il fait connaissance avec Valérie. Le Berkeley, 7, avenue Matignon, c'est un des QG du prêt-à-porter. On y arbore ses derniers bijoux, sa nouvelle robe ou sa nouvelle petite amie. On se regarde dans le regard des autres. Il faut « en jeter ».

Esse est percipi (être c'est être perçu), écrivait jadis un certain George Berkeley. Les toponymes (noms de lieu) ont leur ironie.

Pierre M. fait à Valérie le baratin de rigueur. Et ça se termine – de rigueur aussi – par l'échange de téléphones.

Un de plus.

Portant son sac à main comme une gibecière, Valérie, vers la fin novembre, se rend pour une énième fois au La Bo. En chasse. Elle y croise un habitué du lieu : l'homme est petit, la cinquantaine, plutôt mince. Il porte souvent une veste de fourrure artificielle trop courte, un jean, une chemise au col ouvert « hyper décontract ». « Les vêtements, les apparences : bijoux, bagnole, etc., il s'en moquait, c'était une sorte de bohème, un libre penseur aussi, raconte une de ses amies. Il était séduisant. Il pétillait toujours. Il y avait en lui de l'électricité. Avec cela, beau parleur, charmeur, d'une gentillesse et d'une serviabilité extrêmes. » Pour ce qui est du bagout, il faut en effet que l'homme en question en ait, ça fait partie de sa profession : avocat.

Bébert surgit, présente Valérie au monsieur :

– Elle cherche du travail, lui explique-t-il, elle voudrait être mannequin, faire du cinéma.

Le monsieur lui dit qu'il pourrait peut-être l'aider. Il lui tend sa carte : *Maître Antoine X., avocat à la cour.* L'adresse, rue de Courcelles, est rayée au stylo bleu, et, avec la même encre, est inscrit, juste au-dessus, *avenue de Villiers.*

Valérie met la carte dans sa gibecière.

« Ce soir-là, se rappelle Bébert, ils ont mangé à la même table avec cinq ou six autres personnes. Valérie et Antoine X. étaient assis côte à côte... »

Une jeune habituée du lieu se souvient : « Antoine X. nous

appelait, moi et Valérie, " mes bébés, mes poussins ". Il était amusant, hyper sympa. Sa bagnole, une italienne, je crois, elle était pourave, toute ripou. Souvent, dans ses propos, il faisait allusion au cinéma, aux chanteurs ; je pensais que c'est un très grand avocat spécialisé dans le show-biz. »

Antoine X. téléphonera plusieurs fois à Valérie. Il n'en obtiendra rien. Valérie aguiche, mais s'esquive. Un soir, quelques jours avant sa mort, il dira à Bébert : « Valérie, à quoi joue-t-elle ? »

La gibecière de Valérie, donc, s'alourdit de nouveaux « élus ». Chaque jour, Laurent la presse de coups de téléphone : « Alors, t'en as trouvé un ? » Elle en a trouvé plusieurs. Les victimes futures commencent à se pousser au portillon. Elles croient, toutes frétillantes, prendre un ticket pour le septième ciel. Il y a erreur sur la destination.

Parmi les candidats au « dernier voyage », un des plus assidus, sans doute, est un vieil ami et complice de Bébert et Antoine X. Ce « postulant », Valérie le connaît déjà bien. Elle a même fait, toute seule, un « tour du propriétaire » chez lui, en éclaireur. Il présente toutes les qualités requises, le « profil idéal » : il habite un bel appartement, dans un arrondissement chic, le XVIIe, il est, ou se dit PDG, il est, ou se dit célibataire, il a une Jaguar rouge : André R.

Le 26 novembre 1984, on décide de tâter à nouveau le « terrain ».

Encore une fois la belle Jaguar rouge de M. André R. vient se garer devant l'immeuble de la rue Wagner. Encore une fois deux têtes se montrent à la fenêtre. Deux têtes brunes. Valérie, qui vient de lui téléphoner pour lui proposer de « sortir ensemble », et Sonia qui s'est invitée à la dernière minute. Laurent, en effet, lui a passé un coup de fil pour lui dire :

– Vas-y avec Valérie pour voir comment la situation se présente.

Les deux jeunes femmes dévalent bientôt l'escalier. Sonia est assez gênée de s'imposer à André R. Mais celui-ci ne se formalise pas du tout. Bien au contraire. Dans son beau carrosse, où il les a fait monter, il leur annonce qu'un ami les attend au restaurant.

Au Pastel, en effet (rue Rambuteau, Halles), Philippe, qui travaille lui aussi dans le prêt-à-porter, est déjà installé à une table. Au milieu de la salle, un orchestre, avec des guitares électriques. Les murs sont peints de rose et couverts de milliers de graffitis multicolores qui vont de *Nobody is perfect* à *Make love not war.* A l'issue du repas, le quatuor va dans le magasin de Philippe, tout proche. André R. veut en effet offrir des « fringues » à ses deux jolies compagnes. Les jeunes femmes fouinent dans le magasin. Sonia déniche une belle jupe en cuir noir. Valérie, elle, ne prend rien :

– Je voudrais un blouson, dit-elle

– J'en ai pas en stock en ce moment, dit Philippe.

– On le prendra un autre jour, conclut André R.

Hop, après le restaurant et le « petit cadeau », André R. emmène son ami et les deux nymphettes dans son carrosse jusqu'à chez lui : ultime étape du scénario classique de la drague.

Il habite près du parc Monceau.

On boit quelques verres. Mais ce soir encore, on ne « conclut » pas.

« Valérie ne voulait pas coucher avec moi, dira André R. sur le ton pragmatique du businessman économe de son temps. Tout le monde est reparti. »

Les deux hommes déposent Sonia et Valérie dans une boîte, avenue de Wagram, L'Aventure.

Le lendemain, « briefing » à l'atelier du boulevard Sébastopol. Hattab interroge les « éclaireurs ».

– Il faut faire attention ! Beaucoup de gens nous ont vus ensemble, dit Sonia (la seule de la bande à avoir repéré ce défaut plutôt gênant de leur plan : les témoins possibles).

Et puis, elle évoque un petit hic : Valérie, très naïvement, a laissé son numéro de téléphone à Philippe, l'ami d'André R.

– T'es pas folle, non ? hurle Hattab.

« Laurent l'a engueulée, raconte Sonia, et puis il nous a posé des questions sur l'appartement d'André R. »

– C'est un appartement assez simple, dit Sonia. Il y a un système d'alarme.

– Et toi, Valérie, qu'est-ce que tu en penses, demande Laurent. Tu crois qu'il a de l'oseille ?

– Je sais pas moi. En tout cas, y a plein de tableaux aux murs.

– Les tableaux, c'est pas bon, conclut Laurent. C'est trop dur à écouler...

Le coup, donc, ne semble pas très sûr. Pourtant, trois jours plus tard, on décide de passer aux actes. Il faut « faire » André.

Le jeudi 29 novembre, Valérie appelle André R. à son bureau.

« Elle m'a dit qu'elle voulait passer avec moi la nuit du lendemain », raconte celui-ci.

Et sans doute afin de mieux appâter le « client », à qui elle a déjà fait deux fois faux bond, elle ajoute :

– J'apporterai mes affaires pour la nuit.

– Passe à mon bureau. Vers 20 heures 30 demain, dit André R.

A l'heure dite, le lendemain, André R. voit débarquer, dans ses bureaux de Saint-Ouen, Valérie, un sac de voyage à la main (c'est pour faire « plus vrai », pour bien montrer qu'ils vont pour de bon coucher ensemble cette fois). Mais ladite Valérie est flanquée de sa compagne, Sonia.

Il y a du monde dans le bureau. Deux employées. Valérie prend à part André R. et lui souffle à l'oreille :

– Tu plais à ma copine. Elle veut qu'on passe la nuit ensemble tous les trois.

André R. est tout à fait enchanté. Il ne pense déjà plus à une autre soirée, promettant d'être elle aussi très « gaie », à laquelle l'a invité son ami D.

Il est près de 21 heures.

– On va dîner au restaurant.

– On aurait préféré dîner chez toi, dit Valérie. Et puis, j'ai mes affaires.

Elle montre son sac de voyage.

– Eh bien, on posera ton sac chez moi, et puis on ira au resto.

« Elle semblait contrariée parce qu'on ne dînait pas chez moi », dira André R.

C'est un changement de programme : les deux garçons ont prévu de « monter sur le coup » assez tôt dans la soirée. Si André emmène les filles au restaurant, tout va peut-être rater.

Dans son coin, Sonia fait une drôle de tête. Mais pour d'autres raisons. Elle profite de ce qu'André R. a le dos tourné pour prendre à part Valérie :

– C'est de la folie, des tas de gens nous ont vues...

« Et puis, dira Sonia au président Versini, j'ai eu très peur de ce qui pouvait... (elle se tait, puis se reprend)... allait se passer.

– Et qu'est-ce qui DEVAIT se passer ? », demandera onctueusement le président Versini.

Sur le « programme » de la soirée, les avis divergent :

« Il était tout à fait décidé de tuer André R., déclarera Sonia. De le tuer chez lui. Valérie et moi ne devions pas assister à la mort. Les garçons devaient le tuer après nous avoir fait sortir de l'appartement ou de la pièce où ils devaient l'exécuter. Je précise que Sarraud et Hattab ne nous avaient pas dit de quelle manière ils le tueraient. »

Laurent et Valérie nieront. Sarraud, lui, sera plus nuancé :

« Si je me rappelle que nous avons un moment, lors de nos discussions, envisagé de tuer les victimes, ce que je sais, c'est que, quand nous avons décidé de passer à l'action pour André R., nous étions décidés à ne pas l'éliminer. » (Selon lui, en ce qui concerne André R., ils se seraient contentés de l'assommer et de le voler.)

Dans le bureau d'André R., Sonia murmure à Valérie :

– Il faut tout arrêter.

– On ne peut pas partir comme ça. Va falloir trouver une « embrouille », rétorque Valérie.

« C'est l'horreur que j'éprouvais pour ce qui allait se passer qui m'a empêchée d'aller plus loin quand nous nous sommes trouvées devant André R., ajoutera Sonia. Jusque-là, il s'était agi de paroles, de discussions presque abstraites... »

Mais, une fois sur les lieux :

– Je voudrais téléphoner, dit Valérie.

« Elle a passé ce coup de fil hors de ma présence, racontera André R. La personne qu'elle voulait contacter n'était pas là. »

Sans doute aura-t-elle tenté de joindre les deux braqueurs. Mais Jean-Rémy et Laurent les attendent déjà à bord de leur voiture, non loin de l'appartement d'André R., avec leurs flingues, leurs masques et leurs matraques. A moins qu'à ce moment-là ils ne se soient trouvés garés devant le bureau de leur future victime.

Quand il monte dans sa Jaguar avec les jeunes filles, André R. repère en effet une voiture blanche avec, à son bord, deux individus qui lui semblent suspects. Or, la voiture d'Hattab, voiture de location, est une Lancia bleue. Et ce soir-là, d'après leurs propres dépositions, ils avaient la Lancia. Y aurait-il d'autres complices dans le coup ? On ne le saura sans doute jamais.

La Jaguar rouge fonce vers le parc Monceau. Arrivé à son appartement, André R. propose de boire un verre avant d'aller au restaurant. Valérie ne répond pas. Elle semble très énervée.

« Elle faisait les cent pas dans le salon. »

Montrant un appareil électrique, elle demande :

– Qu'est-ce que c'est ?

– Un signal d'alarme.

– Eh bien dites donc, vous êtes bien protégé.

– Il y a même une caméra, dit André R. Souriez. En ce moment vous êtes filmées.

Sonia et Valérie paniquent.

« Quand je me suis retrouvée dans l'appartement, explique Sonia, là même où devait se dérouler l'agression et où je savais qu'André R. devait mourir, je n'ai pas pu supporter l'idée d'aller jusqu'au bout. »

Les deux jeunes filles s'éclipsent un instant dans la salle de bains. A quoi songe alors André R. qui se retrouve seul dans le salon ? C'est aux *Mille et Une Nuits* qu'il s'attend, aux *Contes* de Boccace, aux *120 Journées de Sodome*, aux *Onze Mille Verges.* Pas à la Saint-Barthélemy, ou au Massacre des Innocents.

Il voit bientôt rappliquer du cabinet de toilette ses deux houris, maquillées de frais.

– Calme-toi, dit Sonia.

– Ça va pas... rétorque Valérie, j'vais pas bien.

Cette scène, qu'elles commencent ainsi à jouer, elles viennent d'en concocter le scénario dans la salle de bains. Il s'agit de trouver un prétexte pour tout arrêter. Dans quelques minutes, en effet, les braqueurs vont intervenir. Le temps presse.

Se tournant vers André R., Valérie demande :

– J'voudrais une cigarette.

Il sort avec empressement de la poche de son blazer un paquet de Gitanes brunes.

Valérie fait la grimace :

– Je fume que des blondes, des mentholées. T'a pas des Kool ?

– Non, j'ai pas de Kool.

– J'vais en acheter.

– On en achètera au restaurant.

– Non, cinq minutes, je descends.

Valérie se dirige vers la porte.

– Ne pars pas comme ça. La porte cochère ferme à clef. Prends mon trousseau.

Il lui donne un gros trousseau, lui indique la bonne clef.

– Il n'y a pas de tabac dans le coin.

– J'irai au drugstore.

– Tu ferais mieux d'attendre qu'on...

Valérie n'écoute plus. Elle dévale les escaliers, court à perdre haleine dans le hall, se casse le nez sur la porte de l'immeuble. Elle glisse la clef dans la serrure. Soudain, une voix retentit derrière elle :

– Dites donc, qui êtes-vous ?

C'est la concierge, alertée par le boucan, qui sort de sa loge.

– Qui vous a donné les clefs de la maison ?

– J'suis une amie de M. André... M. André...

Elle se rend compte qu'elle ne connaît même pas son patronyme. Dans le monde de la nuit, on n'utilise que les prénoms.

Une petite altercation éclate entre les deux femmes. Valérie pousse la porte, court dans la rue. Le temps presse. Elle repère la Lancia bleue, garée non loin. Hattab, au volant, ouvre la vitre.

– C'est pas bon, dit Valérie dans un souffle.

– Qu'est-ce qui n'est pas bon ?

– Y a des caméras, et puis, la concierge, elle m'a engueulée.

Pour donner plus de poids à ses arguments, Valérie ajoute un mensonge :

– Et puis, y a un de ses amis qui doit arriver... dans un quart d'heure.

Valérie a hoqueté plutôt que dit ces quelques paroles.

– J'retourne chercher Sonia.

Elle s'envole.

Sonia cependant est en conversation rapprochée avec André R. :

– Elle n'est pas près de revenir ta copine. Les Kool mentholées, ça ne court pas les rues dans le quartier.

Et il ajoute :

– Valérie m'a dit que nous allions passer la nuit tous les trois, c'est vrai ?

– Euh, oui, oui, murmure Sonia, dont l'esprit n'est pas du tout à la bagatelle.

Elle est terrifiée, en effet, à la perspective de voir débouler les deux tueurs.

– Eh bien, si on doit passer la nuit à trois, pourquoi on ne commencerait pas à deux ?

A cet instant, la troisième larronnesse débarque dans l'appartement.

– Tu as déjà trouvé tes Kool ? s'étonne André R.

– Non, j'en ai marre. Y a une bonne femme, dans la rue, elle m'a agressée. Elle m'a traitée de pute. J'en ai marre, j'm'en vais !

Valérie rend à André R. son trousseau de clefs, elle ramasse son sac de voyage et, sans demander son reste, part en claquant la porte.

Une de chute.

Sonia se lève. André R. lui dit :

– Bon, elle n'est pas bien ton amie. Tant mieux qu'elle soit partie. Tu restes avec moi ce soir ?

– Non, c'est pas possible, dit Sonia, ma copine, il faut que je voie ce qu'elle a. Je vais la rattraper. Elle a dû rentrer chez elle ou à l'Aventure.

Sonia s'éclipse.

Deux de chute.

André R. voit sa « nuit de sybarite » s'effondrer. Et puis, il trouve tout ça un peu bizarre. Ni une ni deux, il rebranche le signal d'alarme de son appartement, et court à la poursuite des deux filles. Dans la rue, il jette un œil, à droite, à gauche. En face, au bas de l'immeuble appartenant à une ambassade, un policier monte la garde. C'est la seule âme qui vive dans les parages. « Elles auront peut-être pris le métro », se dit-il. Il saute dans sa voiture, fonce vers le parc Monceau. Pas de Valérie, ni de Sonia. Il fait le tour du pâté de maisons. Pas l'ombre non plus d'une nymphette.

Elles sont déjà assises sur la banquette arrière de la Lancia qui dévale l'artère illuminée des Champs. Paris défile sur le pare-brise, comme des diapos se succédant à toute allure dans un appareil de projection : la place de la Concorde bientôt... Là-bas, par-delà la flèche de l'Obélisque, la Madeleine, avec son fronton triangulaire ébloui de spots, se cabre sur ses colonnes au bout de la rue Royale. La voiture remonte les quais de la Seine. Sur l'autre rive bientôt, une ombre hérissée de tours : le Palais de Justice.

Hattab, qui tient le volant, peste :

– Alors, qu'est-ce qui s'est passé, hein ? demande-t-il à Sonia.

– C'est pas la peine, répond-elle. Je ne peux pas faire ça. Vous êtes fous...

Sans doute assène-t-elle à nouveau cet argument de poids :

– Trop de gens nous ont vus.

Mais la logique, elle, n'a plus cours dans l'espèce de film onirique où Laurent, Valérie et Jean-Rémy jouent leur rôle autant qu'ils en sont le jouet. Les frontières entre réel et imaginaire se sont effacées. Le réel est devenu imaginaire : hallucinatoire.

Pourquoi Sonia n'est-elle pas entrée dans ce cauchemar, pourquoi a-t-elle reculé ? A des proches, elle dira qu'elle était très croyante et que cela l'avait aidée à résister. Laurent, en revanche, n'a grandi que dans un seul culte : celui de la Réussite. Pour lui les contraintes n'existent pas (sa petite amie Sabine dira à son sujet : « Il ne réglait pas sa vie sur des principes moraux et religieux », et elle ajoutera : « C'est sous mon influence qu'il a commencé à pratiquer certains rites de la religion juive. » A Sonia il a confié qu'il regrettait de n'avoir pas fait sa *bar-mitsva* (première communion).

La Lancia traverse la place de la Nation (au centre de laquelle une plantureuse Marianne de bronze fait de l'équilibre sur un globe terrestre), puis fonce vers le cours de Vincennes.

– André, on le fera une autre fois, dit Hattab. C'est toi, Sonia, qui t'en chargeras. Je ne veux plus que Valérie s'en mêle !

Les parents de Laurent sont absents ce soir-là. Le quatuor décide de dormir à Saint-Mandé.

Que se passe-t-il quand, pour aller se coucher, ils grimpent tous les quatre le grand escalier intérieur de la maison que gardent, en bas, deux tigres rugissants en céramique ? Cet escalier donne à l'étage des chambres. Sur la droite, une porte ouvre sur une salle de bains par laquelle il faut passer pour atteindre la chambre de Laurent. A gauche, une chambre d'enfant. En face, la chambre des parents absents...

– Si Sonia a voulu tout arrêter, le soir de la tentative d'agression contre André, c'est parce que Laurent voulait qu'elle sorte avec Jean-Rémy, dira Valérie aux assises.

– C'est faux, répondra Sonia. La brouille est intervenue après.

– Est-ce que Sonia a été menacée, lorsqu'elle a décidé de tout arrêter ? demandera le président à Valérie.

– Non, elle n'a pas été menacée.

– Alors, pourquoi n'avoir pas tout arrêté, vous aussi ?

– Je ne voulais pas que Laurent me quitte.

A l'avocat général Guilloux, maître Pelletier, défenseur de Valérie, lancera : « Ah, elle vous a échappé, Sonia. Elle a eu de la chance : que Sarraud ne soit pas assez beau... »

Ce même soir du 30 novembre, André R., après avoir fait le tour du pâté de maisons à la recherche des deux nymphettes envolées, décide de se rendre à la soirée où son ami D. l'a invité. C'est rue de Rivoli. Avec sa Jaguar, il en a pour un quart d'heure, même pas.

La « fête » bat déjà son plein.

Au milieu d'une multitude d'invités, il aperçoit un homme petit, portant sur la tête une perruque brune, c'est son ami : Antoine X.

L'avocat n'a plus que sept jours à vivre.

Le quatuor passe le week-end à Saint-Mandé, dans l'hôtel particulier des Hattab, puis à « Neuilly », dans le deux pièces que l'ami de la mère de Valérie, Christian C., a prêté à la jeune fille.

« Plutôt que de la voir passer la nuit n'importe où, explique-t-il, j'ai laissé à la disposition de Valérie les clefs de mon logement... »

Ce logement se trouve en fait à Courbevoie et non à Neuilly, deux quartiers qui se font face, à l'ouest de Paris, de part et d'autre de la Seine. Valérie dit « Neuilly », parce que ça fait sans doute plus chic devant les copains. Courbevoie sonne « ouvrier ».

« Valérie vivait dans mon appartement avec son petit ami Laurent, poursuit Christian C., mais elle passait régulièrement nous rendre visite à moi et à sa mère. Laurent m'a fait une excellente impression. Il m'avait dit qu'il travaillait avec son père. Il me paraissait solide et responsable... »

Pour ce qui est de la mère de Valérie, elle expliquera à la police : « Dans les mois qui ont précédé les faits, la vie privée de ma fille m'échappait. D'autant qu'elle n'a pas l'habitude de se confier. On se voyait en coup de vent... Quand elle m'a présenté Laurent, je me suis dit : " Voilà un jeune homme bien. " Il semblait avoir la tête sur les épaules. Il m'avait dit qu'il travaillait avec son père dans le Sentier. »

Sarraud, en revanche, n'a pas la cote d'amour.

« Délit de sale gueule » (comme dira l'avocat général) ?

Pendant tout le week-end, la tension est vive entre les quatre membres de la bande. « Le coup a raté. » Et Sonia « se dégonfle ».

Quelques jours plus tard, celle-ci rendra une visite à ses amis, à l'atelier.

« C'était après le 5 décembre, date à laquelle j'avais trouvé un emploi, dit-elle. Je suis venue leur dire bonjour... »

– Laisse-nous seuls, lui lance Laurent, on a à discuter.

« Je les ai laissés ensemble. J'ai eu l'impression d'être évincée du groupe. »

Le dimanche suivant, 9 décembre, Sonia téléphone à Courbevoie, *alias* Neuilly. Elle a Hattab au bout du fil. Celui-ci l'engueule.

Il lui demande à nouveau de « sortir » avec Jean-Rémy. Elle refuse.

« Il voulait m'accoupler avec Jean-Rémy et, par ce biais, m'obliger à rester avec eux. »

Ce qui, en d'autres termes, s'appelle « maquer une meuf ».

« Si Sonia a tout arrêté, confiera Valérie au juge Vuillemin, lors de l'instruction, ça n'est pas parce qu'elle avait peur des conséquences, mais parce qu'elle s'était disputée avec Hattab, et que celui-ci ne voulait plus la voir. »

Sonia rétorquera :

« Il est exact que je me suis disputée avec Laurent Hattab au téléphone. C'était après l'affaire André R. Mais, de toute façon, j'avais la volonté de ne plus participer à ces expéditions. »

« Pourquoi n'avez-vous pas averti de tout ça le père de Laurent ? demandera à Sonia maître Lombard, avocat d'Hattab.

– Je ne pensais pas qu'ils allaient continuer. »

Ils ont « continué ».

Ce 9 décembre, en effet, jour où Sonia et Laurent s'engueulent au téléphone, le trio a déjà commis un meurtre.

La veille, Mme Denise a trouvé, pieds et poings liés dans son appartement de l'avenue de Villiers, le cadavre de maître Antoine X.

Après le « ratage » d'André R., Laurent, selon Valérie, n'a pas cessé de la harceler. L'argent lui manque. Il a fait plusieurs chèques sans provision. Il recevra d'ailleurs une injonction de sa banque, la banque Hervet, lui demandant de ne plus émettre de chèques et de rendre son carnet.

Ce mercredi 5 décembre, il appuie sur une touche de l'interphone, en bas de l'immeuble de la rue Wagner. Dans le haut-parleur une voix de femme retentit, grésillante :

– Oui, qui est là ?

– C'est Laurent. C'est toi Valérie ?

– Non, c'est sa mère. Je vous la passe.

Quelques secondes plus tard, il a Valérie :

– Descends tout de suite, j'ai à te parler.

– J'arrive.

Elle dévale les deux étages aux marches en faux marbre et retrouve Laurent qui fait les cent pas sur le trottoir. Il porte un blouson de cuir noir, le blouson de Valérie plutôt, de marque Épiderme, doublé de tissu blanc. Hattab, Sarraud et Subra se prêtent continuellement leurs fringues. Leur garde-robe devient en quelque sorte interchangeable. Comme si les trois personnes, sinon les trois « hypostases » de cette « Trinité », ne faisaient qu'Un. (« Jean-Rémy portait mes vêtements, dira Laurent aux policiers, et mes chaussures. Pour les chaussures, c'étaient des bottes en peau de requin qui m'allaient trop grandes. » Et encore : « Je ne puis vous préciser si c'était Jean-Rémy ou moi qui portait ce tee-shirt et ce caleçon, en effet, il m'empruntait beaucoup d'affaires. »)

Hattab toise Valérie.

– Alors ? demande-t-il.

– Je n'ai pas trouvé encore.

– Va falloir que tu te magnes. Il m'en faut un. Vendredi ou samedi au plus tard.

Hattab est à sec. Fin novembre, il n'a touché que 2 500 francs comme salaire et, en décembre, il ne travaille plus du tout. Il doit « taper » ses oncles et ses tantes.

Pour temporiser, Valérie lui dit :

– J'ai quelqu'un en vue, il fera peut-être l'affaire.

Et, le soir, lorsqu'elle rejoint les deux garçons à « Neuilly » :

– Je crois que j'ai trouvé quelqu'un de « bien ». Au Jardin de La Boétie, je l'ai vu claquer beaucoup d'argent. Ça peut être « bon pour nous ».

Ce même 5 décembre, Antoine X. et son fils Marc vont chez une amie commune, I. Elle est d'origine allemande. Ex-mannequin de chez Dior. Elle fait aussi de la figuration. A 48 ans, c'est une très belle femme.

« Maître X. aimait bien les jeunes filles, explique-t-elle. Mais il avait besoin aussi de rencontrer des femmes plus mûres avec qui il puisse parler. Je le sentais à la recherche d'une relation durable. C'était quelqu'un de très gai, pétillant. Il avait toujours le mot pour rire. Il était raffiné aussi, cultivé, attachant. Un peu gamin.

« Pour le dîner, j'avais préparé une fondue bourguignonne. Marc aimait beaucoup ça. Pendant deux heures au moins, avant le dîner, il a fait joujou avec le Minitel. Il recherchait les noms de ses petits camarades. C'était la première fois, je crois, qu'il s'en servait. Son père lui a expliqué comment faire.

« Pendant le repas, Antoine X. m'a demandé de donner quelques cours d'allemand à son fils. Le gosse me montrait des objets sur la table :

– Une fourchette, comment ça se dit ?

- *Gabel*, je répondais.
– Et une assiette ?
– *Teller.*

« Antoine s'intéressait à toutes sortes de choses, au cinéma, à la littérature. Les derniers temps, il parlait beaucoup d'une de ses anciennes connaissances, qu'il avait récemment revue : une ex-starlette soviétique, dont le mari, un restaurateur français, avait été assassiné. Cette affaire, non élucidée, l'intéressait. Il parlait beaucoup aussi du livre qu'il était en train d'écrire. Un livre plutôt humoristique... C'était un homme sans préjugés. Il s'habillait n'importe comment, d'un jean, d'un blouson de fourrure artificielle. Un soir, il m'a emmenée prendre le thé chez des amis à lui, des Algériens, des gens très simples. Il était tout à fait à l'aise au milieu d'eux. Quand Marc venait le voir, il le couchait dans son lit, dans la chambre, au sous-sol. Nous regardions tous trois la télé jusqu'à ce que l'enfant s'endorme. Et puis, Antoine me ramenait à ma voiture... Valérie Subra, je crois l'avoir vue un soir, au Jardin de La Boétie. Une jolie jeune fille brune. Elle s'était dirigée vers la table où j'étais avec Antoine, elle lui avait posé la main sur l'épaule. Il l'a chahutée un instant, et puis elle est retournée au fond de la salle, s'asseoir avec d'autres personnes... »

Vendredi 7 décembre 1984 : Valérie, qui vient de quitter Jeep, rejoint Jean-Rémy et Laurent à l'atelier du boulevard Sébastopol. Ils s'adonnent aussitôt à une occupation devenue rituelle. On prend le carnet de Valérie, comme le prêtre son missel, et on le feuillette. On épluche chaque page, on passe en revue tous les noms qui y sont inscrits.

– Celui-là, Pierre M., qui c'est ?
– Un commerçant, dit Valérie.
– Il a du pèze ?
– Oui, certainement, il a une Porsche.

On passe d'une page à l'autre, d'un nom le suivant. On s'arrête un instant sur André R. (« Celui-là, il faudra encore essayer de *le faire.* ») On hésite sans doute sur Bébert. Valérie le prend pour le patron du Jardin de La Boétie. Il doit être « plein aux as » aussi. (« Elle m'a téléphoné plusieurs fois à l'époque, sur le coup de deux heures du matin, explique Bébert. Je crois que j'ai été le premier sur la liste. Et j'ai bien failli être le dernier... »)

C'est un peu comme à la roulette : les pages du carnet d'adresses tournent. Telle la boule chromée, le doigt à l'ongle vernissé de Valérie saute d'un nom à l'autre : M. X., radiologue ; M. Y., dentiste ; M. Z.... Quel sera le numéro « gagnant » ? Dans le genre roulette, c'est plutôt la « roulette russe ».

Soudain, l'ongle rouge, aiguisé, de Valérie se fixe entre deux pages où est glissée une carte de visite.

« Mon attention s'est arrêtée sur le nom d'Antoine X. », dira-t-elle au procès. Ce nom-là, sans doute l'a-t-elle en tête depuis plusieurs jours. C'est à lui qu'elle devait penser quand, l'avant-veille, à Courbevoie-Neuilly, elle a annoncé : « J'ai en vue quelqu'un de bien. »

– Qu'est-ce que c'est son job ? demande Hattab.

– C'est un avocat.

Aux assises, le président Versini demandera :

« Qui a choisi la victime ? Est-ce Hattab ?

– Oui, répondra Valérie, à cause de la profession... »

– Un avocat, conclut Hattab, ça doit avoir un coffre.

S'adressant à Valérie, il ajoute :

– Téléphone-lui tout de suite.

Il est à peu près 19 heures : maître Antoine X. vient de raccompagner son dernier client, Serge P. Le téléphone sonne dans son cabinet.

– C'est Valérie !

On peut, en substance, reconstituer leur conversation :

– Je sais pas quoi faire ce soir. J'irai peut-être au Jardin, dit la jeune fille.

– Moi, j'ai un dîner, à 22 heures, chez des amis.

– On se voit après ?

– Passe plutôt chez moi avant : on ira ensemble à mon dîner. Et à l'Apocalypse, peut-être.

– A quelle heure, je passe ?

– Vers 21 heures 15. J'aurai fini de régler mes affaires.

– Y a un code pour entrer chez vous ?

– Non. Tu rentres par le porche, avenue de Villiers. Tu traverses la cour intérieure. Au fond à gauche, c'est l'escalier D. Il y a une porte avec un interphone. Mon nom est tout en bas de la liste. Sonne, et je viendrai te chercher...

– Euh... tu seras seul ?

– Oui. Pourquoi ?

– Je dis ça comme ça...

Valérie raccroche.

– Faut que je me change, lance-t-elle.

Le trio saute bientôt dans la Lancia. Hattab, qui est au volant, raccompagne Valérie, rue Wagner.

– On vient te chercher après dîner, disent-ils.

Les deux garçons foncent alors vers Courbevoie-Neuilly. C'est là que se trouve la mallette Cartier marron (ou imitation Cartier, sans doute, Hattab l'a achetée au Maroc) où est rangé le « matériel » : le 7,65 noir, l'énorme Umarex à grenaille, la matraque télescopique, un poignard type scout, à manche de cuir, dont la lame mesure bien 12 centimètres (sur la lame est gravé *Solingen Rostfrei*), enfin deux paires de gants de nylon noir et deux cagoules noires dont les orifices, correspondant à chaque œil, sont entourés d'un liséré rouge...

Ont-ils une idée précise de ce qu'ils vont faire ? Leurs déclarations, d'un procès-verbal à l'autre, sont contradictoires. Autant sans doute que l'étaient les idées, ou le brouillard d'idées régnant dans leur tête. « Dans nos discussions préparatoires, dira Sarraud, nous avions envisagé d'éliminer les victimes. Mais nous avons décidé finalement de ne pas le faire. C'est pourquoi nous nous sommes rendus chez maître Antoine X., avec des masques... »

Emportant avec eux la mallette, les deux garçons prennent l'ascenseur. Redescendent les treize étages de l'immeuble de « Neuilly ». Il est tard déjà. La nuit est tombée. En haut des tours immenses des buildings brillent les sigles au néon : en lettres lumineuses blanches, UAP, en lettres rouges, ROUSSEL, et un peu plus loin, en bleu, NOVOTEL. Les structures d'acier noir de gigantesques grues se hérissent dans le ciel. La Lancia fonce jusqu'à la place de la République, à Paris, à travers les grands boulevards. Hattab a promis à sa grand-mère de passer chez elle manger « le couscous ». Mamie habite rue du Château-d'Eau. Il y a du monde à la table familiale. Entre autres le frère, une tante et les parents de Laurent. Les heures tournent.

Avant la fin du repas, Laurent se lève :

– On a un rendez-vous, il faut qu'on y aille.

– Il n'est pas bon le couscous ? s'inquiète un convive.

Hattab téléphone à Valérie :

– On arrive, on va être un peu en retard.

Il est à peu près 21 heures 15. Maître Antoine X. vient d'appeler sa mère. Il lui aurait dit :

– Je sors avec une fille, belle, mais sans importance. Une Noire...

Songe-t-il que Valérie lui a posé un lapin ? (Il s'est déjà plusieurs fois étonné, auprès de Bébert, de son attitude bizarre : elle « allume » les messieurs, mais s'esquive quand il s'agit de les « éteindre ».) Pense-t-il alors, en désespoir de cause, se rabattre sur le rendez-vous, qu'il n'a pas décommandé, avec une jolie Antillaise, Carla : ils doivent se voir, à 22 heures 30, au Berkeley.

A 21 heures 45, il rappelle sa mère :

– La fille n'est toujours pas là.

Mais voici que Valérie lui téléphone :

– Je me suis mise en retard, j'arrive dans vingt minutes.

Les garçons piquent Valérie rue Wagner. Pour se rendre avenue de Villiers, ils connaissent le chemin. André R. habite le même quartier. La Lancia se gare dans une rue parallèle à l'avenue de Villiers. Hattab se retourne vers Valérie, qui est à l'arrière de la voiture :

– Passe-moi la mallette.

Elle la lui donne. Hattab fait jouer le chiffre de la serrure. Valérie se penche : à l'intérieur de la mallette ouverte, elle aperçoit les armes et les cagoules. C'est la première fois qu'elle voit les cagoules.

– C'est à qui, ça ?
– C'est à nous, dit Hattab.

Dans l'habitacle obscur de la voiture, les deux garçons se partagent le « matériel » : l'un prend une cagoule, une paire de gants, une matraque télescopique. Il les range dans les poches de son blouson. En prime, il s'accorde un poignard et un pistolet. Il les glisse dans sa ceinture et referme son blouson. La fermeture Éclair crisse dans le silence. L'autre garçon s'est attribué le reste du matériel : une cagoule, des gants et un pistolet. On se répète alors le « plan » : Valérie doit entrer chez maître X. puis trouver un prétexte pour ressortir afin de dire à ses complices si l'avocat est seul. Elle doit alors regagner l'appartement en laissant la porte entrouverte derrière elle et emmener l'avocat dans le fond de son domicile. Elle s'arrangera pour parler avec lui à voix forte de façon à ce qu'en entrant les braqueurs puissent repérer où elle se trouve. Ils interviendront juste un quart d'heure après qu'elle leur aura donné le « feu vert ».

Trois ombres sortent de la Lancia, s'avancent sur le trottoir côté numéros pairs, avenue de Villiers. Leurs silhouettes se reflètent dans les immenses miroirs de la vitrine du magasin d'alimentation Picard Surgelés dont l'enseigne de néon bleu scintille dans la nuit. Les ombres traversent la rue. Juste en face s'ouvre, comme deux orbites sombres, la double porte de l'immeuble. Les ombres viennent s'agglutiner devant le porche de gauche que ferme une énorme porte de verre protégée de fer forgé torsadé. A droite, sur le mur, un bouton de métal. Valérie appuie dessus. On entend l'espèce de bruit de bourdon se cognant à une vitre, qui annonce le déclenchement de l'ouverture de la porte. Valérie pousse celle-ci, posant sa main potelée sur les poignées de cuivre. Le hall de l'immeuble est fortement éclairé par une série de trois lampes, s'alignant au plafond. Sur la droite, en enfilade, de grands miroirs tapissent le mur ; Valérie y surprend leurs reflets, comme trois silhouettes d'inconnus qui marchent à côté d'eux : Hattab avec le blouson noir Épiderme qu'il a emprunté à Valérie, son jean bleu, ses Nike bleues ; Sarraud, avec son blouson Chevignon noir, son pantalon de toile beige et ses santiags marron ; et elle-même, vêtue d'une longue robe noire « western » et d'un pull noir. Ils entrent dans la cour pavée, à l'intérieur de l'immeuble. Cette fois, nul miroir ne les dédouble. Ce sont bien eux trois, et non leurs reflets fantomatiques, qui se dirigent, sur la gauche, comme l'a indiqué l'avocat au téléphone, vers la porte vitrée de l'escalier D. Ils ne sont plus dans un film. La fiction a rejoint le réel. Ou n'est-ce pas le réel qui serait devenu « fictif » ? A côté de cette porte, fixé dans le mur, un interphone. Tout en bas d'une liste de huit noms, sous une plaquette en plexiglas est inscrit *Maître Antoine X., avocat à la cour.*

Longtemps après la mort de l'avocat, son nom restera incrit, là, à cette même place. Mme Adrienne X., sa mère, venue vivre chez lui, sur les lieux mêmes où on le poignarda, n'a jamais eu le cœur d'ôter cette carte de visite : « Il est toujours là », explique-t-elle.

Valérie regarde à travers la porte vitrée de l'escalier D.

– Y a une porte juste en face, dit-elle.

– Il habite peut-être au rez-de-chaussée ! souffle l'un des garçons.

– Planquons-nous ! dit l'autre.

Ils se plaquent contre le mur de la cour, juste à gauche de la porte vitrée. Valérie appuie sur le bouton de l'interphone...

Six mois plus tard, le 20 mai 1985, devant les policiers de la Crime et Martine Anzani, juge d'instruction, elle refera ce même geste, et chacun des gestes qui vont suivre : lors de la reconstitution du meurtre.

Les flashes alors l'éclabousseront, comme ceux de paparazzi mitraillant une vedette au début d'un tournage. Mais les photographes, ce seront ceux de l'Identité judiciaire. « Elle semblait vraiment très contente de poser devant les objectifs », commentera l'inspecteur Jean-Louis H.

Valérie appuie donc une fois sur le bouton de l'interphone. La voix de maître X. grésille. Peut-être s'est-il exclamé :

– Ah ! c'est toi, bébé, poussin !... J'arrive.

L'ouverture de la porte vitrée se déclenche. Valérie entre dans le petit hall au sol couvert de carrelage marron et gris. Derrière elle, la porte vitrée se referme automatiquement : Valérie l'accompagne doucement de la main dans son mouvement, ralentissant celui-ci de façon à ce que le pène n'entre pas dans la gâche. Mais déjà maître Antoine X. s'encadre dans l'embrasure de la porte de l'appartement du rez-de-chaussée, juste en face.

– Entre, lui dit-il. Et referme la porte derrière toi.

L'avocat repart de suite au fond de l'appartement. Valérie entre, puis repousse la porte palière, mais là encore, sans la faire claquer, de façon à ce qu'elle reste légèrement entrebâillée.

Dans la première pièce, elle voit un bureau. Dessus, une machine à écrire dans sa housse. C'est le bureau de Mme Denise. Elle pousse une double porte vitrée, traverse une seconde pièce aux murs couverts de tableaux, représentant des vues champêtres. A droite, contre le mur, un banc de bois, dans un style médiévalo-rustique, à gauche un grand canapé de skaï jaune : la « salle d'attente ». L'avocat a rejoint une troisième pièce, dans l'enfilade de son bureau. Il a laisssé ouverte la double porte en miroir.

Il s'est assis derrière son bureau acajou, au fond de la pièce à gauche. Sur le plateau du meuble, deux téléphones, un agenda, quelques papiers dont les feuillets de son futur roman sur lequel il vient de travailler.

– Assieds-toi là, dit-il à Valérie, lui désignant un fauteuil de velours bleu en face du bureau.

Ils échangent quelques banalités.

– On va être en retard pour le dîner chez mes amis, dit-il. Je vais me changer, attends ici.

L'avocat retourne dans la première pièce, le bureau dc Mme Denise, d'où descend, vers la chambre au sous-sol, un escalier à pic.

Valérie en profite pour courir vers la porte d'entrée. Elle sort dans le hall, aperçoit ses complices qui s'y cachent dans un recoin, non loin de la cage d'escalier.

– Il est seul, c'est OK ! leur souffle Valérie, qui aussitôt regagne l'appartement, prenant soin encore de ne pas claquer derrière elle la porte.

A cet instant, elle voit Antoine X. remonter de sa chambre. Il a passé un pantalon de velours bleu vif et, sur sa chemise bleu clair, un pull beige Ted Lapidus à parements marron sur le devant.

– Tu es sortie ? dit-il.

– Oui, j'avais perdu ma bague. Dans le hall.

Il n'y prête pas trop d'attention.

– Il va falloir aller chez mes amis, ajoute-t-il.

– J'aimerais boire quelque chose avant. Tu as un jus d'orange ? On va dans ton bureau ?

L'avocat la conduit vers le bureau. Valérie le suit. Derrière eux, elle referme la double porte en miroir.

– J'ai vraiment soif, dit-elle.

Et comme l'avocat va dans la petite cuisine, qui donne sur le bureau, ouvre le frigo pour en sortir une boîte de jus en métal, elle lui parle à voix très forte, selon les consignes précises des « garçons ».

Antoine X. tend un verre à Valérie, s'assied derrière son bureau, et celle-ci juste en face de lui, sur le fauteuil de velours bleu. La pièce est un peu désordonnée (cela sent le « célibataire endurci »), mais jolie. Sur la gauche, elle forme une espèce de rotonde crevée de deux fenêres dont les rideaux sont baissés. A droite, le long du mur, court un canapé de velours bleu.

– On va chez vos amis ? demande Valérie.

– Oh, maintenant ça n'est plus pressé, dit l'avocat.

Songe-t-il à « laisser tomber » ce dîner ? Quel programme envisage-t-il ?

Pendant ce temps deux ombres poussent la porte palière de l'appartement. Elles se glissent dans le bureau de Mme Denise, traversent la salle d'attente. Elles se laissent guider par les voix qu'elles entendent au fond de l'appartement. Soudain, sur les miroirs de la double porte du bureau, surgissent les reflets de deux gueules encagoulées de noir. Leurs yeux, seuls visibles, sont cernés d'un liséré rouge. Les braqueurs ont revêtu leur uniforme. Leurs mains sont gantées de soie noire. Dans la dextre chacun tient un pistolet. Ils posent une oreille contre la porte. Repèrent, à la voix, Valérie, qui se trouve sur la gauche, et l'avocat, sur la droite.

Valérie finit son jus d'orange. Soudain, les deux battants de la porte miroir s'ouvrent. Jaillissent les deux types masqués. Ils brandissent leur arme. L'un a un pétard énorme, l'autre, un plus petit : le 7,65.

Ils braquent Antoine X. et Valérie. Celle-ci, quoique sachant bien ce qui devait se passer, éprouve un moment de surprise, presque de crainte. Juges et policiers s'en étonneront. Ils la taxeront d'hypocrisie, de mensonge. Mais cette irruption brusque des deux têtes encagoulées, effrayantes et grotesques, n'était-ce pas comme si l'écran de la « fiction » soudain avait crevé, l'écran de ces « mots » dont parlait Sonia (« Pour moi ça n'était que des mots »), et que le « réel » brusquement avait fait une fracassante entrée dans l'imaginaire ?

Antoine X. se lève, muet. Il veut faire un pas en avant.

– Bouge pas, dit un masque.

Du bout du canon de son pistolet, il désigne le canapé, sur la droite.

– Va t'allonger là, sans faire de bêtises.

– Toi aussi la gonzesse, dit l'autre masque, lève-toi et sur le canapé !

Valérie, et Antoine X., qu'a empoigné par le bras un des masques, s'asseyent là où on le leur a indiqué. Pendant ce temps, l'autre masque va dans la cuisine adjacente. Cette pièce est petite et divisée en deux : à gauche, la cuisine proprement dite, à droite, un coin cabinet de toilette. Le masque tourne dans l'étroit espace. De sa main gantée, il balance tout ce qu'il trouve sur une étagère de la salle de bains, rasoirs, tube de dentifrice, brosse à dents. La brosse à dents, verte, Gibbs, s'en va valser jusque dans le bureau, atterrissant sur un tapis. Le masque passe dans la cuisine. Sur l'évier, la boîte de jus d'orange vide, une éponge scotch-brite, jaune avec une face grattoir verte et, à côté, roulée en boule, une chemise rose. C'est ça qu'il lui faut. Il rentre son pétard dans sa ceinture, sort le poignard, lacère le plastron de la chemise en plusieurs longs lambeaux de tissu. Le polyester en est résistant. « Ça tiendra. »

Il revient dans le bureau. L'autre masque, celui qui tient en respect Valérie et Antoine X., dit à l'avocat :

– C'est à cause de toi que mon petit frère est en prison. On va retrouver son dossier. Tu vas nous donner du fric pour qu'on le fasse sortir de taule.

Ce petit discours, c'est ce qui a été prévu dans le scénario mis au point à l'avance. Mais la réplique d'Antoine X., elle, n'était pas au programme :

– Mais c'est impossible. Je n'ai pas pu mettre votre frère en prison. Je ne fais pas de pénal !

On ne le fait pas moins se coucher de tout son long sur le canapé, et on lui ficelle les chevilles et les poignets, dans le dos. On ficelle aussi Valérie aux poignets et aux jambes, mais de façon plus lâche.

Valérie tient impeccablement son rôle. (« Elle était comme indifférente, dira plus tard Sarraud aux psychiatres, ça m'a étonné d'autant plus que c'était une fille. ») A l'avocat, elle bredouille :

– Tu les connais ces types, c'est qui ?

Celui-ci ne répond pas. Il est « muet, paralysé par la peur ». Sans doute a-t-il tout compris, et tout de suite. Le piège est un peu grossier et le jeu de la jeune fille assez lourd.

– Où est ton fric ? dit un masque.

– J'ai un peu d'argent. Dans mon porte-monnaie, dans la veste, là-bas, posée par terre. A côté du bureau.

Un des masques ramasse la veste. Il sort un portefeuille rouge de la poche intérieure, y trouve à peu près 1 000 francs, s'en empare, puis jette le portefeuille sur le tapis.

– C'est tout ce que t'as comme fric ?

Il regarde derrière les livres, sur les étagères, près de la cheminée, en renverse quelques-uns au sol, jette un œil dans un vase posé à côté de *L'Officiel des spectacles*, sur le manteau de la cheminée.

– Y a rien, dit-il.

L'un des masques va s'asseoir alors derrière le bureau, pendant que l'autre continue de braquer l'avocat. Il fouille dans les tiroirs, renverse par terre le contenu de ceux-ci : paperasses, sachets de médicaments. Il ne trouve pas « un rond », s'énerve, balance le manuscrit, tape du poing sur le plateau du bureau, écrasant les lunettes dorées qui y sont posées.

– Maintenant tu vas nous dire où est ton coffre ?

– Mais je n'ai pas de coffre, murmure l'avocat, qui parvient à vaincre la peur « qui le paralyse »...

Valérie l'entend dire alors :

– Vous vous trompez de personne, je ne suis qu'un petit avocat...

Sans doute n'a-t-il jamais paru aussi faible et fragile à la jeune fille, ainsi ficelé sur le canapé, où il est parvenu à se mettre en position assise, et face aux deux armoires à glace qui mesurent chacune dans les 1,80 mètre.

Mais les deux braqueurs insistent. Le coffre, ils veulent savoir où est le coffre, malgré les dénégations de leur victime. Celle-ci leur dit alors, montrant d'un geste du menton divers objets dans son cabinet de travail :

– Prenez ce que vous voulez, le tapis, les tableaux, ça a de la valeur. Si vous voulez je vous fais un chèque.

Un chèque, mais il les prend pour des « bleus », il se moque d'eux ?

« C'est alors qu'on est devenus méchants », dira plus tard Jean-Rémy Sarraud.

– C'est du liquide qu'on veut !

L'un des masques empoigne Valérie, la tire hors du bureau. Les liens, noués lâchement aux chevilles de la jeune fille, se détachent. Le masque fouille la salle d'attente : il regarde derrière les tableaux, à la recherche du « coffre » toujours, il pousse une table, placée devant une cheminée, regarde dans l'âtre et derrière une plaque pare-feu : pas de coffre. Avec Valérie, qui a toujours les poignets entravés, il descend par l'escalier raide dans la chambre au sous-sol, allume la lumière, fouille dans la penderie, sous le matelas, dans les étagères. Pas d'argent. De rage, il renverse deux fauteuils en rotin, puis remonte avec sa complice. Il entend alors dans l'autre pièce, de l'autre côté de la double porte à miroirs refermée, un vacarme assourdissant, des objets qui tombent, des cris.

– Qu'est-ce qui se passe ? demande Valérie.

– C'est rien, il doit le faire parler, dit le masque qui l'accompagne.

– Va voir.

Le masque rentre dans le bureau :

– J'ai tué ta copine, dit-il à l'avocat.

Valérie s'assied sur le canapé de skaï jaune, dans la salle d'attente. Elle parvient à défaire ses liens aux poignets. Et cependant, les cris, les bruits de coups retentissent. Immobile, elle écoute.

« Le souvenir des cris des victimes, écrira plus tard le psychiatre, lui est plus difficile à oublier que le fait qu'ils soient morts, dans la mesure où ils l'ont marquée et peut-être fascinée... Dans le récit qu'elle fait des événements transparaît une certaine horreur de ce qui s'est passé, en particulier en ce qui concerne les tortures sur lesquelles elle refuse de donner des précisions, mais dont elle est la seule à parler... »

L'autre masque sort à son tour du bureau et descend dans la chambre. Il fouille les poches des vestes, dans la penderie, se jette sur les oreillers, les éventre avec son poignard. Cherche-t-il vraiment de l'argent ? Dans les oreillers ?

Il remonte. S'adresse à Valérie.

– Ça va ?

Et rentre à nouveau dans le bureau.

Il faut faire « parler » l'avocat, lui faire avouer « où est le coffre ». L'un des masques lui balance des coups de poing dans le ventre. L'avocat, qui s'était levé, tombe à genoux sur le tapis. L'autre masque lui décoche un coup de pied en plein dans la figure. Ils se déchaînent. Maître Antoine X. hurle de douleur.

Les coups sont si violents que ses mains, liées dans le dos, se détachent. L'un des masques se penche sur lui et les renoue, mais sur le devant du corps cette fois. Le masque se relève. Les deux masques ont un petit conciliabule dans un coin de la pièce, pour n'être pas entendus de l'avocat déjà à demi assommé. L'un des masques quitte alors le bureau, referme la porte à doubles battants, et va s'asseoir sur le canapé en skaï, à côté de Valérie, dans la salle d'attente.

Le garçon enlève-t-il alors son masque, ou un peu plus tard ? En tout cas ce garçon-là, c'est Hattab. Au psychiatre, Valérie déclarera (déclaration qu'elle réfutera plus tard) : « Laurent m'a dit : “ Il faut le tuer, il va parler ! ” »

C'est en effet sur ce problème : tuer, ne pas tuer ? qu'a eu lieu le petit aparté des deux garçons, dans le bureau : l'avocat connaît Valérie. Par ailleurs, Laurent lui a dit : « J'ai tué ta copine. »

La comédie qui visait à faire croire que la jeune fille (qu'ils auraient dû, selon leurs plans, laisser ligotée avec Antoine X. dans l'appartement) était innocente ne peut donc plus tenir. Ne tient plus debout non plus le prétexte choisi pour l'agression : la victime ne faisant pas de pénal, elle ne peut en effet avoir été responsable de l'incarcération du frère d'un des braqueurs.

Pendant que maître Antoine X. gémit, terrassé, sur le tapis, toutes ces idées se pressent dans la tête des trois complices.

« Ce n'est qu'au cours de cette première agression que j'ai pris conscience du fait que la sécurité de Valérie, et la nôtre par la même occasion, ne pouvait être assurée qu'en éliminant physiquement la victime », dira plus tard Laurent Hattab[1].

Cette fois, on n'est plus dans les mots. On s'affronte aux faits. Et il faut passer aux actes. Et c'est Sarraud, l'homme de main, le petit pauvre, le larbin de service, qui a été chargé du sale boulot. « Il faut tuer », lui aurait dit Hattab, au terme de leur conciliabule.

Sarraud, toujours masqué, est seul désormais dans le bureau, debout, dominant de ses 1,82 mètre et 80 kilos le corps fluet de l'avocat, à genoux à ses pieds, le visage tuméfié, en sang. Sarraud rentre son pistolet dans sa ceinture, sort la matraque télescopique placée dans la poche intérieure de son blouson de cuir. Il la lève, frappe de toutes ses forces sur le haut du crâne. Et ce crâne, alors que l'avocat s'écroule, Sarraud a l'impression de le

1. Hattab reviendra sur ces premières déclarations faites à la police.

voir s'arracher du corps et « rouler » au loin sur le tapis. Cependant la victime, en sang, se relève, essaie de se remettre à genoux. Sarraud a la nausée. Il se sent mal. Il a peur tout à coup. Il hallucine. « J'ai vu, dira-t-il au psychiatre, les cheveux rouler à terre comme une tête » *(sic)*.

« C'est à ce moment-là, sans doute, que tout a basculé », expliquera le juge Jean-Claude Vuillemin, qui reprendra l'instruction à la suite de Martine Anzani.

La matraque, sous la violence du choc, s'est brisée. Sarraud sort un instant de la pièce, paniqué, puis rentre avec Hattab. L'avocat gît à leurs pieds, vivant encore. A côté de sa tête, sur le tapis, sa perruque brune. L'intérieur en est taché de sang. Peut-être aura-t-elle amorti le choc.

Il faut « en finir ».

Sarraud rentre dans la cuisine. Déchire avec son couteau un nouveau lambeau de chemise rose, prend l'éponge à grattoir vert, posée à côté de la chemise, sur l'évier. Il va s'agenouiller près de l'avocat, lui enfonce brutalement l'éponge dans la bouche et le bâillonne avec le morceau de tissu.

Hattab est déjà ressorti de la pièce.

Sarraud reprend alors son couteau posé sur le tapis et, de la main gauche, frappe à la gorge, dans la poitrine, puis, prenant l'arme de la main droite, frappe à nouveau.

« Je lui ai enfoncé mon couteau dans le cœur », dira-t-il emphatiquement au psychiatre. Et celui-ci de commenter : « Il revit les circonstances de son récit comme s'il racontait un film dont il serait plus spectateur qu'acteur... »

Sarraud regarde à ses pieds l'homme à qui il vient d'ôter la vie.

« C'est facile de tuer, dira-t-il au procès. N'importe qui peut le faire. »

Rêvait-il, par cet acte, de n'être plus « n'importe qui » ?

« On lui demande de tuer, expliquera son avocat, maître Gambarelli. Pour ne pas déplaire à l'ami, pour conserver son respect, il va verser le sang et, peut-être, par ce sang versé, va-t-il s'attirer le respect des autres. »

Sarraud essuie son couteau avec un lambeau de la chemise

rose qui a servi à faire les liens, il coupe les fils du téléphone, enroule le couteau dans le tissu rose et le met dans une poche de son blouson.

Il sort du bureau.

– On s'en va, lance-t-il à Valérie et Laurent assis tous deux sur le canapé de la salle d'attente.

Laurent se lève.

– Ça y est ! lui dit Sarraud à voix basse.

– Tu es sûr qu'il est mort ? demande Hattab en aparté.

« Je suis retourné dans la pièce, dira celui-ci lors d'une première déclaration qu'il contestera plus tard. J'ai constaté que la victime était allongée par terre et ne bougeait plus. »

Sarraud, qui l'accompagne, se penche sur l'avocat, ôte le bâillon et l'éponge de sa bouche. Hattab aurait alors, selon Sarraud, passé sa main devant la bouche de la victime pour vérifier si elle respirait encore (Hattab le nie).

« C'est le geste du médecin pour voir s'il y a de la vie, s'exclamera maître Szpiner, partie civile. Avec vous, c'est pour voir si vous l'avez ôtée. »

Maître Antoine X. gît sur le dos, les mains posées au-dessus de la tête, dans le prolongement du corps. Des objets disparates jonchent le tapis, autour de lui, formant un étrange tableau, et comme un rébus : brosse à dents verte Gibbs, « dure » ; un portefeuille rouge, à hauteur des hanches ; des feuilles manuscrites de son roman, tachées de sang ; quelques sachets de médicament Smecta et des sacs poubelles en plastique bleu. Sarraud éteint la lumière de la cuisine et du bureau. Tout objet sombre dans l'obscurité.

En sortant de la pièce, il dit à Valérie :

– Voilà, il est mort !

Apprendre ainsi cette mort cela fait à Valérie un effet « bizarre ». Elle n'a pas vraiment conscience de ce que ça signifie : un homme vient d'être assassiné...

– Regarde si la voie est libre ! lui lance Hattab.

Elle sort dans la cour de l'immeuble : personne.

Elle revient prévenir ses complices.

Leurs trois silhouettes traversent la cour. Dans le hall, elles se reflètent, à gauche, sur la surface de hauts miroirs. Ils passent incognito devant les portes de la concierge, Mme Fernandez. Elle regarde la télé. Sur TF1, Dalida chante *Mourir sur scène.*

Ils sautent dans la Lancia. Hattab prend le volant.

– On va au Martin's, dit-il.

– Pourquoi au Martin's ? demande Sarraud.

– Faut un alibi.

– J'ai du sang plein le pantalon, dit Sarraud.

– Y fait sombre au Martin's.

« Hattab était le décideur et le décideur était le chef », expliquera le commissaire Flaesch aux assises. Et le psychiatre d'ajouter : « Le fait de participer à une agression lui donnait l'impression de jouer un rôle important, l'aspect imaginaire l'emportant sur l'aspect réel... »

Longtemps plus tard, Sarraud expliquera : « Comment j'en suis arrivé là ? En fait, c'est hélas très simple. J'étais mal dans ma peau, seul et je n'avais rien. Laurent, lui, c'était le contraire. J'étais fasciné par lui, il avait tout ce qu'il faut pour être heureux. Je voulais rentrer dans son monde. Pourquoi lui et pas moi. En étant avec lui j'avais l'impression de découvrir la vraie vie : l'argent, les boîtes de nuit, les restos, les voitures, les fringues. Quel tourbillon géant pour moi ! Mais une fois que l'on a mis un pied dans ce tourbillon, c'est l'enfer. Je vivais plus. Je rêvais. Et j'aurais fait n'importe quoi pour rester dans ce tourbillon. Ce n'est bien sûr pas une excuse, mais ça explique. On peut avoir une certaine force physique, et pas la force mentale pour ne pas se laisser entraîner par ce tourbillon... »

La Lancia se lance vers l'Étoile. Les Champs-Élysées rutilent de milliers de lumignons accrochés aux arbres comme à des sapins de Noël en prévision des prochaines fêtes. Route de Suresnes, en plein bois de Boulogne, la voiture stoppe à un feu rouge.

– Attends un instant, dit Sarraud.

Il sort, court vers un petit bois, enlève le tissu rose sanglant qui entoure son poignard et le jette dans un buisson, remettant l'arme dans sa poche. Il revient vers la voiture. Pendant le voyage, Sarraud a plus ou moins raconté le crime. L'épisode aussi de la perruque.

Valérie s'étonne :

– Ah, il portait une perruque ?

Ils rentrent dans le night-club. Pia Zadora hurle à pleins haut-parleurs : *You and I believe that all our dreams will last for ever.* Ils se montrent, causent avec des amis, commandent « une bouteille ». C'est l'argent de maître Antoine X. (tout juste 1 200 francs) qui servira à payer l'addition.

Valérie n'a pas soif.

Les garçons lui auraient dit qu'ils avaient été obligés de tuer : pour ne pas être identifiés.

La coupe est amère...

Valérie songe qu'ils lui feront aussi bien la peau un jour, si elle refuse d'obéir...

–Vous avez laissé derrière vous un cadavre et vous êtes allés boire du champagne au Martin's ! s'exclamera le président Versini aux assises.

– C'était l'alibi, répondra Hattab.

– Faites pas l'idiot. Qui a eu cette idée ?

– C'est Laurent, dit Sarraud.

– Personne n'a eu la nausée ?

Valérie :

– J'ai pas bu.

La nuit, ils iront la passer à Saint-Mandé, dans l'hôtel particulier de la rue Guynemer. Les parents sont partis en week-end à Deauville.

Dans sa chambre, où il se retrouve avec Valérie, Laurent s'assied sur un des lits jumeaux. Il ôte ses Nike bleues. Les semelles sont couvertes de sang coagulé. La chaussure droite est aussi tachée à son extrémité supérieure, celle de gauche, sur la languette. Il se lève, jette les chaussures dans une petite commode, en face des deux lits.

Le lendemain matin, samedi 8 décembre, Valérie va faire des courses au supermarché Franprix, rue de la République. Le magasin est décoré de guirlandes multicolores, de cheveux d'anges, de boules chromées blanches, bleues, jaunes. Des Père Noël ornent les rayons. Valérie remplit son caddie d'aliments divers. Elle le pousse jusqu'à la caisse. Pour payer, elle sort un billet de 100 francs. Hattab le lui a donné. C'est tout ce qui reste du « coup » de la veille. Déduction faite du champagne.

– Va falloir en trouver *un autre* !

« Comme au cours de la première agression nous n'avions pas pris grand-chose, nous avons décidé, en commun, tous les trois, que si nous voulions réaliser notre rêve, c'est-à-dire émigrer aux États-Unis, il nous fallait recommencer », dira Hattab, dans sa première déclaration aux policiers.

Sarraud : « Après l'agression et le meurtre d'Antoine X., nous avons décidé de chercher quelqu'un d'autre. Valérie était d'accord. Elle n'a jamais émis d'objection en ma présence. »

A Valérie, l'avocat général Guilloux lancera, aux assises :

– Pourquoi avez-vous continué ?

– J'avais peur de Laurent... et je l'aimais.

– Valérie avait peur qu'Hattab la remplace ! tonne le magistrat.

Le soir, ils iront dormir à Courbevoie-Neuilly. Dans le bidet de la salle de bains, Sarraud met à tremper son pantalon marron Cyrille Cachan ensanglanté.

C'est le lendemain matin que Sonia leur aurait téléphoné et qu'Hattab l'aurait engueulée : parce qu'elle ne voulait toujours pas « sortir » avec Sarraud.

Ledit Sarraud revient cependant à la charge le jour suivant, c'est un lundi. Il va chercher Sonia à son nouveau travail, dans le Sentier. A 13 heures ils déjeunent ensemble dans un salon de thé du boulevard Sébastopol, la Colombe d'Or.

– Calme-toi, dit-il à la jeune femme. Il faut que tu te réconcilies avec Laurent et Valérie.

Est-ce en amoureux transi qu'il vient la trouver ? Ou parce que le trio cherche un nouvel « appât » ?

Valérie a déjà servi. Maître Antoine X. la connaissait bien.

Dans un agenda qu'ils ont volé à celui-ci, ils ont trouvé le prénom de la jeune fille. L'avocat a peut-être d'autres carnets où elle figure. Les policiers, obligatoirement, finiront par l'interroger.

– Je ne veux plus entendre parler de tout ça ! dit Sonia à Sarraud.

Aux policiers, elle affirmera : « Depuis ce jour-là je n'ai plus eu aucun contact avec cette équipe. »

Le trio avait besoin en effet d'une « nouvelle chèvre ».

Le soir même de ce lundi 10 décembre, un coup est prévu.

Il est 21 heures, Pierre M. dîne avec ses parents qui ont un appartement dans un bel immeuble en pierre de taille du XVIe arrondissement. Il a 25 ans. Il est commerçant. Son bureau se trouve dans le Sentier, au fond d'une arrière-cour, il dispose d'un très grand entrepôt ; là sont empilés des centaines d'énormes rouleaux de tissu de toutes couleurs. Pendant le dîner, sa mère lui dit qu'une certaine Valérie l'a appelé et qu'elle va le rappeler. Valérie, il voit très bien qui c'est. Il la rencontre souvent dans les boîtes, au Martin's, à l'Apo. Il la croise aussi régulièrement dans le quartier du Sentier. Il sait qu'elle travaille chez Jeep. Il connaît les patrons de la boutique. Le Sentier, c'est un peu une grande famille. Récemment, au café Berkeley, où il a ses habitudes, il l'a draguée. Ils ont échangé leurs téléphones. Depuis elle lui a donné quelques coups de fil, mais simplement pour lui demander comment il allait et susurrer quelques banalités.

Le téléphone sonne. Pierre M. se lève de table, décroche. Il a Valérie au bout du fil : elle est libre ce soir. Veut-il la voir ? Elle voudrait passer chez lui.

Pierre M. lui donne rendez-vous à sa garçonnière à 21 heures 30. C'est juste à côté de chez ses parents.

(« Une fille de 18 ans qui fait des avances à un homme mûr. Celui-ci ne peut résister. Le coup était bien monté », commentera le juge Jean-Claude Vuillemin.)

– Il y a un code ? demande Valérie.

– Non, un interphone. Je t'ouvrirai.

Quelques minutes plus tard Pierre M. donne le bonsoir à ses parents, enfile son blouson en daim et descend dans la rue. Sa garçonnière est à 500 mètres tout au plus. Il y va à pied. Il passe nonchalamment devant le Beaujolais d'Auteuil, une des bonnes tables du quartier, et remonte vers le nord le boulevard de Montmorency, prenant le trottoir de gauche, un trottoir en terre, caillouteux, défoncé, à cause de récents travaux. Le trottoir longe une voie de chemin de fer, en contrebas, qui relie la gare d'Auteuil à la gare Saint-Lazare. Il marche ainsi une centaine de mètres. A mesure qu'il approche et dépasse les hauts lampadaires qui suivent la voie, son ombre projetée au sol tourne autour de lui. Il est un peu en retard. Il presse le pas.

On entend un fracas de ferraille. Un train passe. Au-dessus de la voie, les signaux clignotent bleu, rouge, vert. Le train disparaît. Un long grillage, çà et là déchiré, sépare la voie de la rue. Un panneau y est accroché : SNCF. DÉFENSE DE JETER DES ORDURES SUR LES VOIES.

Pierre M. arrive à proximité de son immeuble. Un lampadaire situé juste en face de l'entrée l'éclaire de plein fouet. C'est un immeuble de six étages, mais guère luxueux. Sur le trottoir, juste devant la porte, Pierre M. aperçoit trois ombres, deux grandes, des garçons, et une plus petite, une fille en jupe longue noire : Valérie.

Pierre M. est d'un naturel méfiant. Il s'arrête, observe de loin les ombres. Tout juste 20 mètres le séparent d'elles.

Valérie, à ce moment précis, est en train d'appuyer sur le bouton de l'interphone :

– Y a personne, dit-elle à Jean-Rémy et Laurent qui l'accompagnent.

Elle appuie encore. Aucune réponse. Elle se tourne alors vers la rue. Elle aperçoit la silhouette courte de Pierre M.

– C'est lui.

Elle n'en dit pas plus.

Les trois complices s'éclipsent. Rejoignent leur voiture garée un peu plus loin.

Pierre M. rentre chez lui.

Ce même soir, vers 2 heures du matin, comme il en a l'habitude après son travail, Bébert prend un pot dans son studio, rue Boissière, avec ses amis Pascal et Franck.

« Valérie m'a appelé, raconte-t-il. Elle m'a dit :

– J'peux venir te voir, mes parents s'engueulent.

– Qu'est-ce que tu racontes, j'entends de la musique ! Tu es dans une boîte !

– Mais non, ils ont mis de la musique pour pas que les voisins entendent !

« Et elle rigolait, ajoute Bébert. Je lui ai dit :

– Bébé, viens si tu veux, mais j'ai des amis avec moi.

– Non, je t'appellerai un autre soir. »

« Je n'ai jamais appelé Bébert ce soir-là ! lancera Valérie Subra aux assises.

– J'affirme qu'elle m'a appelé, dira celui-ci à la barre des témoins.

– Or, conclura le président, ce soir du 10 décembre, " on " vient de rater Pierre M., à 21 heures 30 ! »

Valérie dira plus tard qu'il n'a jamais été question pour le trio de mettre Bébert sur la « liste ». Elle l'accusera de se « faire de la publicité » grâce à cette affaire : Bébert donnera force interviews à la presse et passera à la télé dans plusieurs émissions. On y montrera (particulièrement à *Choc* en mars 1988) des photos de lui « très entouré de jolies femmes » ou en compagnie de quelques vedettes. Entre autres, Johnny Hallyday...

Bébert s'étonne plutôt des déclarations de Valérie : « Une fille qui vient de flinguer mon ami Antoine X., et qui trois jours plus tard m'appelle au téléphone, et me demande si je suis seul, et si elle peut venir me voir, c'est pas plutôt suspect ? »

Valérie a-t-elle envisagé de « faire son sort à Bébert », ce soir-là ? En tout cas, une chose est sûre, c'est qu'elle cherche un « nouveau type friqué ». Et son terrain de chasse d'élection, c'est justement le Jardin de La Boétie.

Dans les jours qui ont suivi la mort de l'avocat, Bébert la voit en effet débarquer dans son restaurant. Elle est venue avec une copine. « Un commerçant du prêt-à-porter les a invitées à dîner à sa table. Quelques instants plus tard deux inspecteurs de la Crime sont arrivés. Deux jeunes types, très beaux, des play-boys. Ils m'ont interrogé sur maître Antoine X. On est allés au fond de la salle, pour parler plus tranquillement. Ils m'ont dit que le jour de sa mort Antoine avait rendez-vous avec une fille. Ils m'ont demandé avec qui ça pouvait être. J'ai baladé mon regard sur la salle. J'ai aperçu Valérie, près de la porte, avec l'homme d'affaires. Elle souriait, elle écoutait. Pas un instant le moindre soupçon ne m'a effleuré à son sujet. J'ai montré aux policiers une blonde. Une maîtresse de l'avocat : " Peut-être elle... " »

De cette jeune fille mystérieuse, avec laquelle Antoine X. avait rendez-vous, les policiers n'ont évidemment pas parlé à la presse. Les quotidiens du mardi 11 et du mercredi 12 décembre laissent entendre qu'un des mobiles des tortures et du crime aurait été peut-être de retrouver un dossier compromettant.

Les meurtriers se sentent donc en sécurité.

Aucun lien ne peut être établi, pensent-ils, entre maître Antoine X. et Valérie Subra. Ils décident alors d'« essayer » une nouvelle fois Pierre M.

« Nous n'avions pas décidé de le tuer, mais de le bâillonner et de l'assommer », dira Sarraud. Le mercredi 12 décembre au soir, Valérie appelle donc Pierre M. chez ses parents.

– C'est Valérie ! Je suis passée avant-hier chez toi. T'étais pas là. Pourquoi tu m'as posé un lapin ?

– Je suis venu. Mais j'étais en retard.

Les réponses de Pierre M., Hattab et Sarraud, qui sont assis aux côtés de Valérie, dans le salon du petit deux pièces de Courbevoie, peuvent très clairement les entendre. Ils ont en effet branché le téléphone sur un amplificateur.

Méfiant, Pierre M., qui trouve bizarre que deux types aient accompagné Valérie, le soir précédent, invente un mensonge, pour savoir ce qu'il en est.

– Il y a une caméra, dans l'entrée de l'immeuble. Ma bonne t'a vue. Tu étais avec deux hommes. Pourquoi ?

– Oh, c'est rien... des amis qui m'ont accompagnée.

– Bon, eh bien passe à 21 heures 30 comme l'autre fois, à ma garçonnière...

« A l'époque, raconte Pierre M., je sortais parfois avec cinq filles par semaine. Je faisais très bien la différence entre celles qui venaient avec moi pour l'argent et les autres. Mais, Valérie, je ne savais pas ce qu'elle cherchait... »

A nombre de noctambules mâles, il est souvent arrivé des aventures fâcheuses. Monsieur a quelques verres dans le nez, il rencontre une créature de rêve, il a l'impression que, subjuguée par sa virilité sublime, elle ne peut lui résister. Hop, un taxi. Elle le suit dans son appartement, monsieur passe dans ses bras des moments « inoubliables ». Il s'endort : à l'aube, la souris s'est volatilisée, avec l'argent liquide et le carnet de chèques. En général, on ne se vante pas de ce type de mésaventures aux copains, ni même aux policiers. Ça fait partie du jeu en quelque sorte. On appelle ça le vol à « l'entôlage » (de « tôle » : chambre).

Pierre M. pense plus ou moins à ça. Il en a parlé à ses amis. « Mais tu es fou, tu fais de la parano, lui répondent-ils, Valérie, tu la croises tous les jours au Sentier ou au Berkeley, elle va pas te faire les poches ! »

L'argument est implacable. A moins bien sûr qu'au lieu de lui faire les poches elle ne lui fasse la peau ! Pierre M. n'y songe pas. Cependant, par précaution, lorsqu'il quitte l'immeuble de ses parents, il prend sa Porsche 911 pour faire les 500 mètres qui le séparent de son autre domicile.

Une Porsche 911, à l'époque, ça vaut dans les 300 000 francs. Les affaires marchent bien. Pierre M. remonte le boulevard Montmorency. Il est 21 heures 45. En bas de l'immeuble, il aperçoit Valérie. Mais seule cette fois. Il s'arrête à sa hauteur.

– Monte, lui dit-il.

– On va pas chez toi ?

– Si. Mais monte.

La Porsche recule un peu. Pierre M. fait une manœuvre, de

façon à présenter le capot de sa voiture face à la porte à bascule en acier du garage de l'immeuble. Il tend le bras, glisse une carte magnétique dans un appareil, une lumière verte s'allume. La porte s'ouvre. La voiture se gare dans le parking en sous-sol.

Valérie se mord les lèvres. Tout leur plan tombe à l'eau. Sans doute espérait-elle laisser derrière elle, entrebâillée, la porte de l'immeuble, comme elle avait fait chez maître X.

Pierre M. et Valérie prennent l'ascenseur du garage. Montent au deuxième étage. C'est là que se trouve la garçonnière. Les garçonnières, comme leur nom l'indique, ont un usage très spécifique. Et c'est bien à cet usage-là que Pierre M. compte l'utiliser. Mais Valérie ne semble pas sur la même longueur d'ondes. Elle tourne en rond.

– J'veux un jus d'orange, dit-elle.

Elle va, vient dans l'appartement, repère que les fenêtres de la cuisine donnent sur la rue. Elle y jette un œil. Les garçons poireautent en bas. Elle revient dans le salon où se trouve Pierre M.

– Dis donc, j'ai perdu ma bague. J'ai dû la laisser tomber devant la porte de l'immeuble quand j'attendais.

– Ça ne fait rien, tu vas la retrouver en partant.

– C'est un souvenir de famille. Maman y tient beaucoup, faut qu'j'la r'trouve !

« Me prenant de vitesse, elle est sortie de chez moi et s'est engouffrée dans l'ascenseur. » Pierre M., lui, dévale les deux étages par l'escalier. « J'étais pris d'un doute. » Il la rattrape dans le hall de l'immeuble. Ils sortent ensemble dans la rue. Dans le halo du réverbère Valérie cherche, ou fait mine de chercher sa bague, ce « précieux bijou de famille ». Dissimulés quelque part dans l'ombre, Sarraud et Hattab observent le manège.

Pas de bague dans la rigole. Rien sous les voitures en stationnement... Valérie et Pierre M. entrent à nouveau dans l'immeuble, mais l'homme prend bien soin de refermer derrière lui la porte. Dans l'appartement, Valérie s'énerve. Elle n'a pas du tout l'intention d'« y passer ». Ça n'est pas prévu dans le scénario.

Elle tourne en rond. Pierre M. croit que c'est à cause de cette bague perdue qu'elle est si émue.

– J'ai envie d'une cigarette. Une Kool, t'as pas de Kool ?

Comme avec André R., la ruse marche. Pierre M. n'a pas de Kool.

– J'ai besoin de fumer une Kool.

Très cool, Pierre M. lui propose d'aller acheter des Kool au drugstore de l'Étoile. Ils reprennent l'ascenseur, descendent au parking souterrain. Et hop, la Porsche s'envole bientôt dans la nuit sombre vers les Champs-Élysées. Il fait – 1°. Pas un piéton dans les rues. Mais beaucoup de voitures. Valérie s'agite, sur le siège avant de la Porsche. Elle tourne dans tous les sens, jette un œil par la lunette arrière, puis à droite, puis à gauche. Ça n'est plus une femme que le conducteur a près de lui, mais une espèce de girouette ivre. Qui plus est, Valérie fait toutes sortes de gestes avec les mains.

– Mais qu'est-ce que t'as, pourquoi tu t'agites comme ça ?

– Comme ça.

– Pourquoi tu fais des gestes ?

– Comment ça ?

Elle montre une 2 CV, arrêtée à côté d'eux. Deux types à l'intérieur la regardent.

– T'as vu ces types ! leur bagnole ! On les sème ! dit Valérie.

Au feu vert, Pierre M. appuie sur le champignon. Les types sont semés. Et, non loin d'eux, Hattab et Sarraud, qui ont pris la Porsche en chasse avec leur Lancia. Pierre M. se gare en double file devant le drugstore Étoile. Au tabac, on fait la queue. Valérie la girouette continue de regarder à droite, à gauche : les garçons ont dû perdre sa trace.

Retour à la case départ, boulevard Montmorency. Pierre M. pense-t-il qu'il va conclure, cette fois ? Il commence à s'énerver : que veut cette fille ? Ce serait une michetonneuse ? Elle voudrait du fric peut-être ? Toutes les suppositions lui passent par la tête, toutes les questions. Il est loin de trouver la réponse.

– Faut qu'j'appelle le Martin's ! dit Valérie.

Elle téléphone.

« Elle a demandé à parler à un certain Jean-Pierre ou Jean-Luc, je ne sais pas... Je n'ai pas prêté attention à ce qu'ils se disaient. L'attitude de Valérie commençait à m'énerver passablement », expliquera-t-il plus tard.

– Faut que j'aille au Martin's, tu veux m'accompagner ?

On reprend la Porsche. Pierre M. laisse Valérie au Martin's, revient chez lui. Cette fois, il en a soupé de cette fille. Il fait une croix dessus.

Croit-il.

Deux jours plus tard, 14 décembre, elle le rappelle. Et il mord à l'hameçon.

(« C'était une enjôleuse, confiera Bébert, elle faisait prendre à n'importe qui les vessies pour des lanternes. »)

A Pierre M., elle monte, au bout du fil, « un baratin » au terme duquel, après avoir appris qu'il pouvait se faire prêter par son frère un autre appartement, rue du Moulin, dans le XIVe, lequel appartement, chose fort importante, N'A PAS DE CODE, elle obtient qu'ils se retrouvent là, de préférence à la garçonnière. Rendez-vous est fixé à 23 heures. Saoulé de paroles, Pierre M. raccroche. Puis vient le temps de la réflexion : décidément, tout cela est bizarre autant qu'étrange autant que suspect autant que... Mais Valérie est si jolie, et sa moue si gourmande. Et puis, c'est peut-être parce que la température se radoucit, il s'attendrit. La météo, en effet, annonce « une dépression qui s'installe sur l'Irlande et qui dirigera à travers la France un courant d'ouest à sud-ouest perturbé. De l'air plus doux envahira le pays... » Il est 21 heures à peu près. Un ami, Harris, l'appelle alors :

– Je vois une fille ce soir, lui dit Pierre M., mais passe toujours. Je serai rue du Moulin. On sortira peut-être ensemble, « après »...

Au cas où Valérie lui file encore sous le nez, pense-t-il sans doute. C'est pas une minette, c'est une savonnette.

Un peu avant 23 heures, la Porsche débouche dans la rue du Moulin. S'y dresse un ensemble de plusieurs buildings gris construits autour d'un jardin. Au pied des buildings, dans la nuit, brille l'enseigne rouge et blanche, SUMA, le supermarché, et un peu plus loin le coquillage jaune d'une station SHELL : *Un gazole vraiment super,* annonce une publicité. Quand il pousse la porte vitrée de l'immeuble, Pierre M. n'est pas tout à fait dans l'état d'esprit d'un homme qui a un rendez-vous galant. Valérie l'attire. Mais elle lui court aussi sur le haricot. Il ne comprend rien à son cirque. Un couloir d'une vingtaine de mètres, couvert d'une moquette beige, mène jusqu'au jardin intérieur. Des miroirs sur les murs, ainsi que des décorations en céramique. L'une d'elles représente un soleil noir naufrageant dans des vagues orangées. Il tourne sur la droite, au bout du couloir, marche dans une allée du jardin au gazon ras, jusqu'à la porte de l'escalier 3 qui ouvre sur un immeuble de dix-huit étages.

Un film d'idées confuses défile dans sa tête. « Non, je ne prends pas l'ascenseur. » Sans doute revoit-il l'image de ces deux grandes ombres noires, accompagnant Valérie, lors de leur premier rendez-vous ? On a pu lui tendre un traquenard ? Il monte par l'escalier de service. Rentre chez lui. Cinq minutes après, on sonne à la porte, c'est Valérie.

Avec elle, il a de plus en plus l'impression de jouer « au chat et à la souris », pour reprendre son expression. Ce qu'il ignore encore, c'est que la souris c'est lui.

Hop, on boit un verre : Pierre M. presse les choses. Il entraîne la jeune femme dans sa chambre... Mais on sonne à la porte. Il va ouvrir :

C'est son copain Harris.

– Repasse dans vingt minutes, tu veux bien ! Tiens, prends les clefs de la Porsche, fais un petit tour.

Harris prend les clefs, ressort. Mais Valérie sort elle aussi, « comme si elle se lançait à sa poursuite ».

Pierre M. n'y comprend plus rien.

Valérie court à perdre haleine dans le jardin, trotte à travers l'immense couloir où son reflet rebondit d'un miroir l'autre, rejoint les garçons garés non loin dans la Lancia. Ils ont apporté le « matériel ».

– C'est pas la peine, souffle Valérie. Y a un copain à lui, il doit repasser, c'est foutu !

Elle jette ça dans un souffle et, hors d'haleine, rebrousse chemin. Pierre M., éberlué, la voit resurgir dans l'appartement. « Elle était furieuse. »

– Ça va pas non, pourquoi t'as fait venir un copain, vous vouliez me partouzer, c'est ça ?

Elle prend son sac, son manteau, et hop, s'envole à nouveau. Pierre M. croit voir s'échapper une jolie nuit d'amour. Il n'échappe qu'à la mort. Il a la baraka. Plus tard, ses amis, pour le charrier, l'appelleront le « rescapé ».

Le « rescapé » reverra une fois encore Valérie Subra. Le lendemain tout juste, samedi 15 décembre, au Garage, un night-club de la rue de Washington. Il se trouvait là, vers minuit, avec son copain Harris et une amie, quand il a vu débarquer, dans le clair-obscur de la boîte, une Valérie toute pimpante dans une longue robe noire, les cheveux raides, bien coiffés, et aux mains des gants de grand-mère en dentelle sombre. A son bras, un jeune homme d'une vingtaine d'années, beau gosse, brun, moustachu. Valérie, « qui ne semblait pas déçue des événements de la veille », vient saluer brièvement Pierre. Elle lui présente sa nouvelle « conquête ».

– Pierre, voici Alain.

C'est Alain T. Il n'a plus que vingt-quatre heures à vivre.

Quelques heures plus tôt, à 16 heures 30, ce samedi 15 décembre, Valérie compose sur le téléphone du petit appartement de Courbevoie le numéro 625 5... : il est inscrit sur une page de son carnet d'adresses, ouvert à la rubrique « A.B. » et placé sur une table, juste devant elle.

Jean-Rémy et Laurent sont assis à ses côtés sur le même canapé.

Ce numéro, elle a déjà essayé de le contacter plusieurs fois dans la journée. Mais elle est tombée sur un répondeur où elle n'a bien sûr pas laissé de message.

– C'est un type plein d'oseille, a-t-elle expliqué aux deux garçons la veille, je l'ai rencontré il y a un mois et quelque, à l'Apo.

– Qu'est-ce qu'il fait dans la vie ? lui a demandé Laurent.

– C'est un commerçant, dans le Sentier. Il est juif.

– S'il est juif, il doit avoir de l'argent, conclut Laurent.

Cette fois quelqu'un répond, à l'autre bout du fil.

Alain T.

« Le 8 décembre, lancera maître Francis Szpiner aux assises, après l'affaire Antoine X., vous n'avez déjà plus d'argent. Le 10, le 12, le 14 décembre, Pierre M. a la baraka ! Valérie dit alors qu'elle connaît " quelqu'un de bien "... Antoine X., ça aurait pu être un accident. Avec T., ça devient une habitude... »

Valérie expliquera : « Laurent ne cessait de me harceler. Il voulait que je lui trouve " quelqu'un d'autre " car la première fois ça n'avait pas rapporté beaucoup d'argent. A cette période, je me suis trouvée en permanence avec Laurent et Jean-Rémy, qui vivaient avec moi à Courbevoie. Laurent avait toujours deux armes. Sur lui, il portait la plus petite (le 7,65) et l'autre, plus grande (l'Umarex à grenaille), était dans la boîte à gants de la voiture... Jean-Rémy était tout le temps avec Laurent mais ça n'était pas lui qui décidait. »

Dans sa seconde version des faits, celle où il essaiera de se disculper, Hattab dira : « Jean-Rémy me terrorisait, il disait qu'il tuerait ma famille. Il me forçait et moi je forçais Valérie. »

Au téléphone, Alain T. reconnaît tout de suite Valérie. Bien que ça fasse près de deux mois déjà qu'ils se sont rencontrés, brièvement, à l'Apo. Il avait essayé de la rappeler, mais le numéro qu'elle lui avait donné était bidon.

– On peut se voir ce soir ? demande Valérie.

Alain T. doit se rendre à une soirée d'anniversaire, à Ivry. Mais il n'y songe plus. Le charme de Valérie a joué. Il l'invite à dîner.

– Passe chez moi à 22 heures 30, rue Théodore-Ribot, quatrième étage à droite. Pas moyen de se tromper, devant la porte il y a un paillasson avec mes initiales, A.T.

– Et y a un code en bas ?

– Oui, le Z 689...

Ces indications, les garçons en prennent connaissance en même temps que Valérie. Ils ont branché encore le téléphone sur amplificateur.

– Tu seras seul ? demande Valérie.

– Je serai seul, répond Alain T.

Son amie Agnès, qui doit passer chez lui à 17 heures 30, ne peut en effet y rester que deux heures.

Il raccroche.

Un peu plus tard, il se décommande auprès de son amie Marie avec qui il avait prévu d'aller à cette soirée d'anniversaire d'Ivry :

– J'ai un cocktail important, prétexte-t-il.

A ses amis Richard et Serge, il dira :

– Je sors ce soir avec une nouvelle.

Agnès, donc, rend visite à Alain T. en fin d'après-midi. Elle le quitte à 19 heures 15.

Valérie, à cette même heure, se fait une beauté dans la salle de bains de Courbevoie, *alias* Neuilly. Vers 21 heures 15, les trois complices descendent du treizième étage au troisième sous-sol de l'immeuble. C'est là qu'est garée la Lancia, à l'emplacement n° 50.

Dans la valise marron Cartier-made-in-Marocco d'Hattab, il y a le matériel habituel : gants, pistolets. Sauf les cagoules. « C'est chiant, ça tient chaud », aurait dit Sarraud.

Et, commentera celui-ci : « Pour ce qui est d'Alain T., nous n'avons pas jugé utile d'emporter des masques, nous avions décidé de tuer dès le départ. »

Aux assises, le président Versini demandera solennellement :

– Il était prévu de tuer ?

– Oui, dira Sarraud.

– Oui, dira Valérie.

– C'est faux, dira Hattab.

La Lancia redescend bientôt l'avenue de Wagram, tourne à gauche dans la rue Théodore-Ribot. A l'entrée de la rue, sur la droite, un Crédit agricole, sur la gauche, juste en face de la banque, un haut immeuble en pierre de taille. Juste après cet immeuble, une longue grille de fer forgé noir égrène ses barreaux, sur une vingtaine de mètres, devant un jardin. « Nous avons descendu cette rue pour repérer l'immeuble au passage », dira Sarraud. Ils arrivent bientôt.

– C'est là.

Le bâtiment de pierre grise a six étages. La porte du bas est en vitre protégée de fer forgé noir. La Lancia, lentement, roule jusqu'au bout de la rue et s'arrête à l'endroit où elle coupe le boulevard de Courcelles. Non loin rutile la vitrine de Hédiard, le traiteur. Esturgeons étamés, saumons cuivrés, truites couleur bronze scintillent sous les spots, à côté de dizaines de bouteilles rangées là et de figurines de Père Noël.

– Descends ! souffle Hattab.

Valérie ouvre la portière. Et remonte bientôt seule la rue.

« Nous avons fait le tour du pâté de maisons, pour trouver où nous garer », dira Laurent. A l'entrée de la rue Théodore-Ribot, ils stationnent. Dans la vitrine de la boutique Jean-Claude toute proche, des mannequins, arborant chemise et cravate, montent la garde. Il est à peu près 22 heures. Les garçons grillent quelques cigarettes. Valérie a pour consigne d'ouvrir la porte à 23 heures 15. Eux « interviendront » à 23 heures 30 précises.

Sur le clavier fixé à droite de la porte de la rue Théodore-Ribot, Valérie compose le numéro Z 689... L'ouverture se déclenche. Elle entre dans le hall, grimpe une volée de quatre marches, pousse une double porte vitrée, juste en face de la loge de la concierge. Sur la gauche, où se poursuit le hall, elle avance vers son reflet grandissant, que renvoie un immense miroir fixé au mur, en bas des escaliers. A gauche du miroir, l'ascenseur. Elle monte au quatrième. Sur le palier, à droite, comme l'a indiqué Alain T., un paillasson, jaune, portant en lettres vertes ses initiales A.T. Elle sonne. Elle entend des bruits de pas. Il se passe quelques secondes avant qu'on ouvre. Alain T. l'observe par l'œilleton. Dans un bruit de ferraille, il décroche l'entrebâilleur, puis ouvre la porte.

– Entre ! dit-il.

Valérie a du mal sans doute à reconnaître cet homme jeune, très brun, avec une moustache. C'est à peine si elle l'a aperçu dix minutes, deux mois plus tôt, dans l'obscurité de l'Apo, lorsqu'il l'a « baratinée » un brin et qu'ils ont échangé leurs téléphones.

Elle jette un œil dans l'appartement : comme elle le supposait, il est luxueux. Murs tendus de rose saumon, meubles de prix. A droite, pendant du plafond, un grand écran où se projette un clip.

T. referme la porte d'entrée, place l'entrebâilleur et pousse les deux battants molletonnés d'une autre porte, qui double la première, sans doute pour amortir les bruits du palier.

– Tu sais que j'ai essayé plusieurs fois de te téléphoner, dit-il à la jeune fille.

Elle éclate de rire.

– Tu m'as refilé un faux numéro, hein ?

– Oui, Maman n'aime pas qu'on m'appelle à la maison, c'est pour ça...

– Je ne t'ai pas oubliée, tiens, viens voir...

Il l'emmène dans une pièce, au fond, à droite. Il prend sur un bureau une feuille d'agenda où est inscrit *Valérie* et à côté le faux numéro. Il la tend à la jeune fille. Elle éclate à nouveau de rire.

– Je vais te donner le bon, dit-elle.

Il le note sur la même feuille, avec un stylo doré qu'il vient de prendre sur une parure de cuir ornant le bureau : sur la parure sont disposés encore une paire de ciseaux et un coupe-papier.

Il laisse la feuille sur le bureau. Dans le coin salon, ils s'asseoient sur le canapé de cuir noir, face à l'écran où continuent de défiler des clips. Ils causent de choses et d'autres. Régulièrement Valérie, avec discrétion, jette un œil sur sa petite montre argentée.

– J'aimerais bien un jus d'orange, demande-t-elle (comme chez l'avocat et Pierre M.).

T. se rend dans la cuisine. D'un bond Valérie se retrouve devant la porte d'entrée. Elle l'entrebâille légèrement et, ni une ni deux, se retrouve à la case départ. Tout juste pour prendre le jus d'orange que lui apporte T. Lui fait-il quelques avances ?

– Pas ce soir, dit-elle, on se connaît pas assez !

Est-ce à ce moment-là qu'il retire de son doigt l'alliance Cartier à trois anneaux et l'offre à la jeune fille ?

23 heures 30, indique le cadran de la montre de Valérie. « Ils » vont débarquer ! T. lance :

– Bon, on y va.

Il a décidé de « sortir en boîte ». Ils se lèvent du canapé et se dirigent tous deux vers la porte. Victime et bourreaux donc risquent de se retrouver nez à nez. Valérie panique...

Le téléphone sonne.

– Viens ! dit T.

Il l'entraîne par le bras jusqu'au canapé près duquel se trouve un appareil. Sans doute est-ce Marie, son amie, qu'il a alors au bout du fil. C'est à peu près à cette heure-là qu'elle l'a appelé de cette soirée d'anniversaire à Ivry.

– Tu viens me chercher ? dit l'interlocutrice.

– Impossible, j'ai un important rendez-vous d'affaires à minuit.

Brusquement un énorme fracas retentit du côté de l'entrée.

Effaré, il laisse tomber le combiné et se précipite vers la porte qu'il trouve ouverte, mais cependant entravée par l'entrebâilleur de sécurité. Il la referme violemment.

Juste de l'autre côté de la porte, à quelques centimètres dans l'ombre du palier, deux hommes en blouson de cuir, les mains gantées de noir, et armés chacun d'un pistolet, viennent de faire un saut en arrière. Ils se plaquent contre le mur, dans les escaliers qui montent à l'étage du dessus. Ils retiennent leur souffle.

– La conne, dit l'un d'eux, elle sait même pas ouvrir une porte !

– Elle va peut-être revenir l'ouvrir, dit l'autre.

Ils ne portent pas de masque. Ils sont prêts à tuer.

Alain T. retourne dans le salon. Il ramasse le combiné tombé au sol, échange quelques mots avec son interlocutrice, raccroche et se tourne vers Valérie.

– C'est toi qui as ouvert la porte ?

– Euh, oui, comme tu as dit qu'on sortait...

– T'es folle, c'est pas prudent...

Ils sortent. Du palier du cinquième étage, deux ombres les guettent.

Ils prennent l'ascenseur... Dans la rue Valérie regarde un peu partout. Elle n'aperçoit pas ses complices. Boulevard de Courcelles, les vitrines sont éclairées par les lumignons de Noël. Ils rejoignent bientôt le garage Antar, rue de Courcelles. Au quatrième sous-sol, ils montent dans une R5 TX gris foncé garée là.

Ils vont dîner. C'est sans doute du restaurant ou un peu plus tard, d'un établissement de nuit, vers 0 heure en tout cas, qu'il appelle son ami Serge. Il lui donne rendez-vous chez Régine, à 2 heures du matin.

« Régine » pour Valérie, cela représente très certainement une marche de plus dans son « ascension sociale » : de la Scala, quand elle était lycéenne, au Martin's quand elle était esthéticienne, à l'Apocalypse où elle vient tout juste d'avoir ses entrées, maintenant qu'elle est « vendeuse-mannequin ».

– Je peux pas y aller habillée comme ça, dit-elle.

– Eh bien, on passe chez toi. Tu pourras te changer.

Direction rue Wagner.

La mère de Valérie n'est pas encore couchée. C'est elle qui vient lui ouvrir.

– Qu'est-ce que tu fais ?

– J'vais chez Régine. Je viens me changer. Y a une grosse voiture qui m'attend en bas.

Valérie va dans sa chambre. Sur le lit, les ours en peluche montent la garde. De la penderie, elle sort un ensemble jupe et pull noir qu'elle passe en hâte. Hop, elle répare un brin son maquillage.

– Avec qui sors-tu ? demande sa mère.

– Un ami ! Regarde ce qu'il m'a offert.

Elle montre, qui brille à l'un de ses doigts, l'alliance Cartier à trois anneaux.

Le rendez-vous chez Régine est à 2 heures. Il est encore tôt.

– Eh bien allons au Garage.

La R5 remonte les Champs, prend la rue de Washington. Au loin brille l'enseigne de la boîte : une voiture blanche sur fond noir, avec, au-dessus, les palmes de quelques cocotiers jaunes très stylisés.

Ils descendent les escaliers couverts de moquette noire du night-club. Le long de chaque marche, une barre de cuivre cloutée reluit sous les spots. Au plafond, sur trois bandes lumineuses qui se succèdent, on voit clignoter, en rouge, comme au fronton des Enfers le *Lasciate ogni speranza voi che entrate,* une inscription : LE GARAGE sur la première bande, VOUS SOUHAITE sur la deuxième, UNE BONNE SOIRÉE sur la troisième. Dans la salle de danse, Pia Zadora, qui s'agite sur un écran vidéo, hurle à pleins décibels : *Though the sun may hide/ We still can see/The light that shines for you and me... And when the rain begins to fall...* C'est là qu'ils croiseront Pierre M., celui qui a failli « y passer » la veille à peine : le « rescapé ». Alain T. est aussi un rescapé (un entrebâilleur vient en effet de lui sauver la vie), mais c'est un rescapé en sursis.

Jean-Rémy Sarraud et Laurent Hattab ont déjà rejoint le Martin's. Ils comptaient y retrouver Valérie. C'est le QG. Ils attendent. A un des employés, qui s'occupe du téléphone, ils ont laissé un message pour elle : « Reviens immédiatement à *Neuilly.* »

Mais Valérie a-t-elle déjà complètement oublié ses copains et complices ? Au doigt elle a une jolie bague, au bras un beau gosse, et elle va « chez Régine », le *nec plus ultra* selon ses standards. Peut-être ne vit-elle que l'instant, comme ces immémoriaux décrits par Segalen. Fille des îles *versus* fille des boîtes. En l'occurrence, ses soleils des Tropiques, ce sont les sunlights. Direction Saint-Germain-des-Prés. La rive gauche, ça n'est pas tellement son monde, à Valérie. Elle est plutôt rive droite : le Sentier, Champs, bois de Boulogne. Déception : chez Régine il y a une soirée privée. Ils ne peuvent entrer. L'ami d'Alain T., Serge, vient d'ailleurs, juste quelques instants auparavant, de se casser le nez sur les portes de la boîte. Ils le retrouveront cependant, quelques quarts d'heure plus tard, à l'Apo, où ils finissent la soirée ; c'est cet ami Serge et d'autres clients qui décriront à la police la « belle inconnue brune » qui accompagnait ce soir-là Alain T.

Au cours de la soirée, Valérie raconte qu'elle a un petit ami très jaloux. « C'est un violent, il est capable de tout s'il nous voit ensemble. » Elle téléphone au Martin's. On lui communique le message de ses complices. En revenant, elle dit à T. :

– Faut que je rentre à Neuilly, chez ma grand-mère.

« Vers les 2 heures du matin, racontera-t-elle plus tard, j'ai demandé à Alain T. de me reconduire. Mais il voulait que je finisse la nuit chez lui. J'ai refusé. Il m'a dit : “ Je vais te donner de quoi prendre un taxi. ” On est allés chercher nos manteaux au vestiaire. Il a alors changé d'avis. Il a décidé de me raccompagner. »

Alain T. l'emmène jusqu'au bas de son immeuble, à Courbevoie, où ils se séparent. Elle monte au treizième étage. Personne ne s'y trouve encore. Dix minutes après son arrivée, le téléphone sonne. C'est Hattab.

– Tu es seule ?

– Oui, je suis seule.

– Qu'est-ce que tu fais, qu'est-ce que tu as fabriqué ? Je viens !

Une demi-heure plus tard, les garçons débarquent. Ils ôtent leur blouson de cuir noir, défouraillent leur pistolet qu'ils jettent sur une table.

– Qu'est-ce que t'as fait toute la soirée, on t'a attendue...

– J'ai été au Garage, et chez Régine...

Sarraud passe dans la salle de bains se mettre de l'eau sur la figure. Il entend des cris :

– Et pourquoi t'as pas ouvert la porte, hurle Hattab.

– Je l'ai ouverte, mais j'ai oublié le truc, là, l'entrebâilleur.

– T'es une incapable !

Hattab lui envoie une gifle.

– Bonne à rien, ton petit compte c'est pour bientôt.

« Il m'a braquée avec son arme, prétendra Valérie, il m'a fait tomber par terre, donné des coups de pied. »

Jean-Rémy intervient, les sépare.

– Ça va pas, arrête ! dit-il à Laurent.

Il essaie de calmer celui-ci et de réconforter Valérie. Il va à la cuisine, leur prépare un café.

Devant le juge d'instruction, Laurent niera avoir brutalisé son amie. Au tribunal, il avouera lui avoir donné « une claque et une gifle ».

« Quelle différence y a-t-il entre une claque et une gifle ? » demandera le président Versini avec le fin sourire d'un philologue se questionnant sur un problème de sémantique.

Hattab tranche :

« Une claque, c'est une claque, une gifle, c'est une gifle. »

Le lendemain, dimanche 17 décembre, Valérie se réveille avec un œil enflé : conséquence de la « claque » et de la « gifle » de la veille. Il est 14 heures. On secoue Sarraud sur le canapé-lit, on prépare le « p'tit dèj' ». Entre deux gorgées de café, Laurent décide du programme :

– Alain T., on va le faire aujourd'hui. Tu vas lui retéléphoner, Valérie. Et t'auras intérêt cette fois à ouvrir la porte, sinon ça va aller mal !

Il demande des détails sur l'appartement. Valérie doit lui en dessiner le plan sur un morceau de papier : en entrant le salon salle à manger ; au fond à droite, le bureau ; au fond à gauche, la chambre. C'est là, selon les consignes d'Hattab, qu'elle doit entraîner Alain T. après le dîner. A 22 heures 30 ils interviendront.

– Faut que j'aie l'air surprise de vous voir, dit Valérie. Je lui ai dit que j'avais un petit ami très jaloux. On pourrait faire comme si tu nous avais suivis...

– Ouais, je jouerai le petit ami jaloux...

– C'est une bonne idée, ajoute Sarraud. Comme ça, il ne pensera pas qu'on veut le tuer. Ça sera plus facile...

Valérie compose le numéro de téléphone. Elle tombe sur un répondeur. Elle rappelle plusieurs fois.

Vers 15 heures Alain T. se réveille à côté de sa petite amie Marie. Il est allé la chercher chez elle, après avoir raccompagné Valérie à Courbevoie. Il débranche le répondeur. Le téléphone sonne presque aussitôt. C'est Valérie qu'il a au bout du fil.

– J'voudrais te voir ce soir. J'ai envie de passer la nuit avec toi ! dit-elle.

Alain T. s'isole dans une pièce, pour ne pas être entendu de Marie. Ce qu'il dit alors à Valérie, Hattab et Sarraud l'écoutent, grâce à l'amplificateur.

« Les termes employés par T. m'ont énervé, expliquera Laurent Hattab aux policiers. Il ne cessait de parler du plaisir qu'il avait eu la veille avec Valérie comme s'ils avaient fait l'amour ensemble... Il était convenu, dès le départ, que Valérie n'aurait pas à avoir de relations sexuelles pour que nous parvenions à nos fins. »

– Je vais à Orléans dans la journée, chercher mes parents, dit Alain T. Je viens te chercher chez toi vers 22 heures 30.

– Ne monte pas. Je veux pas que ma grand-mère te voie, répond Valérie. Je t'attendrai en bas de l'immeuble.

A 22 heures 30, Valérie fait les cent pas au bas de l'immeuble de Courbevoie. Elle porte un jogging jaune sous son manteau, et un sac noir. Aux pieds, des Nike. (C'est dans ce type de tenue qu'elle viendra plus tard au Palais de Justice, pour rencontrer le juge d'instruction Jean-Claude Vuillemin : « Elle arborait toujours des vêtements portant des marques : Coca-Cola, Fruit of the Loom, Mickey, Minnie Mouse... Ça lui donnait un air " petite fille ". Parfois son sweat-shirt glissait, laissant voir son épaule. Elle essayait de me charmer, c'était étonnant. »)

Se souvenant des leçons de Mme H., Valérie s'est maquillé les yeux de façon à rendre invisibles les marques de coups reçus la veille. Alain T. arrive bientôt.

De la fenêtre du treizième étage, Hattab et Sarraud regardent en contrebas les deux ombres s'éloigner, sous les lampadaires. Hattab enfile un Absolu (pantalon de cuir noir), des Weston noires, imitation croco, un gros pull blanc et l'Épiderme, le blouson, emprunté à Valérie. Sarraud, lui, porte pour ainsi dire la même tenue que le « soir d'Antoine X. » : blouson Chevignon, santiags marron, pantalon de toile marron Cyrille Cachan, type armée.

Un quart d'heure plus tard, ils montent dans la Lancia. Sur eux, ils ont les pistolets, les gants de soie noire, mais toujours pas de cagoule.

Cette fois Alain T. a emprunté la BMW gris métallisé de son père. Pour revenir chez lui, il passe tout près de chez maître

Antoine X., avenue de Villiers. Sur les portes de l'avocat, ont été déposés des scellés.

T. gare sa voiture au deuxième sous-sol du garage Antar. Avant d'en sortir, il prend sur la banquette arrière un grand sachet blanc imprimé du sigle CLOUET.

– C'est quoi ? demande Valérie.

– Le dîner. Il y a du saumon.

Alain T. fait entrer Valérie dans l'appartement. Il prend soin, après avoir claqué la porte, de mettre l'entrebâilleur. Sur la gauche, dans le coin salle à manger, il se débarrasse de sa veste de cuir bleu à col de fourrure bleue qu'il accroche au dossier d'une chaise. En dessous, il porte un polo Lacoste blanc, à rayures horizontales. Au poignet, il a sa Piaget en or.

– Installe-toi dans le salon, dit-il à Valérie. Je prépare le dîner.

Il va dans la cuisine. La pièce est ultramoderne. Étagères et placards sont peints en rouge laqué. Il pose son sac sur une paillasse, à gauche de l'évier. Dans des assiettes blanches, ornées d'un coquelicot rouge, il déverse le contenu de la barquette de salade grecque ; dans d'autres assiettes semblables, il dépose le saumon et des tranches de pain de campagne.

Pendant ce temps, en douce, Valérie a ouvert légèrement la porte d'entrée, prenant bien soin cette fois d'ôter l'entrebâilleur. Alain T. revient. Sur la table basse du coin salon, devant le canapé en cuir noir, il pose une nappe à carreaux bleus et blancs, les assiettes et les couverts.

– Tu bois quoi ?

Réponse rituelle de Valérie :

– Du jus d'orange.

Il va chercher une bouteille de jus, la rapporte. Ils s'asseyent sur le canapé noir, Valérie sur la droite, Alain T. sur la gauche (par rapport à la position assise). Il manipule la télécommande, posée sur la table, fait défiler sur l'écran, qui descend du plafond, juste en face d'eux, les divers programmes de la soirée. Sur FR3 passe *Jet Pilot,* avec John Wayne et Janet Leigh. C'est l'histoire d'un avion russe contraint d'atterrir en Alaska. Aux commandes une superbe fille. Elle prétend avoir voulu fuir son pays... Valérie préfère regarder des clips. Elle se sert une part de saumon, de la salade...

« Valérie mange le saumon à pleines dents ! », lancera maître Szpiner aux assises.

Le président Versini demandera à la jeune fille :

« Vous étiez en appétit. Pourtant le rideau allait se lever ? »

Elle répondra :

« Je ne me rendais pas compte. »

Alain T., lui, ne touche à aucun plat.

– J'ai dîné, dit-il.

(Il n'a cependant rien mangé de la soirée.)

Valérie termine le repas avec une portion de crème de roquefort.

– Si on allait dans la chambre ? suggère-t-elle. On sera plus tranquilles.

Alain T. se laisse facilement convaincre. Il se lève. Il est en chaussettes. Des chaussettes bleues. Il s'est en effet débarrassé de ses Weston sous la table du salon. Ils vont dans la chambre, au fond, sur la gauche. Les murs sont couverts de tissu noir, la moquette est beige. Valérie s'allonge sur le lit. Dans son jogging jaune, elle a l'air d'un « petit poussin » (comme aimait à l'appeler Antoine X.). Alain T. branche le téléviseur Barco, en face du lit. Il met un film d'aventures, mais ils trouvent ça ennuyeux. Il passe alors à nouveau des clips. Il s'assied sur une chaise, à côté du lit.

– Viens près de moi ! dit Valérie.

Elle a regardé sa montre. Il est presque 23 heures 30. Il faut « occuper le client ».

T. s'allonge à ses côtés.

« Aucune des victimes n'a eu le temps d'avoir des rapports sexuels avec Valérie », expliquera le juge Vuillemin.

Deux hommes gantés de noir, chacun tenant un pistolet, viennent d'entrer dans la pièce principale. Au fond, à gauche, ils entendent les échos de musique de la télé et la voix de Valérie qui, à dessein, parle fort. Les Weston d'Hattab et les santiags de Sarraud glissent sur la moquette beige.

Sans bruit.

Ils s'avancent vers la chambre. La porte est close, comme convenu.

Brusquement, ils la poussent.

« Il était 23 heures 35 précises », dira Valérie qui regarde moins l'écran télé que le cadran de sa montre.

Les deux garçons braquent T. et Valérie.

– Laurent, qu'est-ce que tu fais là ? hurle-t-elle, mimant la surprise et l'effroi.

– Salope, crie-t-il, lui donnant la réplique, je te croyais chez ta grand-mère.

T. se tourne vers Valérie :

– Qui c'est ?

– J'suis son copain ! aboie Hattab.

« Alain T. a immédiatement compris qu'il s'agissait de mon petit ami, expliquera Valérie. Je lui avais dit qu'il était extrêmement jaloux et violent. »

– Garce, poursuit Hattab, tu t'es moquée de moi.

« Lorsque j'ai essayé de répondre, expliquera Valérie, Hattab m'a dit : " Ferme-la. On t'a suivie ce soir et hier soir. T'as été à l'Apo. A ton mec, on va lui régler son compte et tu ne perds rien pour attendre. " »

Joue-t-il la fureur ? Ou est-il véritablement furieux ?

« Je dois avouer que j'éprouvais réellement un sentiment de jalousie en voyant Valérie avec cet homme », expliquera-t-il. Il se sert de Valérie comme d'un vulgaire objet, un appât, mais c'est un peu comme si lui-même avait fini par mordre à l'hameçon. Plusieurs personnes parleront de sa jalousie. Entre autres, un ex-petit ami de Valérie. (« Une fois, raconte-t-il, j'ai rencontré Valérie seule. Elle a refusé de me parler expliquant qu'elle pouvait être aperçue de Jean-Rémy et Laurent. Le soir même elle m'a téléphoné. Je l'ai questionnée, lui ai demandé si elle avait peur. Elle a affirmé que non et m'a prié de ne pas me mêler de ça, car Laurent était jaloux. »)

T. essaie de parlementer avec ses agresseurs :

– Il ne s'est rien passé entre moi et Valérie, je vous le promets. Calmez-vous.

Hattab ne répond pas. Il se tourne vers Sarraud.

– Attache-les.

Sarraud promène son regard de droite et de gauche sur les murs tendus de tissu noir de la pièce. Il donne son pistolet à Hattab, qui braque maintenant Valérie et T. avec les deux armes.

– J'vais chercher de quoi, dit Sarraud.

Il sort de la pièce. Dans le coin salon, il repère les restes de repas et les couverts. Sur un des plats, il ramasse un couteau à manche bleu dont la lame à dents de scie est graisseuse. Il tourne dans l'appartement, va dans la cuisine, puis dans le bureau. Il aperçoit les cordes à rideau pendant à une fenêtre. Il en coupe une bonne longueur, pose le couteau sur le bureau et va dans la chambre.

Muet, Alain T. est toujours assis sur le lit, à côté de Valérie.

– Mets-toi sur le ventre, lance Sarraud.

L'homme s'exécute.

Sarraud, à quatre pattes au-dessus de lui, attache ses chevilles, glisse la corde entre les jambes, puis attache les poignets dans le dos de la victime.

« J'ai noué les poignets moins serré, car il s'est plaint que ça lui faisait mal », expliquera Sarraud.

Il ligote ensuite Valérie.

Sarraud enlève du cou de T. une lourde chaîne en or. Il essaie d'ouvrir le fermoir de la Piaget.

– J'arrive pas, dit-il.

– Laisse-moi... J'connais le système, lance Hattab.

Celui-ci parvient à ôter la montre du poignet de T. Il l'empoche.

– Ton fric, il est où ?

– J'en ai un peu dans la poche de mon pantalon, répond la victime.

Sarraud enfonce sa main dans la poche et en retire une liasse de billets. Autour de 1 300 francs. A gauche du lit, sur une espèce de table de nuit, il prend une Rollex en acier et une chaîne en or.

– T'as encore du fric ? demande Sarraud.

– Dans la bibliothèque, en face du lit, il y a de l'argent... dans un livre... Le deuxième en partant de la gauche.

Au-dessus de la télévision Jean-Rémy trouve en effet une enveloppe, glissée dans un bouquin. A l'intérieur des coupures de 500 francs. Il compte : 3 000 francs en tout.

– T'as du blé encore, t'as un coffre ?

A ce moment-là le téléphone, placé au chevet du lit, sonne un coup et demi, puis reste muet.

– Qu'est-ce que c'est ça ? Pourquoi ça sonne comme ça ? demande un des agresseurs.

T., joueur de cartes averti, et spécialement de poker, invente alors un mensonge :

– Ce sont des appels de la police, dit-il. Ils veulent savoir s'il ne m'arrive rien. Les flics me surveillent.

Les agresseurs ont la trouille. Ils hésitent.

C'est sa vie que T. joue au poker. Sans doute croit-il avoir pris alors un avantage, avoir intimidé ces esprits obtus ?

« Alain T. et Laurent Hattab ont alors discuté entre eux un certain temps, racontera Valérie. Ils se sont dit notamment qu'ils étaient juifs tous les deux... »

T. a tâté le terrain. Il vient de se trouver un point commun avec Hattab : ils sont juifs, leur famille est originaire d'Afrique du Nord. Mais Hattab est un bloc de béton, où aller trouver en lui l'étincelle du souvenir de la morale, même élémentaire, de la Thora ? Il n'a reçu de toute façon aucune éducation religieuse. Le sport, le fric, les bagnoles, les filles, ce sont les quatre coins du quadrilatère de son « éducation ». Où trouver là-dedans la faille, par où s'introduire, et découvrir un reste d'humanité ?

« Il y a eu alors un moment de rémission, n'est-ce pas ? dira aux assises le président Versini. T. a demandé à boire. Sarraud est allé à la cuisine chercher une bouteille d'eau minérale... »

Mais le temps presse. Ils ne sont pas là pour « faire la conversation ». Le « moment de grâce » s'éclipse. Hattab se tourne vers Valérie :

– Toi, descends dans la rue. Y a quelqu'un qui t'attend en bas. Tu vas partir. Rentrer immédiatement à la maison.

« Cette affirmation était complètement fausse, expliquera Hattab plus tard. Si j'ai dit cela, c'est pour que notre victime ne se doute pas que nous allions la tuer car, pour nous , la décision était prise depuis le début [1]. »

Hattab enlace par la taille Valérie, qui est toujours ligotée, et la traîne jusqu'au salon où il la détache.

– Bouge pas, dit-il.

Elle regarde la vidéo qui continue de se projeter sur l'écran descendant du plafond. Hattab, lui, va dans le bureau. Il fouille les tiroirs. Il trouve deux chaînes en or, un bracelet. Il les empoche. Sur le plateau du bureau est posée une sacoche noire. A l'intérieur, il voit un portefeuille. Négligeant les cartes de crédit, il s'empare d'un millier de francs. Il prend aussi un carnet d'adresses (« Au cas où le nom de Valérie y figurerait »). Celle-ci d'ailleurs est venue le rejoindre dans la pièce.

– Hier, dit-elle, il a noté mon téléphone sur un papier. Il a posé le papier sur le bureau.

Hattab découvre le papier et l'empoche. Valérie furète dans la pièce. Elle prend le portefeuille que vient de piller Hattab. Elle l'ouvre.

A l'intérieur sont glissés quelques tickets jaunes. Elle les met dans une poche de son jogging.

Des tickets de métro.

Ils retournent dans le salon. A-t-elle cette fois encore entendu des cris ? A-t-on essayé de « faire parler » Alain T. comme Antoine X. ? « Elle prétend ne plus avoir supporté les cris, s'être sauvée dans la voiture puis, après avoir attendu, avoir pris un taxi et être rentrée chez sa mère », écrira le psychiatre.

Selon Sarraud, elle serait restée à « regarder la télé » pendant un bon bout de temps. Béatrice T. fait ce commentaire désabusé :

« Pourquoi mon frère n'a-t-il pas mangé avec elle ? Puisqu'il n'avait pas dîné... Moi je pense qu'ils n'ont pas eu le temps de dîner, ni lui ni elle. Et que c'est après qu'elle a mangé le saumon et les crèmes de roquefort... En regardant la télé, pendant que les deux autres “ s'occupaient ” de mon pauvre petit frère... »

Hattab dit à Valérie :

1. Selon les premières déclarations d'Hattab à la police.

– Va nous attendre dans la voiture. J'l'ai pas fermée à clef. Elle est au bout de la rue...

Il lui aurait aussi demandé de voir « s'il n'y a pas de flics dans le coin » et de les prévenir dans l'affirmative.

En tout cas, Valérie sort bien de l'appartement et va s'installer dans la Lancia garée à l'entrée de la rue Théodore-Ribot. Elle attend là une demi-heure, une heure. Elle s'impatiente.

« Elle pousse l'audace jusqu'à téléphoner chez T. », s'exclamera maître Szpiner aux assises.

Appelle-t-elle d'une cabine ? D'un café ? C'est un répondeur qu'elle obtient à l'autre bout du fil. Simultanément, au quatrième étage de la rue Théodore-Ribot, le téléphone sonne encore « une fois et demie ». Hattab et Sarraud s'en effraient. Ils ne comprennent pas que l'appareil est branché sur répondeur.

« Nous avons tenté de faire dire à la victime s'il avait un coffre », expliquera Hattab aux policiers. Il va à nouveau fouiller dans le bureau. Dans le placard, il découvre plusieurs paquets cadeaux portant le sigle de boutiques de luxe de la rue Saint-Honoré : HONORÉ 316, LAURA FRANCE. Il ouvre les paquets un à un. Ce sont des cadeaux de Noël que T. destinait à sa famille.

Fébrilement, il en extirpe un briquet Cartier en métal blanc et laque noire. Il l'empoche, n'oubliant pas de prendre avec le bon de garantie. Poursuivant sa « course au trésor », il récupère encore quatre stylos Dupont (avec garantie !), un agenda Cartier 1985 à tranche dorée, une ceinture Cartier marron, un porte-clefs de couleur bordeaux. Il fourre le tout dans son blouson et dans une boîte en carton blanc au sigle LES MUST DE CHEZ CARTIER. Les autres boîtes, il les enfourne dans un sac plastique traînant au sol.

Il revient alors vers la chambre, où Sarraud surveille la victime allongée sur le lit.

– J'ai trouvé des bijoux. T'avais pas raconté qu'y avait des bijoux. Alors si y a encore des caches ou si t'as un coffre, va falloir le dire.

T. affirme ne plus rien avoir. Hattab ne le croit pas.

– Faut l'emmener au bureau, comme ça on pourra fouiller là-bas tranquillement.

Ils prennent chacun la victime par un bras et la traînent jusqu'au bureau où ils la jettent au milieu du lit couvert d'un patchwork mauve. Les deux garçons fouillent partout. Pas de « coffre », pas de « trésor ». Ils regardent jusque sous le lit d'où Hattab sort des cartons. Ils ne contiennent que des cassettes vidéo. A bout de nerfs, ils s'assoient à côté d'Alain T. qui ne dit pas un mot. Eux aussi sont muets.

« On est restés comme ça au moins un quart d'heure, pratiquement sans parler », dira Hattab.

A une quatrième reprise retentit la sonnerie du téléphone : une fois et demie.

– C'est la police qui appelle, réaffirme Alain T.

Hattab et Sarraud se regardent. Sarraud fait un mouvement de tête enjoignant à son complice de sortir avec lui de la pièce. Ils se retrouvent dans le salon.

Il « faut » le tuer.

« J'ai compris que c'était mon tour », dira plus tard Hattab[1]. Et maître Szpiner de commenter : « Une forte amitié lie Hattab et Sarraud. Ils échangent un serment de sang. Mais c'est avec le sang des autres qu'ils le scellent. J'ai donné le sang de Antoine X., à toi de donner celui de T. »

Hattab regarde le 7,65 qu'il a dans ses mains. Avec un pistolet, c'est plus facile. Sarraud ramasse une télécommande ; il hausse le son de la vidéo :

– Ça amortira le bruit.

Hattab regarde son arme :

– J'peux pas ! dit-il.

Au sixième étage d'un immeuble voisin, une vieille dame de 82 ans, Mme L., se tourne et se retourne dans son lit. Elle ne parvient pas à trouver le sommeil. Elle se lève, enfile sa robe de chambre. La nuit est fraîche. Il est entre 1 et 2 heures du matin. Elle regarde au-dehors. Juste en face se trouve l'immeuble de la rue Théodore-Ribot. Au quatrième étage, une seule fenêtre, carré d'or dans la nuit, est éclairée. C'est celle du salon d'Alain T.

1. Selon les premières déclarations d'Hattab à la police.

« J'ai vu les jambes d'un homme qui marchait dans le salon », dira-t-elle à la police.

Valérie, après avoir donné son coup de fil chez Alain T., revient dans la Lancia. Elle attend là une bonne heure. A la fin, elle n'y tient plus. Elle fouille dans la boîte à gants où elle trouve un paquet de Kleenex. Elle prend un mouchoir de papier, griffonne dessus le mot BASTILLE (c'est ainsi qu'elle désigne l'appartement de sa mère, par opposition à « Neuilly », pour celui de Courbevoie). Elle sort alors de la voiture, prend un taxi et rentre rue Wagner. A son arrivée, sa mère, qui n'est pas encore couchée, lui demande :

– Qu'est-ce que tu fais là ? Pourquoi n'es-tu pas rentrée à Courbevoie ?

– J'me suis engueulée avec Laurent.

Valérie débarrasse son lit des ours et poupées qui l'encombrent. Elle se couche.

4 heures du matin : tout est accompli. Hattab et Sarraud ont refermé à clef la porte du bureau. Derrière repose le corps ensanglanté d'Alain T. : mort. Accrochée à la poignée de la porte, se balance encore une petite plaque en plastique orange. Inscrit dessus, en lettres blanches :

Don't disturb.

L'un des garçons jette la clef du bureau au hasard, dans la pièce principale. Sur la moquette, au pied d'un fauteuil de cuir noir, repose un coupe-papier doré couvert de sang. Ils éteignent les lumières. Plus rien ne bouge dans l'appartement que, sur le grand écran vidéo du salon, un film en couleurs qui continue de se projeter, son coupé.

Sarraud claque la porte palière. Sans allumer l'électricité, ils descendent les escaliers.

Dehors, dans la rue Théodore-Ribot, pas l'ombre d'un chat. Ils ont les poches bourrées de bijoux, stylos, briquets. L'un des garçons tient à la main un sac poubelle en plastique : à l'intérieur, toutes sortes de boîtes et d'écrins vides. Les emballages des objets volés...

Ils marchent à pas rapides vers la Lancia garée non loin. Hattab fouille dans les poches de son blouson.

– Bon Dieu, où j'ai foutu la clef de contact ? Tu vois pas qu'j'l'aie oubliée là-haut...

Ils sont chacun d'un côté de la voiture, Hattab côté conducteur. Il s'énerve, s'affole, palpe ses poches.

Un éclair de feu jaillit soudain, en même temps que retentit une terrible déflagration. L'odeur forte de la poudre leur monte au nez.

– Bon Dieu, qu'est-ce qui se passe ? s'exclame Sarraud.

Blême, tremblant, Hattab bafouille :

– Le 7,65...

L'arme, placée dans la poche intérieure du blouson, est « partie toute seule ». La doublure blanche est brûlée, crevée.

– Bordel, qui c'est qu'a engagé la balle dans le canon ? lance Hattab. J'ai failli me flinguer, dis donc. J'ai eu chaud aux pieds, dis donc. La balle, elle m'est passée à ça de la Weston...

Hattab sort l'arme, enlève le chargeur et manœuvre la culasse. Une douille est éjectée.

– Faut retrouver la douille ! dit-il.

Cette phrase, qu'il vient de prononcer, sans doute l'aura-t-il entendue dix fois dans des films noirs.

A quatre pattes, ils « cherchent la douille ». La découvrent dans la rigole. Hattab retrouve aussi la clef de contact dans une de ses poches. Ils montent alors à bord de la Lancia. Sur le volant, ils voient le message de Valérie inscrit sur un Kleenex : BASTILLE.

– Cette conne, elle est rentrée chez sa mère et c'est elle qui a les clefs de Courbevoie, où on va dormir ?

Ils foncent vers la rue Wagner. Il est trop tard, ou trop tôt pour aller sonner chez Valérie. Ils donnent cependant, mais en vain, quelques coups de klaxon. La jeune fille ne montre pas sa tête à la fenêtre du deuxième étage.

Ils se garent, puis examinent leur butin. Pour le partage, Hattab prend la Piaget en or, l'accroche à son poignet.

– J'connais quelqu'un à qui la fourguer.

Il s'attribue encore une chaîne en or, un bracelet et un porte-clefs Cartier, plus 2 500 francs en liquide. Sarraud, lui, a droit à la Rollex en acier (qu'il accroche à son poignet), à une chaîne en or, un stylo Dupont et 2 500 francs. Le reste, qu'ils conservent dans la boîte en carton blanc au sigle LES MUST DE CHEZ CARTIER, c'est la part de Valérie : une chaîne en or, deux stylos Dupont, un agenda, une ceinture Cartier, plus 2 000 francs.

Ils font un somme dans la voiture.

A l'aube, ils vont prendre leur petit déjeuner dans un café de la Bastille. Sarraud, pourtant, a du sang plein son pantalon.

Quand ils reviennent, rue Wagner, ils rencontrent Christian C., l'ami de la mère de Valérie, qui part à son travail.

– Qu'est-ce qui se passe ? demande-t-il à Laurent Hattab.

– Valérie a gardé la clef de « Neuilly », on a dû coucher dans la voiture.

M. Christian C. appelle Valérie par l'interphone :

– Il y a tes copains en bas, ils ont couché dehors...

– On s'est disputé hier... Je descends, dit-elle.

M. Christian C. s'en va.

« Si je n'ai rien dit à mon beau-père, expliquera Valérie, c'est que j'avais peur de Laurent. Laurent était capable de tout. »

Valérie rejoint ses complices :

– Qu'est-ce qui est arrivé ? demande-t-elle. J'vous ai attendus une heure dans la voiture et ensuite à la maison.

– Y a eu des problèmes, dit Hattab. Les flics nous ont surpris.

– Ouais, dit Sarraud, juste quand on quittait l'immeuble, « là-bas »...

– Ils nous ont tiré dessus, ajoute Hattab.

Il lui montre la doublure du blouson, brûlée et trouée.

– Heureusement que j'l'ai tiré par le blouson, sinon, la balle, c'est dans le bide qu'il se la prenait, dit Sarraud. Heureusement...

– Ouais, mais c'est le blouson qu'a tout pris, j'ai eu chaud, dit Hattab.

« Si Laurent a raconté ça, expliquera plus tard Jean-Rémy Sarraud, c'était pour faire le *fier-à-bras.* »

Valérie donne à Laurent la clef de « Neuilly ».

– On se retrouve à midi à l'atelier, dit-il.

Le « fier-à-bras » prend la clef de « Neuilly ». Il sort d'une de ses poches le porte-clefs Cartier en cuir bordeaux, volé à T.

Il y accroche la clef.

Vers midi Myriam, une amie d'Alain T., passe à la boutique de celui-ci, rue du Caire. Elle l'attendra jusqu'à 13 heures.

En vain.

Valérie quitte Jeep et se rend à l'atelier, au cinquième étage du boulevard Sébastopol. Dans le local aux murs brûlés par l'incendie, elle ne trouve pas Laurent, mais M. Hattab, son père, qui joue aux cartes avec quelques amis. Sarraud arrive, seul. Il l'emmène déjeuner. Valérie le presse de questions :

« Il m'a fait comprendre qu'Alain T. avait été tué, mais il ne m'a pas dit par qui. Il a très peu parlé. »

– Des gens nous suivent, ils nous surveillent. J'peux pas causer ! souffle Sarraud.

Sur le répondeur automatique d'Alain T., on relèvera plus tard un appel enregistré ce jour-là : « Fuck, fuck, fuck, tu l'as dans le cul maintenant. »

Il semble que ce soit une voix de femme. Valérie, à qui la police fera entendre la bande, dira ne pas reconnaître cette voix.

L'après-midi, la jeune fille le passe à son travail, chez Jeep. A 17 h 45, Gabriel T., prévenu par la concierge de la rue Théodore-Ribot, découvre le cadavre de son frère Alain, la poitrine criblée de coups portés avec une arme tranchante. La Crime est bientôt sur les lieux.

Ce même après-midi, Mme Hattab fait des comptes, installée derrière son bureau situé boulevard Sébastopol.

Laurent, son fils, vient d'entrer dans la pièce.
– Dis-moi, Laurent, tu n'aurais pas un stylo ?
Le jeune homme sort de la poche intérieure de son blouson un stylo en or, un Dupont.
– Tiens, je te le prête.
Mme Hattab appose sur des papiers quelques signatures, puis rend le stylo à son fils.
– Garde-le, je te le donne, dit-il.
Il fouille encore dans une de ses poches, en sort un bon de garantie qu'il offre aussi à sa mère : référence 44 KGC 93, HONORÉ 316.
« Il ne m'a pas précisé la provenance de ce stylo, expliquera Mme Hattab, et je ne lui ai rien demandé à ce sujet. Le fait qu'il possède un stylo Dupont n'avait en soi rien d'inhabituel ou d'insolite. Laurent avait largement les moyens de s'offrir une telle chose. Je ne me suis posé aucune question. »
Ce stylo appartenait à Alain T.

Quelques quarts d'heure plus tard, Hattab, et Sarraud qui vient de le rejoindre, vont rue du Caire, chez Jeep, chercher Valérie. Ils stationnent devant la boutique avec la Lancia. Valérie saute à l'intérieur. Elle passe rue Wagner. Sa mère la trouve « détendue ». Valérie prend quelques vêtements, puis part avec les deux autres à « Neuilly ». En cours de route Hattab pose sur les genoux de son amie une boîte blanche LES MUST DE CHEZ CARTIER. Elle l'ouvre, aperçoit à l'intérieur une liasse de billets, une ceinture Cartier, un agenda 1985, une chaîne et un bracelet. Comme on épingle des décorations sur la poitrine d'un soldat méritant, Hattab accroche au cou de Valérie la chaîne, et à son poignet le bracelet. Elle remarque qu'Hattab porte une Piaget en or et Sarraud une Rollex.
– D'où ça vient ? demande-t-elle.
Laconique, Hattab répond :
– De là-bas.

A Courbevoie, Laurent et Jean-Rémy lui expliquent qu'ILS ont étranglé Alain T. puis qu'ILS l'ont poignardé avec un coupe-papier.

Valérie va dans la salle de bains. Comme « la première fois », elle aperçoit, dans le bidet, trempant dans une eau savonneuse, le pantalon de toile marron Cyril Cachan de Jean-Rémy.

L'eau est rouge de sang.

Elle revient dans le salon.

– J'en ai marre. J'veux plus que Jean-Rémy habite ici !

Elle s'engueule avec Hattab. Celui-ci explique que Jean-Rémy c'est son pote, et qu'il n'est pas question qu'on le foute dehors, car il n'a pas où loger. Quelques instants plus tard, sans doute par provocation, Valérie téléphone « à une copine ». Elle lui parle longuement et en détail d'un de ses « ex ». Crevant de jalousie, Hattab entend tout, fulmine. « J'ai eu nettement l'impression qu'elle se foutait de moi. C'est là que j'ai perdu mon sang-froid. »

Il arrache des mains de Valérie le combiné, crie à la « copine » :

– J'vais lui régler son compte !

Il raccroche, puis frappe à la face sa petite amie d'un coup de poing.

Elle hurle. Et s'en va se coucher, la lèvre fendue et l'œil abîmé.

Le lendemain, à 10 heures, Laurent et Jean-Rémy prennent la Lancia et s'en vont. Valérie, le visage enflé, ne veut pas aller chez Jeep. Pourtant ses patrons lui ont déjà fait plusieurs réprimandes pour ses retards. Ils viennent même de lui envoyer une lettre recommandée, rue Wagner, pour lui donner un premier avertissement.

Elle appelle sa mère. Elle lui demande de téléphoner à la boutique, parce qu'elle a mal aux yeux et ne peut travailler.

Sa mère s'inquiète un peu : Valérie a souvent mal aux yeux en effet, après des crises de nerfs ou des pleurs répétés.

– Tu es sûre que ça va ?

– Oui, tout va très bien.

Dans la matinée, le patron de chez Jeep reçoit un coup de fil :

– Ma fille est malade, elle doit passer chez le pharmacien, elle a très mal aux yeux. Elle viendra travailler en début d'après-midi...

Vers midi Valérie rentre à Paris par ses propres moyens. Sans doute aura-t-elle pris le bus 176 à Courbevoie, jusqu'à la station de métro Pont de Neuilly. Une occasion peut-être d'utiliser les tickets volés chez T.

Son unique larcin.

Valérie passe au pressing Sprint-Press, rue de Réaumur, y dépose un pull blanc. A 13 heures, elle arrive chez Jeep. Son patron remarque qu'elle a les yeux gonflés, mais il ne note pas d'hématome ou de trace de coups. Elle a de nouveaux bijoux : au cou une chaîne en or, au poignet un bracelet d'argent.

Jean-Rémy conduit Laurent à Saint-Mandé où celui-ci va « voir son petit frère » et tentera aussi d'écouler la Piaget. Vers 15 heures, Sarraud passe au garage de la Roquette. Il rend la Lancia de location et récupère l'Alfa Romeo noire d'Hattab.

« Ça fait vingt jours qu'elle est réparée, l'Alfa, lui dit le garagiste, pourquoi n'êtes-vous pas venus la prendre avant, vous étiez prévenus pourtant ? »

Jean-Rémy, qui conduit sans permis, va chercher alors Hattab chez lui, puis Valérie, chez Jeep. Ils se rendent rue Wagner. Seuls Valérie et Laurent montent à l'appartement. La mère de Valérie, Isabelle V., est là.

– Tu vas mieux ? demande-t-elle à sa fille.

– Tout va bien, répond Valérie.

Les deux jeunes gens partent. Quelques instants plus tard arrive Christian C., ami de la mère. Il remarque, abandonné sur un fauteuil, un exemplaire de *France-Soir*. Il s'étonne. Ni lui ni Isabelle ne lisent ce journal.

– C'est sans doute Laurent qui l'aura oublié, dit-il.

Il y jette un œil.

En page 3, juste à côté de la photo très déshabillée de la « vamp du jour » (une blonde rutilante tenant à la main une fleur : « Qui veut le bouquet de Violette », dit la légende), un titre en gros caractères : LE FRÈRE DE L'AVOCATE [...] TROUVÉ LIGOTÉ ET POIGNARDÉ.

Il est fait allusion dans l'article (signé J.-M. Brigouleix) aux circonstances presque analogues des meurtres d'Antoine X. et Alain T. La page entière est consacrée aux faits divers : cinq meurtres y sont retracés de même que l'agression d'une famille dont on a retrouvé tous les membres ligotés. Les gangsters étaient masqués. Ils ont tout volé dans l'appartement. Mais, à la différence de Sarraud et Hattab, ils n'ont pas jugé bon de tuer leurs victimes...

Des victimes, il en est question à « Coubevoie/Neuilly » ce soir-là. Pas des anciennes. (Du passé, on ne parle pas, c'est quasi tabou.) Mais des nouvelles. Celles qui sont « sur le feu », comme dira le président Versini.

« Laurent m'a dit qu'il fallait que je trouve une autre victime parce que nous n'avions pas encore suffisamment d'argent », expliquera Valérie.

Un candidat se présente sans qu'on le sonne. C'est Pierre M., *alias* le « rescapé », qui appelle à nouveau Valérie, sans doute pour continuer à jouer à la souris et au chat... Ils échangent des banalités.

– Je te rappelle plus tard pour qu'on se voie, lui dit-elle.

Il ne la reverra plus. Sinon en photo, à la première page de *France-Soir*, tout juste quatre jours plus tard. André R., par contre, l'autre « rescapé », l'homme à la Jaguar rouge, reçoit un appel de Valérie à son bureau. Il est absent, elle lui a laissé un message.

« J'ai appelé chez elle, rue Wagner. J'ai eu sa mère qui m'a dit qu'elle n'était pas là. Comme Valérie m'avait fourni antérieurement le numéro de son " cousin " (en fait, celui de Courbevoie), j'ai appelé ce numéro. Valérie y était. Elle m'a demandé qui m'avait fourni ce numéro, et je l'ai bluffée en lui disant que c'était sa mère. Il n'a été fait aucun commentaire sur son comportement antérieur et il a été convenu que nous nous téléphonerions en fin de semaine... »

André R. était-il la troisième victime prévue ? En fin de semaine, Valérie, le 22 décembre précisément, doit prendre l'avion pour rejoindre son père à Marseille où elle va fêter Noël. Ce billet d'avion, maître Pelletier l'agitera au-dessus de sa tête, pathétiquement, lors du procès : « Le 22, lancera-t-il, tout est fini, elle rejoint son père, et tout est fini. »

Mais Sarraud affirmera qu'ils devaient « monter sur un coup » le 20 décembre. Et ce 20 décembre, Valérie aurait donné à Bébert un rendez-vous pour qu'ils dînent ensemble.

Dans le sac de la jeune femme, par ailleurs, les policiers trouveront, sur un tract publicitaire Locatel, l'adresse de celui-ci avec, en regard, écrit « 4 fois », soit le nombre de coups de sonnette qu'il faut donner pour qu'il ouvre. Homme de la nuit, Bébert est méfiant, surtout depuis la mort de son vieil ami Antoine X.

Valérie niera tout cela en bloc : « Le jour où la police m'a interpellée, au magasin, je n'avais pas encore fait de choix. »

Y a-t-il vraiment quelqu'un d'autre « sur le feu », comme dira le président aux assises...

Les deux meurtriers ont-ils par ailleurs songé à recruter une « autre chèvre », un autre « appât » qui remplacerait Valérie absente ?...

Le mercredi 19 décembre, au matin, Valérie part travailler chez Jeep. Dans la journée, elle donnera plusieurs coups de fil. D'abord à son « ex », Pascal. « C'est ma mère qui a répondu, confirmera celui-ci, j'étais en week-end à Deauville. Valérie n'a laissé aucun message. »

Elle appelle aussi son amie Valérie Y. qu'elle n'a plus revue depuis un an :

– Viens me voir, ça ne va pas, j'ai le cafard.

– T'as du culot de m'appeler après ce que tu m'as fait.

Valérie Y., en effet, n'a pas digéré encore la raclée que lui a donnée, un an auparavant, un petit ami de Subra, d'autant que ladite Subra, qui assistait au spectacle, n'a pas levé le petit doigt pour la secourir.

Mais elles finissent par se rabibocher.

Valérie Subra donne à son amie un rendez-vous à 18 heures, chez Jeep. Quelle est son intention ? se confesser parce qu'elle craque ? trouver une nouvelle recrue ?

Vers 13 heures, Christian C., l'ami de la mère de Valérie Subra, passe à son domicile de Courbevoie. Il l'a prêté à Valérie, cependant il y a laissé quelques affaires. Il est sûr de n'y trouver personne. En principe, Laurent, Jean-Rémy et Valérie devraient être à leur travail.

Il a la clef. Arrivé par l'ascenseur au treizième étage, il ouvre la porte du deux pièces. Dans le hall, il aperçoit immédiatement, posé sur un bahut, un énorme pistolet noir. Aussitôt, Laurent Hattab apparaît : torse nu. Ou du moins en train d'enfiler une chemise.

– Tiens, vous êtes là, dit Christian C.

Il entend du bruit au fond de l'appartement, des bruits de douche :

– C'est Valérie ?

– Non, c'est Jean-Rémy, il fait sa toilette.

– Et ça, c'est quoi ?

Christian C. vient de prendre le pistolet.

– Ne vous inquiétez pas, c'est rien, dit Laurent, c'est un pistolet d'alarme, je l'ai toujours dans ma voiture.

Christian C. ne s'y connaît pas en armes. Il soupèse l'objet. Le trouve « un peu lourd pour une simple arme destinée à intimider ».

Cependant, il croit Laurent. Il voit en lui un garçon « solide et équilibré ». Il prend ses affaires et s'en va.

Les deux garçons s'habillent. Ils ont rendez-vous vers 18 heures 30 au Sélect, rue Saint-Denis, avec Valérie et « une de ses copines ».

A 18 heures, une ravissante jeune fille blonde de quinze ans, avec une petite queue de cheval qui lui balance sur la nuque, pousse la porte de chez Jeep.

– Valérie.

– Valérie.

Les deux Valérie, Subra et Y., tombent dans les bras l'une de l'autre, se font des bises, des papouilles.

– Tiens, tu veux un collant, y en a des chouettes.

Valérie Y. va essayer un collant dans la cabine du fond.

Les deux jeunes filles sortent bientôt dans la rue du Caire. La rue a été baptisée de ce nom en 1799, pour célébrer l'entrée des troupes françaises dans la capitale de l'Égypte, le 23 juillet 1798.

Avec ses embouteillages et ses innombrables boutiques, elle a d'ailleurs un peu l'air d'un souk.

– Si tu veux, dit Valérie Subra, ce soir on va dîner ensemble, chez moi, à Neuilly.

– T'as un appart' ?

– Oui, je vis là avec un copain. J'veux que tu le visites. Passe la nuit chez moi.

– Maman ne voudra pas.

– Téléphone-lui.

– Oui, si tu veux.

Au passage, d'une boutique à l'autre, de Vertigo à Coup de Foudre, de Casting à Infinitif et de Nafta-Line à Grey Gory, elles font du lèche-vitrine. Jusqu'à Absolu.

– T'as vu ce pull !

Elles entrent bientôt au café Le Sélect. Valérie Y. jette un œil sur les photos de stars collées au mur ; Boujenah, Aznavour...

– Mon copain vient nous chercher à 18 heures 30, il s'appelle Laurent. J'voudrais que tu me dises s'il est bien.

– Et comment je vais te dire s'il est bien s'il est là ?

– On décide d'un code : tu me pinces la cuisse une fois, c'est qu'il est bien, deux fois, c'est qu'il est pas bien. OK ?

Valérie Y. va téléphoner à sa mère, pour lui demander si elle peut passer la nuit chez Valérie Subra :

– Elle veut me faire visiter son appartement.

La maman accepte.

En revenant s'asseoir près de Subra, Valérie Y. lui dit :

– C'est quoi le bobo que tu as à la lèvre ?

– C'est mon copain. Il m'a donné un coup de poing. C'est un violent.

Quelques minutes plus tard, deux armoires à glace entrent dans le café : Laurent et Jean-Rémy. Ils s'asseyent à la table des deux filles. Valérie Subra fait les présentations.

– Laurent, c'est Valérie ; Valérie, c'est Laurent.

Valérie Y. pince deux fois la cuisse de Subra.

Les deux filles s'envoient un sourire complice.

– On est en retard, on a un copain qui a eu un accident, dit Laurent.

Sarraud, un peu en retrait, n'ouvre pas la bouche.

Ils partent bientôt tous les quatre rue Wagner en Alfa Romeo. Les deux filles entrent dans l'immeuble, l'Alfa Romeo s'en va.

Elles grimpent au deuxième étage. Subra, avant de sonner, confie à son amie :

– J'ai quelque chose de très important à te dire.

Elles entrent. Dans l'appartement, se trouvent la mère et la grand-mère de Valérie.

– Laurent va venir nous chercher dans une heure, dit-elle à sa mère, regarde ce qu'il m'a offert !

Elle lui montre le bracelet argenté, à son poignet, et la chaîne d'or qui pend à son cou : sa part de butin.

– Mais ils sont usés ces bijoux, remarque la mère.

Valérie pâlit, change de conversation :

– Laurent a un copain qui a eu un accident très grave...

Les deux jeunes filles vont dans la chambre de Valérie, s'asseyent sur le lit, au milieu des ours. Entre alors la grand-mère, Mme Hélène V. Celle-ci connaît très bien sa petite-fille. Elle l'a eue en charge pendant plusieurs années.

« Elle s'est mise à genoux devant Valérie, des larmes dans les yeux, elle lui a pris les mains, elle lui a dit : " Je t'en prie, s'il y a quelque chose qui ne va pas, dis-le-moi. Je sens que ça ne va pas " », racontera Valérie Y.

– Non, non, il n'y a rien, répond Subra à sa grand-mère.

Elle prend à part sa copine et lui souffle :

– Ce que j'ai à te dire est très grave.

A 20 heures 30 un coup de klaxon résonne en bas dans la rue. Les deux Valérie mettent le nez à la fenêtre. C'est l'Alfa Roméo noire. Presque aussitôt retentit la sonnette de l'interphone. Valérie entend la voix de Sarraud dans l'appareil :

– Laurent est allé à l'hôpital voir son copain. Je viens vous chercher.

Sarraud emmène les deux filles à Courbevoie, où il les laisse seules.

« Valérie, jusqu'à présent, n'avait pu me faire encore aucune confidence. Nous étions toujours en présence d'une tierce personne », confiera plus tard Valérie Y.

Quand elles arrivent dans l'appartement, au treizième étage, Subra dit à son amie :

– Si on prenait un bain ?

Elle le fait couler. Dans le bidet, tout à côté, le pantalon de Sarraud trempe dans une eau savonneuse rougie.

Les jeunes filles se déshabillent, entrent ensemble dans la baignoire. Prendre un bain à deux, c'était une de leurs habitudes, avant qu'elles se disputent.

– Voilà, souffle Valérie, je voudrais te dire...

Elle lui raconte d'abord en gros ce qu'un mois auparavant elle avait confié à Agathe dans les toilettes du La Boétie :

– Avec Laurent, on fait des coups. On a volé des bijoux...

Mais la réaction de Valérie Y. est différente de celle de Nathalie :

– Quoi, qu'est-ce que tu chantes ?

– J'ai trouvé un type riche. Je suis allée chez lui et, ensuite, j'ai ouvert la porte à Laurent et Jean-Rémy...

– Mais t'es folle, qu'est-ce que tu racontes ?

– Jean-Rémy et Laurent ont braqué le type...

– Et qu'est-ce qu'ils lui ont fait au type ?

– Du mal... Au départ, ils devaient l'assommer et le voler.

Valérie Y. bondit, nue, hors de la baignoire.

– Mais t'es folle, t'es complètement folle !

Valérie Subra se lève elle aussi.

– Du mal ? Qu'est-ce que ça veut dire, du mal ?

– Ils l'ont tué !

Valérie Y. l'insulte, puis, se calmant, elle demande :

– C'est du vent ce que tu racontes, hein ?

– Non, je te jure.

« On s'est séchées, habillées. Valérie Subra est allée chercher un numéro de *France-Soir,* elle m'a montré un article relatant l'assassinat d'Alain T. Elle ne m'a parlé que d'un seul meurtre. J'avais très peur. »

Elle lui fait des reproches :

– Comment as-tu pu faire ça ?

– Je sais pas, répond Subra. Je ne sais pas ce qui va se passer. Mais je suis obligée de rester avec Laurent.

« J'ai compris qu'elle avait peur de Laurent. »

– Téléphone tout de suite à ta mère ! Il faut prévenir la police ! Et pourquoi n'as-tu pas parlé à ton beau-père ?

A ce moment, la sonnette de la porte retentit.

– C'est eux, surtout ne dis rien, murmure Subra.

Elle va ouvrir.

« J'ai alors vu entrer les deux armoires à glace, raconte Valérie Y. Ils roulaient des mécaniques. En pénétrant dans le salon, ils ont sorti chacun de leur ceinture un énorme revolver qu'ils ont posé sur une table. J'étais terrifiée. »

Laurent dit :

– Mon copain est mort à l'hôpital.

« Et puis, peu à peu, l'atmosphère s'est détendue, Laurent et Jean-Rémy se sont mis à plaisanter. Moi aussi, je me suis détendue : Valérie raconte tellement d'histoires. Je n'y croyais déjà plus qu'à moitié à ce meurtre. »

Une minute chasse l'autre, une heure efface la précédente...

Laurent dit à Valérie Y. :

– Je vais t'apprendre à préparer un rosbif.

« Je suis allée avec lui dans la cuisine. Il a sorti et assaisonné la viande. Valérie, pendant ce temps, elle passait l'aspirateur. Laurent lui envoyait des vannes : " Alors bouboule, alors gros cul, faut qu'tu maigrisses un peu. " On a dîné tous les quatre. Laurent a fait des plaisanteries plutôt salaces. »

Hattab dit :

– Alors, ce soir, je dors avec deux petites femmes !

Valérie Subra répond :

– Ça, n'y compte pas, ce soir, je dors avec ma copine, et toi avec Jean-Rémy !

Les garçons fument. Les filles bientôt vont dans la chambre. Valérie Subra ferme la porte à clef.

« On n'a plus parlé de meurtre, raconte Valérie Y. Elle m'a montré ses nouveaux vêtements. Elle m'en a même offert, ce qui n'était guère dans ses habitudes. Elle m'a dit : " On va faire des courses ensemble, on se paiera des habits Grand Méchant Look. " »

Le lendemain Valérie se lève très tôt. Elle ne veut pas que

Valérie Y. parte avec elle. Elle se rend à son boulot, chez Jeep. Sarraud l'accompagne en Alfa Romeo, puis revient à Courbevoie.

– Passe me prendre ce soir à 18 heures à la boutique. On ira peut-être dîner chez Maman ! dit Subra à Valérie Y. avant de partir.

– Il faut que tu parles à ta mère, lui glisse Valérie Y. à l'oreille. On t'arrêtera tôt ou tard. On retrouve toujours les gens.

Il est 8 heures et quelque du matin, ce 20 décembre.

« Or, ce 20 décembre, il y avait quelqu'un " sur le feu ", lancera aux assises le président Versini. Sarraud a dit : " Valérie avait quelqu'un en vue mais je ne sais pas qui. " »

« C'est vrai, répondra Valérie, j'ai dit ça à Hattab. Mais, le 20, mon amie Valérie Y. devait venir me voir. Je n'ai jamais pris rendez-vous avec Bébert. Si j'ai dit que j'avais quelqu'un en vue c'était pour que Laurent me laisse tranquille. »

Il est 11 heures, ce matin-là. Antoine fait du rangement dans la boutique de confection de son père, boulevard Voltaire, à Paris. Il a 18 ans, c'est un colosse de 1,80 mètre. Le téléphone sonne... Il a Hattab au bout du fil :

– Allô, Antoine, je voudrais te voir...

Antoine est surpris. Il a travaillé jadis pour Laurent comme manutentionnaire au Tee-for-two, mais ils se sont engueulés (« Une histoire de nana »). Quand par hasard ils se croisent, ils s'ignorent...

– J'ai quelque chose à te montrer, poursuit Hattab.

– De quoi s'agit-il ?

– Je ne peux pas le dire au téléphone.

« J'avais l'impression qu'il ne pouvait pas parler à cause de la présence d'une tierce personne », expliquera Antoine.

– On se donne rendez-vous. A Saint-Mandé, à la Palmeraie de Marrakech, OK ? A quelle heure tu peux ?

– A 20 heures.

– Alors, à 20 heures, salut.

Hattab raccroche le téléphone et retourne finir, aux côtés de Valérie Y. et Jean-Rémy, qui est de retour, le petit déjeuner, croissant, café, chocolat. Jean-Rémy porte un pull gris à rayures sombres, perpendiculaires, ses santiags et une veste de cuir, Laurent un pantalon clair et un pull cardigan.

– On va te raccompagner, disent-ils à Valérie Y. Mais d'abord faut qu'on fasse un saut place de la Nation.

La place de la Nation, depuis quelques années, est devenue un repaire de voyous : michetonneuses et dealers y jouent à cache-cache avec les flics. S'ils ont un rendez-vous à la Nation, c'est en vue d'essayer de vendre la Piaget en or. L'Alfa Romeo et ses trois passagers foncent donc vers la Nation où ils se garent. Soudain arrivent deux flics. Jean-Rémy et Hattab défouraillent leurs pistolets et les cachent sous la moquette de la voiture. Les policiers passent. Sarraud sort, il va acheter *France-Soir* dans un kiosque. Il revient, tenant le journal grand ouvert devant lui. En rentrant dans la voiture, il éclate de rire. Il montre à Hattab un article en page 3. Hattab lit et rigole à son tour. Valérie Y., sur le siège arrière, demande :

– Qu'est-ce qui vous fait rigoler ?

– Tiens, regarde un peu la pépé, paraît qu'elle a « la sagesse de l'éléphant ».

Il lance le journal à Valérie Y.

A gauche de la page 3, elle voit la « vamp de la semaine », une superbe brune moulée dans un maillot très décolleté imitant la peau de panthère. Un petit texte se voulant humoristique décrit cette « créature de rêve » comme « appartenant à la race des grands fauves » : « Jane conjugue la ruse du serpent, la rapidité de la gazelle et la sagesse du vieil éléphant... » Mais Valérie Y. n'achève pas la lecture du texte. Juste à côté, ses yeux sont attirés par un autre titre : T. AURAIT VIOLEMMENT ROMPU AVEC UNE JEUNE FEMME...

L'article évoque le meurtre d'Alain T. Il laisse entendre que les policiers essaient de retrouver « une jeune femme avec qui la victime aurait eu une liaison orageuse... ».

Valérie Y. comprend que ça n'est pas la « vamp » qui a tellement fait rire Jean-Rémy et Hattab. S'ils sont de si bonne humeur, c'est sans doute à la pensée que « les flics » continuent de « pédaler dans la choucroute ».

Les flics, cependant, sont déjà à leurs trousses. Valérie vient d'être arrêtée chez Jeep.

Place de la Nation, les copains à qui Hattab devait « fourguer » la Piaget n'arrivent pas. Sarraud et Hattab raccompagnent Valérie Y. chez elle. Celle-ci immédiatement essaiera de contacter Valérie Subra, par téléphone, chez Jeep. Elle la rappellera plusieurs fois, et à chaque fois ses patrons lui répondront : « Elle est en courses. »

Valérie Y. va voir son petit ami. Elle lui raconte toute l'histoire. Il lui dit :

– T'es folle, c'est des pauvres types, des mythos, ils sont pas capables de tuer !

Le soir Valérie Y. téléphone rue Wagner. La mère de Subra, en larmes, lui annonce :

– On a arrêté Valérie.

Dans les bureaux de la Crime, peu auparavant, la mère de Valérie Subra a pu avoir une conversation avec sa fille. Elle la résumera en quelques mots à Christian Chardon, journaliste au *Parisien* :

« Valérie n'est pas l'égérie de la bande. Elle ne s'est pas rendu compte de la gravité de ce qu'elle faisait. Les garçons ne lui avaient parlé que de vols. Les crimes, auxquels elle n'a ni participé ni assisté, n'étaient pas programmés dans son esprit. Après le premier, elle s'est trouvée prisonnière de ses deux complices. Elle a été menacée. Elle est devenue leur otage... Valérie m'a juré qu'elle ne savait pas que maître Antoine X. allait être assassiné. Elle m'a semblé totalement étrangère à tout ce qui se passait autour d'elle. Quand je l'ai vue, elle n'entrevoyait même pas la peine qu'elle encourait. Elle avait tout avoué, tout raconté par le menu. Il lui semblait que rien ne pouvait lui être reproché. Certes, elle savait qu'elle avait mal fait, mais elle n'imaginait pas les conséquences... »

En fait Valérie se sent soulagée d'être arrêtée. Elle échappe ainsi à l'emprise de Laurent Hattab et Jean-Rémy Sarraud. Et puis elle a le sentiment d'être « innocente ». Ouvrir une porte, donner un rendez-vous par téléphone, est-ce que c'est criminel ? Elle n'a pas participé directement aux meurtres.

Ce qui explique sans doute son calme olympien quand les inspecteurs sont venus la chercher chez Jeep. Sûre de son innocence, elle demandera au commissaire Flaesch, comme une lycéenne fautive au surveillant général :

– Est-ce que je serai libre pour Noël ?

C'est-à-dire quatre jours plus tard.

A 16 heures donc, ce 20 décembre, Valérie Subra a craqué.

A 17 heures les trois inspecteurs, qui sont en train de perquisitionner l'appartement de Courbevoie, sont prévenus par radio que Laurent Hattab et Jean-Rémy Sarraud pourraient incessamment revenir à cette adresse. Le signalement des meurtriers leur est donné. Deux inspecteurs se mettent en planque au treizième étage de l'immeuble, et un inspecteur juste en bas. Ils sont reliés par talkie-walkie. A 18 heures, cinq inspecteurs se postent boulevard Sébastopol. Quatre dans l'atelier du cinquième étage et un dans la rue, muni lui aussi d'un talkie-walkie pour prévenir ses collègues de la possible arrivée d'Hattab et Sarraud.

Quelques heures auparavant, cet après-midi-là, M. Hattab, père de Laurent, sort de chez le dentiste. Il s'engage dans la rue Palestro, une rue du Sentier, où il a une boutique (jeans, velours, sportswears) ; puis balade sa silhouette de géant dans la rue Ponceau. Une pute l'aborde. Tout le monde se connaît dans le quartier, cafetiers, épiciers, marchands de tissu... Les putes après tout sont des commerçants comme les autres. Elle lui dit :

– Je suis contente que votre fils sorte avec Valérie, c'est mieux pour elle, avec ses fréquentations, elle allait mal tourner...

M. Hattab passe chez Jeep, il cherche son fils. Le patron de Jeep lui dit qu'il n'a pas vu Laurent et que Valérie « n'est pas là ». Après une courte discussion, il finit par lui avouer qu'elle a été arrêtée :

– Les policiers m'ont laissé leur téléphone et le numéro de leur bureau : 332.

« J'ai relevé ce numéro, raconte M. Hattab, et je suis allé rue du Caire où mon frère a une boutique. J'ai appelé un flic, un ami, au Quai des Orfèvres. Je lui ai dit : " Laurent fréquente une fille, il paraît que la police est venue la chercher. " Mon ami m'a répondu : " Je te rappelle. " Il était environ 15 heures 30. Il m'a rappelé à la boutique quelque temps plus tard. Il m'a dit : " C'est très grave, le bureau 332 c'est très grave. C'est tout ce que je peux dire. " J'appelle alors à la maison, rue Guynemer. J'ai ma femme. Je lui demande : " Laurent est là ? " Elle me le passe. Je lui dis : " Ça va Laurent ? J'arrive ! " A Saint-Mandé, je le trouve assis sur un canapé. Il était blanc, mais blanc ! »

M. Hattab :

– T'as passé une bonne nuit ?

– Oui, ça va.

– Dis-moi, ta copine... Valérie... Ce serait pas une terroriste ? La brigade criminelle est venue la chercher. Y a pas un problème ?

– Non, y a rien.

Père et fils échangent quelques banalités. Puis le père remet ça sur le tapis :

– Laurent, si t'as fait une connerie, je peux t'aider.

– Non, Papa, y a rien, je te jure...

Laurent Hattab n'a jamais osé allumer une cigarette devant son père, il n'a jamais osé non plus vraiment lui livrer le fond de son cœur. « Je l'ai toujours craint », expliquera-t-il au procès. Cette crainte l'obligera à se murer dans le silence.

« Tranquillisé, je suis allé me coucher, poursuit M. Hattab. Il était dans les 17 heures. Je voulais faire un somme, car le soir même je prenais la route. Je partais à Juan-les-Pins. Je me réveille vers 22 heures. J'appelle ma femme :

– Laurent est là ?

– Non, il est parti. Il m'a dit qu'il allait préparer le réveillon avec Sabine. (L'ex-petite amie de Laurent.)

« Avec ma femme, j'ai chargé la Mercedes. Je me suis dit : " Tiens, je vais aller voir Sabine. " Je ne savais pas si Laurent avait la clef de la maison. Je l'ai remise au père de Sabine... On a pris la route vers 11 heures du soir. La police avait déjà arrêté Laurent... »

A la sortie du métro Porte de Vincennes est garée une Alfa Romeo Sprint noire. Au volant, le coude posé sur la portière, une Rollex argentée au poignet, un homme fume. Il a des lunettes à monture dorée, un blouson de cuir noir, une chaîne en or autour du cou : Jean-Rémy regarde le cadran de sa nouvelle montre. Le dateur indique le 20 décembre et les aiguilles 17 heures 30. Il attend sa petite amie, ou plutôt son « ex », Marie. Elle est jardinière d'enfants. Il sait que tous les jours, au retour du boulot, elle sort par cette station de métro. Il ne l'a plus revue depuis deux mois. Depuis que « les conneries » ont commencé. Il se sent vaguement « embêté ». Un refrain ne cesse de lui tourner dans la tête : « Va falloir arrêter les conneries. »

Marie sort de la bouche du métro. Elle est blonde, cheveux courts. De grands jolis yeux verts et une belle bouche rose épanouie. Sarraud la hèle... Marie est plutôt impressionnée de voir Sarraud-le-zonard au volant d'une Alfa. Ça en jette. Bien sûr, elle reconnaît la voiture, c'est celle de Laurent qu'elle a souvent croisé à la Terrasse et autres lieux de rencontre de Saint-Mandé, mais elle en a quand même plein la vue.

Sarraud l'emmène dans un café. Ils boivent une bière. Sarraud lui fait les yeux doux. Il lui fait comprendre, à demi-mot, qu'il voudrait la revoir. Mais il n'a pas trop le temps de causer. Dans dix minutes, il doit aller prendre Valérie chez Jeep. Le soir même en effet « ils montent sur un coup », c'est ce que lui a dit Hattab. Quel coup ? Quelle est la victime prévue ? Il n'en sait rien. Lui, c'est le soldat : il obéit.

Bien sûr il ne dit pas un mot de tout ça à Marie. Pour payer les consommations, il sort un impressionnant billet de 500 francs. Il fait une bise à Marie, puis saute dans l'Alfa et démarre en trombe. La vitesse, la mécanique, il aime ça.

Après avoir affronté les embouteillages de la rue du Caire, il se casse le nez chez Jeep : Valérie n'est pas là. Il passe à l'atelier. Pas de Valérie. Il se rend alors rue Wagner. Sonne à l'interphone.

– Valérie doit arriver bientôt, attendez-la en bas.

C'est la mère de Valérie qui répond ainsi. Elle vient de passer l'après-midi au Quai des Orfèvres. Aussitôt, elle appelle la police.

– Jean-Rémy, l'ami de Valérie, attend ma fille en bas de chez moi. Il est dans une Alfa Romeo noire.

Branle-bas de combat à la Crime. L'inspecteur Jean-Louis H., plutôt petit, lunettes, jean, blouson, chaussures de sport (les flics s'habillent aujourd'hui comme les voyous), glisse son pistolet dans son holster. Avec trois autres inspecteurs, armés eux aussi, il dévale les escaliers couverts de linoléum noir râpé de la PJ. Ils prennent une 205 grise banalisée garée sur le quai des Orfèvres, « une vraie guimbarde ». Rue Wagner, ils repèrent l'Alfa noire, garée sur le côté droit avec au volant un type à lunettes, qui fume, accoudé à la portière. La vitre est baissée : chose importante. La 205 grise se gare non loin de l'Alfa. Deux inspecteurs en sortent et s'avancent vers la voiture de sport, par l'arrière. L'un se tient côté trottoir, l'autre côté rue. Quand ils arrivent à hauteur de l'Alfa, celui de droite, arme en main, ouvre brusquement la portière, celui de gauche plonge ses deux mains par la vitre ouverte, saisit le conducteur par le col de son blouson de cuir et d'un coup le tire dehors par la large fenêtre du véhicule, et le précipite sur le bitume. D'une prise, il lui immobilise un bras derrière le dos, tandis que l'autre inspecteur, qui arrive à la rescousse, lui braque son pistolet sur la tête.

– C'est toi Sarraud ?

– Oui... bredouille l'agressé, blême, effaré.

On lui passe les menottes, mains dans le dos, on le palpe de la tête aux pieds, pour vérifier qu'il n'a pas d'arme.

– Ton copain, Hattab, il est où ?

Sarraud crache le morceau :

– Il m'attend à la Palmeraie de Marrakech, à Saint-Mandé, un restaurant...

La 205 grise, avec à son bord les deux autres inspecteurs, vient se garer à hauteur de l'Alfa. Sarraud est précipité sur la banquette arrière où il se serre entre les deux policiers qui l'ont harponné.

Un inspecteur appelle par radio la Crime. Signale qu'ils partent intercepter Laurent Hattab à Saint-Mandé. Ils ont repéré où le restaurant se situe : rue Renault.

Ils foncent vers la Bastille, remontent la rue de la Roquette. Place Léon Blum, ils stoppent devant le commissariat du XIe arrondissement où ils laissent leur « colis ».

Sarraud sera livré à la Crime par panier à salade.

« Tout a été très vite, racontera longtemps plus tard Jean-Rémy Sarraud. Au départ, je ne pensais à rien. Mais quand j'ai été " déposé " tout d'abord dans un commissariat, quand on m'a mis dans une cage et que j'écoutais les conversations des flics qui venaient à tour de rôle me voir, peut-être pour pouvoir dire plus tard : " Je l'ai vu, il était dans mon commissariat ", en fait, je me sentais soulagé que ce soit la fin, c'est pour cela que je n'étais pas nerveux... »

Pendant ce temps, la 205 se lance, par le boulevard Voltaire, jusqu'à la Nation, puis Vincennes, Saint-Mandé. Ils prennent la rue Renault, s'y garent. La Palmeraie de Marrakech, un « couscous », est juste au bout de la rue. Sur les vitrines du restaurant, à gauche de la porte, un Père Noël est peint à la gouache, et, sur la droite, une scène nocturne dans le désert : la lune jaune brille dans un ciel bleu-noir. Debout sous un palmier, une jeune femme en saroual blanc indique d'une main l'entrée de l'établissement. A l'intérieur, deux ou trois consommateurs simplement. Aucun ne correspond au signalement d'Hattab. Tous sont maghrébins. Il est 19 heures 50. Les inspecteurs se mettent en planque dans la rue, sous la bâche du restaurant. La pluie tombe, drue, froide. Des odeurs de viande grillée flottent dans l'air. Le menu exposé dehors indique : *tajine, couscous, merguez...*

A l'autre extrémité de la rue Renault, Hattab presse le pas sous la pluie. Un bref klaxon retentit soudain derrière lui. Il reconnaît son copain Antoine au volant d'une Golf GTI. C'est avec Antoine qu'il a rencard à la Palmeraie. Antoine stoppe, lui ouvre la portière de son véhicule. Hattab monte à côté du chauffeur. Ils roulent 50 mètres à peine et se garent à l'intersection de la rue Renault et de la rue Jeanne-d'Arc, juste devant une boutique à l'enseigne DÉMÉNAGEMENT et en face d'un bureau de poste. Les deux garçons parlent un long moment. Non loin, le caducée vert d'une pharmacie clignote. Hattab, à son poignet, porte la Piaget en or qu'il compte « fourguer ». Ça discute ferme. Hattab sort une cigarette. L'allume avec un briquet de métal blanc laqué de noir.

« On a vu passer devant nous la Golf GTI, racontera un inspecteur. A l'intérieur il y avait deux types, genre " flambeurs du Sentier ". L'un d'eux, châtain clair, correspondait au signalement de Laurent Hattab. On les a laissés causer cinq à dix minutes. A 20 heures 10 on est intervenus. A trois. L'un de nous a foncé sur le devant de la voiture, braquant le pare-brise, pendant que les deux autres, de chaque côté du véhicule, ont ouvert en même temps les portières. On a fichu par terre les deux passagers. Antoine n'a pas fait d'histoires, il s'est laissé passer les menottes... »

Hattab, lui, se débat. On le couche sur le ventre et lui entrave les mains dans le dos avec les menottes. Il se tortille, hurle :

– Qu'est-ce que c'est ? Qui vous êtes ?

– Police.

– Les flics, j'en ai rien à foutre ! Vous savez pas qui je suis, je...

Hattab finit sur la banquette arrière de la 205. Antoine parlemente, très calmement, pour qu'on n'abandonne pas sa précieuse Golf GTI. En principe, c'est le camion grue, prévenu par radio, qui doit venir la chercher.

– On va m'la piquer ! dit-il.

On le laisse prendre le volant de sa voiture, flanqué d'un inspecteur.

Le petit convoi rejoint le Quai des Orfèvres.

Par radio, le commissaire Flaesch est prévenu : « Laurent Hattab a été interpellé. » Aussitôt il donne ordre à ses hommes en planque boulevard Sébastopol et à Courbevoie de « rompre le dispositif ».

Après ses premiers aveux au commissaire Flaesch, Valérie est interrogée successivement par deux inspecteurs sur l'affaire Antoine X. et Alain T. L'interrogatoire dure six heures. Jusqu'à 22 heures 30. Entre-temps Sarraud puis Hattab ont intégré les locaux de la Crime. On les a mis chacun dans une « cage », après le strip-tease réglementaire de la « fouille au corps ». Sarraud est interrogé le premier. Son interrogatoire, lui aussi, prendra près de six heures. Il avoue avoir tué seul maître Antoine X. Quant au meurtre de T., il y aurait participé, mais c'est Laurent Hattab qui aurait porté les coups mortels... Interrogé à minuit, Hattab nie tout en bloc.

« Il était arrogant, il roulait les mécaniques, il avait le comportement d'un voyou », racontera un inspecteur.

Interrogé sur la provenance des bijoux qu'il porte, Hattab répond :

– Le briquet Cartier, j'l'ai acheté dans un magasin, rue Saint-Honoré. J'l'ai payé en espèces. J'étais même en compagnie d'un copain. Il s'appelle Philippe. J'sais pas où il habite, mais il travaille dans le Sentier... La montre Piaget, j'l'ai achetée « en affaire » à un type drogué que j'ai vu dans le Sentier. Il m'a dit qu'elle valait 30 000 ou 40 000 francs. Je lui ai demandé si elle avait été volée. Il m'a dit « oui »...

Les bijoux sont mis sous scellés. Mais bientôt les choses se corsent, quand Hattab voit l'intitulé du procès-verbal qu'on lui demande de signer : CRIME FLAGRANT.

– Qu'est-ce que c'est, ça ? J'sais pas pourquoi vous m'arrêtez, moi. J'ai rien fait de mal. Je croyais d'abord que c'était parce que j'avais prêté mon Alfa à Jean-Rémy qu'a pas le permis... J'attends que vous me fournissiez des explications.

On l'envoie chercher des « explications » sur la banquette en bois d'une cage.

La journée du lendemain sera, pour Hattab, un véritable marathon. De 10 heures du matin jusqu'à 7 heures du soir, on va le trimbaler d'un bout à l'autre de Paris, de Courbevoie jusqu'à Saint-Mandé, rue Guynemer, et au Sentier, à l'atelier du boulevard Sébastopol et dans les diverses boutiques de son père, où il assistera à des perquisitions. On saisira ainsi, au domicile des parents, les Nike ensanglantées, qu'il portait lors de l'affaire Antoine X., des plaques minéralogiques volées au garage de la Roquette ; à l'atelier, le pistolet à grenaille Umarex ; à Courbevoie, le pull blanc et les Weston noires qu'il aurait portés lors de l'affaire Z. ; et, dans l'Alfa Romeo, un poignard Solingen et un 7,65, Unique, caché sous la moquette de la voiture.

Les policiers ont en main toutes les preuves : armes, bijoux volés, ils ont les aveux de Valérie et Sarraud. Hattab craque à son tour. Voici, d'après ses aveux (aveux sur lesquels il reviendra vingt-six jours plus tard), comment a eu lieu l'assassinat d'Alain T.

Trois jours auparavant, le 17 décembre, vers 1 heure du matin, Valérie a déjà quitté l'appartement d'Alain T. Celui-ci, encore en vie, est allongé, pieds et poings liés, sur son lit, dans le bureau. Hattab et Sarraud sont dans le salon, ils tournent en rond, hésitent.

« Jean-Rémy m'a dit : " Il faut tuer Alain, il a vu Valérie et il pourra nous reconnaître, nous aussi. " Il m'a donné le 7, 65 qu'il avait à la main, me faisant comprendre que je devais abattre notre victime avec cette arme. »

Sarraud hausse le son d'une chaîne stéréo, « comme ça on n'entendra pas le coup de feu ». Hattab continue d'hésiter : « Je ne pouvais m'y résoudre, ni avec le pistolet ni avec un couteau. »

– Je peux pas, dit-il. Fais-le, toi !

– C'est ton tour !... rétorque Sarraud. J'ai repéré un coupe-papier sur le bureau, ça pourrait faire l'affaire. Mais surtout il ne faut pas qu'il me voie le prendre, sinon il va s'exciter... Assieds-toi sur le lit à côté de lui et occupe-le...

Ils entrent tous deux dans le bureau. Hattab, comme prévu, va causer avec T., pendant que Sarraud enlève du socle de cuir noir le coupe-papier doré.

D'un geste de la main Jean-Rémy fait signe à Hattab de ressortir. Dans le salon, il lui montre le coupe-papier. Sa lame a plus de dix centimètres... Ils vont s'asseoir sur le canapé.

– Je pourrai jamais le tuer, dit Hattab.

– Moi non plus, dit Sarraud.

– On ne peut pas le laisser comme ça !

Retentit alors, de cette façon étrange qui les inquiète tant, « une fois et demie », la sonnerie du téléphone. « Cette sonnerie a augmenté notre énervement », dira Hattab. Dans l'autre pièce T. ne bronche pas.

Sarraud met le coupe-papier dans les mains d'Hattab.

– Il faut le faire.

– D'accord, mais bouche-lui la vue... et empêche-le de crier.

« J'avais compris, expliquera Laurent, que c'était à moi de tuer. »

Jean-Rémy entre le premier dans le bureau. Sur un meuble, il ramasse une écharpe en laine bleue. Il en bâillonne la victime qui, vainement, se débat. Sarraud s'assied alors tout à côté de la tête de T. et Laurent à gauche de celui-ci. Les deux garçons se regardent dans les yeux. Jean-Rémy dit quelques banalités à T. puis, soudain, il lui plaque ses deux mains sur le visage. « Ça m'a fait sursauter, expliquera Hattab, ça a déclenché en moi une réaction incontrôlable. » Avec le coupe-papier, qu'il dissimulait, Hattab frappe au hasard, dans la gorge, horizontalement, verticalement, « Je ne puis dire à combien de reprises ». T. hurle, son bâillon a glissé : « Ne faites pas ça, je ne dirai rien à la police. » Sarraud dénoue complètement l'écharpe, entoure avec celle-ci le cou ensanglanté de la victime. Il tend un bout de l'écharpe à Hattab qui le prend. Et bientôt ils tirent tous les deux dessus, essayant d'étrangler le malheureux qui continue de s'agiter. Les fibres de l'écharpe craquent. En se débattant T. tombe du lit par terre, sur le dos. Sarraud se lève d'un bond. Dans la salle de bains, il trouve un peignoir en tissu éponge rose dont il entoure le visage de T., l'empêchant ainsi de voir et de crier. Hattab frappe à nouveau, dans la région du cœur, de trois coups de coupe-papier, verticalement. Le corps a quelques soubresauts, puis retombe sur la moquette, sans vie...

« Pendant l'opération, je me suis moi-même blessé à la main droite, à la paume, avec le manche du coupe-papier de forme anguleuse », expliquera Hattab.

Maître Lombard, au procès, réfutera ces aveux et notera qu'aucun médecin, comme cela eût dû réglementairement se faire, n'a constaté cette blessure « à la paume ». M. Hattab commentera : « *Anguleux.* Mon fils n'aurait jamais employé un mot comme ça. Je suis sûr qu'il ne sait même pas ce que ça veut dire, anguleux. »

(N'est-ce pas le défaut aussi des rapports de police de reformuler dans un langage disons « classique » les propos des inculpés ?)

C'est vers 4 heures du matin, le 17 décembre, qu'Hattab et Sarraud quittent la rue Théodore-Ribot, laissant derrière eux le corps sanglant d'Alain T.

Le 22 décembre, après deux jours de garde à vue, les trois inculpés sont envoyés au dépôt du Palais de Justice : une salle énorme, en pierre de taille, voûtée, sombre. D'immenses grilles d'acier noir, montant jusqu'au plafond, se referment derrière eux. Valérie, suivie de ses comparses, est amenée devant un vieux comptoir de bois usé. Elle y dépose ses empreintes digitales : tous les doigts et la paume. Ensuite elle a droit à une photo anthropométrique. On la fait asseoir sur une antique chaise d'acajou, la chaise de Bertillon, où depuis quatre-vingt-seize ans des dizaines de milliers de malfrats ont posé leur cul. Le bois en est usé, patiné, noirci. Un énorme appareil à soufflet la mitraille : il recrachera son joli visage, de face et de profil, avec, imprimés sous la photo, le numéro de matricule et les empreintes digitales. On lui remet aux poignets les menottes. Un gendarme, la tirant au bout d'une laisse de cuir, va l'entraîner alors dans le ventre du Palais de Justice, à travers un véritable dédale de couloirs souterrains, bas, sombres, voûtés, où résonnent étrangement leurs pas. De temps à autre, à l'intersection de deux couloirs, des panneaux indiquent la 5ᵉ ou la 6ᵉ ou la 8ᵉ Chambre, auxquelles on accède par des escaliers humides. En bas de la 23ᵉ Chambre se trouvent des cages de fer où croupissent la plupart du temps un ou deux accusés attendant de passer devant le juge... Le gendarme, qui traîne Valérie au bout de sa laisse, frappe bientôt à une porte d'acier grenat où s'ouvre presque aussitôt un judas. Dans l'encadrement du judas apparaît le visage d'une bonne sœur coiffée d'un voile bleu. C'est le

« dépôt des femmes » dont s'occupent les sœurs de Marie-Joseph et de la Miséricorde. Leur sacerdoce : « Accueillir, écouter, réconforter, soigner, enseigner ceux qui sont rejetés par la société. » Le dépôt des femmes est constitué de deux étages de cellules aux portes peintes en bleu. Ce 22 décembre, indique le registre du dépôt, Valérie a eu droit à la cellule n° 11. Une toute petite pièce. Un lit étroit, en acier, avec une couverture grise. Un lavabo de faïence blanche. Une table en formica marron où sont posés quelques vieux magazines jaunis, cornés. Par terre une bassine en plastique jaune et une savonnette... Par le soupirail, s'ouvrant sur le mur du fond, on entend parfois les échos des concerts qui se donnent tout à côté, dans la Sainte-Chapelle.

Le dépôt des femmes est propret. Rien à voir avec la crasse immonde du dépôt des hommes où finiront Hattab et Sarraud.

Michel Mary est reporter à *Détective* depuis 1978. Brun, râblé, plutôt petit. Il a sillonné l'Hexagone dans tous les sens, grimpant les escaliers des HLM, piétinant dans la gadoue des banlieues sinistres, explorant pendant dix ans la face cachée, sordide, honteuse, de nos sociétés : meurtres, viols, suicides. Il ne compte plus les affaires qu'il a traitées. Des assassinats d'Antoine X. et Alain T., il avait entendu parler. Mais il n'avait pas fait le rapport entre les deux. D'ailleurs, il avait d'autres chats à fouetter. Le 20 décembre, un copain du *Parisien* l'appelle : « Les meurtriers de T. et Antoine X. ont été arrêtés. »

Il est à ce moment-là dans les bureaux de *Détective,* sis à Levallois, juste à côté d'un abattoir porcin. Dans la salle de rédaction, cinq ou six machines à écrire crépitent : ce sont les rewriters qui balancent leur copie. Dans un coin, un journaliste, des écouteurs sur les oreilles, note le contenu d'une bande sur un cahier. A *Détective* les reporters pour la plupart n'écrivent pas leurs papiers. Ils dictent des informations sur magnéto. Les rewriters décryptent la bande et traitent ces informations à la sauce maison. C'est ce qu'on appelle la division du travail. Une méthode qui fait recette depuis déjà une trentaine d'années. Bien sûr, l'hebdo n'a plus la gueule qu'il avait avant guerre, en 1928, quand Gaston Gallimard l'a créé. Y travaillaient Joseph Kessel, Francis Carco, Pierre Mac Orlan, Simenon et quelques autres... Au demeurant, c'est le seul journal français spécialiste du fait divers, dans une société qui préfère ne pas regarder ce « malsain » qu'elle ne saurait voir.

Sa face cachée.

– Alors, qu'est-ce que je fais ? demande Mary à son rédac-chef.
– Débrouille-toi, vas-y.

Aux murs de sublimes surréalistes affiches en noir et blanc, arborant ici la photo d'une victime : angélique ; là celle, inquiétante, d'un meurtrier : « Elle trompe son mari avec son amant », ou bien : « Elle exécute son amant avec un sèche-cheveux », titres flamboyants où le Mal et le Bien manichéennement s'affrontent, l'horreur et son contrepoids, l'humour noir.

Mary appelle l'attachée de presse de la Préfecture. Comme d'habitude, elle lui répond :

– Je ne sais pas grand-chose.

Mary insiste :

– C'est urgent.
– Pour nous, c'est pas urgent, dit-elle.

Il appelle un copain, au Quai des Orfèvres. Il n'apprend pas grand-chose non plus :

– C'est deux types qui assassinaient des bonshommes que leur copine draguait.

Il réussit cependant à avoir le nom et l'adresse de ladite « copine » : Valérie Subra.

Quand il arrive rue Wagner, c'est la foire.

« Devant l'immeuble, il y avait une dizaine de journalistes. Je ne sais plus qui : *France-Soir, Le Parisien, VSD, Ici Paris.* Il y avait aussi des types de la radio avec leur Nagra. La porte de l'immeuble était fermée. J'ai appuyé sur l'interphone, personne n'a répondu. Alors, coup classique, j'ai attendu que quelqu'un rentre, une bonne femme qui revenait de faire des courses, un couffin plein de poireaux à la main, et je me suis glissé derrière elle dans l'immeuble. Sur le palier du deuxième étage, il y avait encore deux ou trois reporters. J'ai tenté ma chance à mon tour. J'ai sonné. Un type d'une cinquantaine d'années m'a ouvert. Il m'a dit : " Je vais pas vous claquer la porte au nez, je suis du métier moi aussi. Mais, je vous le dis tout de suite, je ne vous laisserai pas entrer. " »

Sans doute s'agissait-il d'un ami de la mère de Valérie, qui est journaliste.

Michel Mary laisse tomber. Après tout *Détective* est un hebdo, et les quelques informations qu'il pourrait avoir ce jour-là, en perdant des heures, il est sûr de les obtenir le lendemain dans *France-Soir* ou *Le Parisien.* Il a d'autres affaires en vue.

Quand il sort de l'immeuble, il voit se soulever le couvercle orange d'une énorme poubelle en plastique gris placée sur le trottoir : apparaît l'objectif noir d'un Nikkon.

C'est un photographe « en planque ».

Ce qu'il faut en effet, c'est des photos : de la mère, du père. Mais surtout de Valérie. La minette est jolie, l'histoire excitante. Pas de bon article sans photos. Les reporters se mettent en chasse. On essaie de racoler les copains et copines de Valérie. Un de ses copains négociera pour plus de 30 000 francs une photo d'elle en petite tenue.

Le même essaiera de revendre cette photo à un autre magazine. Un free-lance se souvient d'avoir assisté à cette scène digne d'un souk de Marrakech. Au demeurant bien sûr, ce ne sont pas des tapis qu'on négocie...

– 30 000 balles mon dernier mot.

Le rédacteur en chef :

– Vous l'avez déjà vendue cette photo, elle a paru. Je vous en propose 10 000.

– Non, 30 000

– Allons jusqu'à 15 000.

Le « copain » refusera de baisser les prix.

UN TRIO DIABOLIQUE ACCUSÉ DE DEUX MEURTRES À PARIS, titre *France-Soir,* le 22 décembre.

En page 3, juste au-dessus de la photo de Valérie et de ses complices – ironie de la mise en pages ? –, est inscrit en grands caractères : NOËL : C'EST LA RUÉE SUR LES CADEAUX PAS CHERS.

Ce matin-là, M. G., gérant du Baralba, rue de Prony, sert le café à ses premiers clients. Depuis deux semaines il ne voit plus entrer dans son établissement la silhouette frêle, décontractée, de maître Antoine X. qui venait chaque matin boire un petit noir et lire *Le Parisien.*

Le quotidien, cependant, comme d'habitude, est posé là, sur le bar de cuivre. A la une : L'ASSASSINAT DE L'AVOCAT DU XVIIe : C'ÉTAIT LA BELLE VALÉRIE.

Et en pages intérieures : LE MANNEQUIN DIABOLIQUE ET SES COMPLICES PRÉPARAIENT UN TROISIÈME ASSASSINAT...

Le « troisième client » en question, quand il ouvre ce jour-là, comme bien d'autres Français, son quotidien, reçoit un « coup au cœur ».

« Le soir même de l'arrestation de Valérie, raconte Bébert, j'avais rendez-vous avec elle. C'était moi, j'en suis sûr, le troisième de la liste. La veille, elle était passée en coup de vent au Jardin de La Boétie, avec une copine. Elle m'a fait un numéro de charme, m'a dit : " Tu veux bien qu'on dîne ensemble demain en tête à tête ? ".

« Depuis cette histoire, poursuit-il, j'ai complètement changé. Longtemps, j'ai eu très peur. Je pensais qu'il y avait d'autres types dans le coup et qu'ils pouvaient me régler mon compte. J'ai piégé les volets de mes fenêtres. Pour dormir, il me fallait des somnifères. Je devenais complètement parano. Derrière ma porte, j'avais mon vieux fusil de guerre. Quelques semaines après l'incarcération de Valérie à Fleury-Mérogis, j'ai reçu un coup de fil. Une femme.

– Je vous appelle de la part de Valérie.

« J'ai tout de suite compris de quelle Valérie il s'agissait...

– J'étais une codétenue de Valérie. Je viens d'être libérée. Elle m'a demandé de vous appeler. Voudriez-vous que je lui transmette un message ?

– Remerciez-la simplement d'avoir fait flinguer maître Antoine X. qui était mon ami depuis quinze ans ! »

Bébert n'est pas le seul à éprouver – rétrospectivement – des sueurs froides. Au Jardin de La Boétie, les commentaires vont bon train. Le foie gras et le pinard ont du mal à passer dans nombre de gosiers mâles. Nombre de clients sont persuadés, en effet, qu'ils figuraient sur la « liste des élus ». Deux d'entre eux, en tout cas, ont de très bonnes raisons de le croire. Pierre M. tout d'abord, *alias* le « rescapé », celui que le « trio diabolique », comme les appellera la presse, a raté trois fois. Rétrospectivement, l'attitude pour le moins bizarre de Valérie lui apparaît dans toute sa tragique, implacable et meurtrière clarté. Il raconte son histoire à Bébert et bientôt à la police, qui découvre ainsi – ni Valérie, ni Sarraud, ni Hattab ne l'ont encore avoué – qu'en sus des assassinats d'Alain T. et Antoine X., il y a eu plusieurs autres tentatives de meurtre.

Le soir du samedi 22 décembre, rasé de frais, parfumé, élégamment sanglé, comme d'habitude, dans son blazer sur mesure, André R. vient dîner avec quelques amis au Jardin. Bébert l'accueille – inhabituellement – avec une mine d'enterrement :

– Dis donc, t'as lu les journaux ?

– Non, je débarque tout juste d'un voyage d'affaires.

– Eh bien, regarde un peu.

Bébert lui tend le *France-Soir* du jour posé sur le bar.

« A peine a-t-il vu les photos, André R. est devenu vert... vert comme les plantes grasses du restaurant, racontera Bébert. Il lui a fallu un bon bout de temps pour se remettre de son émotion... Et puis il m'a raconté l'étrange visite qu'un soir Valérie lui a rendue chez lui, en compagnie d'une superbe brune aux longs cheveux : Sonia. »

Ladite Sonia, elle aussi, a acheté le journal. Elle est effarée, elle se terre chez elle :

« Je pensais qu'ils étaient incapables de commettre un tel acte. Quand j'ai appris toute l'affaire par la presse, j'ai compris qu'ils étaient passés à l'acte... »

Par André R. la police retrouvera la trace de Sonia et la convoquera. Deux jours plus tard, c'est Agathe qui appelle Bébert :

– T'as lu les journaux, t'as vu Valérie...

Au café de l'Institut, juste en face de la morgue, Loulou, la serveuse est plutôt surprise quand elle déplie son *France-Soir* sur le bar de cuivre.

« Valérie, je me souviens très bien d'elle. C'était une amie de ma fille qui travaille elle aussi dans le Sentier. Un jour, c'était peut-être un an avant les faits, un été, j'ai vu ma fille pousser la porte du café, un grand sac Naf-Naf en nylon à la main. Elle était accompagnée d'une jolie brune. Elles revenaient de faire du shopping. La jeune fille brune m'a demandé : “ Est-ce que je pourrais manger ici, en payant bien sûr ? ” C'était Valérie. Elle était très polie vraiment, très bien élevée. Elle était sur le point, je crois, de partir en vacances. Elles ont mangé toutes les deux au fond du restaurant... Ma fille ne veut pas parler de cette histoire. Ça a jeté un “ froid ” à beaucoup de jeunes. Maintenant elle ne fréquente plus les boîtes. Elle s'est fiancée. Ce crime, c'était ignoble... »

Devant les vitrines du café passe un énième corbillard : couvert de couronnes de fleurs...

Le Sentier est traversé, lui, par une déchirure : un juif a tué un juif, le fils d'un gros commerçant a tué le fils d'un gros commerçant.

Certains témoins essentiels sont menacés, comme Valérie Y., l'ex-meilleure amie de Subra : « Un garçon m'a appelé. Il ne m'a pas donné son nom. Il voulait à tout prix savoir s'il figurait dans mon carnet d'adresses. Il a fallu que je lui lise l'intégralité des noms contenus dedans. Il ne voulait pas que son nom apparaisse dans l'affaire. J'ai compris que c'était un ami de Laurent. Il semblait avoir peur que je sois au courant de certaines choses. Il m'a dit qu'au cas où je parlerais il savait où je travaillais et où j'habitais... »

Des dizaines de nouveaux témoins sont convoqués. Interrogés sur les tentatives d'agression contre André R. et Pierre M., Jean-Rémy Sarraud avouera, Laurent Hattab et Valérie Subra nieront les faits – contre toute évidence : et pendant un an d'instruction. André R. confiera : « Valérie m'a donné des dizaines de coups de fil. Pour moi, elle savait tout à fait ce qu'elle faisait. Elle était parfaitement consciente. »

Le 8 février 1985, *Paris-Match* fait sa une avec la photo de Stéphanie de Monaco, idole sinon ex-idole de Valérie : LE MYSTÈRE STÉPHANIE : ATTEINTE PAR LE MAL DE VIVRE : « Cette semaine Stéphanie a vingt ans... Ce qui devrait être l'âge du bonheur semble pour elle une période de flottement... Elle se coiffe punk, conduit des bolides [...] danse jusqu'à l'aube dans les boîtes de nuit... »

Valérie, elle, a 18 ans. Elle n'a droit qu'aux pages intérieures : mais avec une photo d'elle, en couleurs, en train de se baigner sur la Côte d'Azur. La légende annonce : VALÉRIE L'ÉGÉRIE DIABOLIQUE.

« J'ai vu la course des journalistes à l'interview des parents, racontera maître Jean-Louis Pelletier[1]. C'était démentiel... On m'a mis le marché en main. Au début, j'ai eu une friction terrible avec un journaliste qui était arrivé chez moi comme en pays conquis en me disant :

– Vous savez on peut essayer de faire un bon papier. Collaborez avec nous. Faites-nous avoir l'interview de la mère. »

Homme du Midi, l'avocat s'emporte facilement :

– Mais où vous croyez-vous ?

– Si vous ne collaborez pas, vous allez voir ce qu'on va lui faire...

Dans le même numéro de *Paris-Match,* il est question de la levée de boucliers contre le dernier film de Jean-Luc Godard, *Je vous salue Marie,* écho lointain à l'interdiction de *La Religieuse* de Resnais, c'était il y a longtemps, si longtemps : en 1961, année de la naissance de Valérie Subra.

Mais le papier des journaux jaunit vite. L'encre s'en effrite. Dans les bureaux de la Crime, un assassin chasse l'autre. Sur les tables d'autopsie de l'IML une victime remplace la précédente.

Comme pour reprendre le flambeau abandonné par le « trio », les terroristes d'Action directe viennent d'abattre le général Audran, qui s'occupait des ventes d'armes pour le ministère de la Défense. Par ailleurs, le mystérieux assassin des petites vieilles fait à nouveau des siennes : le 20 décembre 1985, Estelle Donjoux, 91 ans, demeurant 14, rue Lacaze, XIVe, est retrouvée morte, assassinée ; le 6 janvier 1986, c'est le tour d'Andrée Ladam, 77 ans, rue Baillou, XIVe ; le 9 janvier, Yvonne Couronne, 83 ans, 8 *bis,* rue Sarrette, XIVe ; le 12 janvier, Marjem Jurblum, 81 ans, 7, rue Pelée, XIe, et Françoise Vendôme, 83 ans, rue de Charenton, XIIe ; le 15 janvier, Yvonne Schaiblé, 77 ans,

1. *Un certain sentiment d'injustice,* Jean-Louis Pelletier et Claude Sérillon, Balland, 1988.

20, rue Censier, Ve ; le 31 janvier, Virginie Labrette, 76 ans, 25, rue Wattignies, XIIe...

Il y a une accalmie ; puis la série noire reprend : le 14 juin 1986, Ludmilla Liberman, 86 ans, 61, avenue du Général-Leclerc, XIVe ; le 25 novembre 1987, Mme Rachel Cohen, 79 ans, 46, rue du Château d'Eau, Xe ; le 27 novembre 1987, Mme Geneviève Germont, 73 ans, 22, rue Cail, Xe...

Ces jours, ces mois, ces années, qu'égrène la mort des « petites vieilles », Valérie les passe, comme Laurent, derrière les barreaux de Fleury-Mérogis. Sarraud, lui, est à la Santé.

Le 21 février 1987, quatre terroristes d'Action directe sont arrêtés : Nathalie Ménigon, Joëlle Aubron, Marc Rouillan, Georges Cipriani. La photo d'une terroriste, nue, est publiée dans la presse.

M. Hattab entre dans l'étroit parloir de la prison de Fleury. Son fils le regarde, blême. Immédiatement, il lui dit :

– Tu sais, Papa, j'ai pas tué !

– Je sais, mon fils, rétorque le géant. Mais... explique-moi. Quand je t'ai dit, juste avant ton arrestation : « Si tu as fait une connerie, je peux t'aider », pourquoi tu ne m'as rien dit ?

Laurent Hattab baisse la tête :

– Je voulais que tout s'arrête !

Marie a eu du mal à obtenir un permis de visite pour voir Jean-Rémy Sarraud. Pourtant, pas un membre de sa famille ne vient le voir.

« C'était très impressionnant, raconte-t-elle. Je pensais, je ne sais pas moi... qu'il y aurait des grilles entre nous, que... et on s'est retrouvés dans un parloir minuscule, face à face... et lui qui est déjà si grand... J'étais... comment dire... émue, apeurée... J'ai eu le geste incontrôlé de reculer ma chaise... Il a souri, et puis il a parlé, de tout, de rien... Mais il ne délirait plus comme " avant "... Il ne se vantait plus, il ne racontait plus ses histoires délirantes de mythomane... Alors, peu à peu, j'ai été rassurée... Pourtant, je n'ai pas desserré la bouche, je n'ai pas proféré un mot pendant une demi-heure de parloir... Je crois que la prison, ça lui a fait du bien, vraiment... Avant, il planait... Il est redescendu sur terre... Je suis sûre que s'il sortait, maintenant, il marcherait droit. »

Sur le bras, Jean-Rémy Sarraud s'est fait dessiner un nouveau tatouage : une rose avec, écrit dessous : *Une pensée pour Marie.*

En prison, il a appris à travailler le cuir, il a refait à neuf ses santiags. Il bouquine aussi, lui qui, jusque-là, n'avait pour ainsi dire jamais ouvert un livre. Et il écrit. Des poèmes. En voici un qu'il rédigea juste après son procès. Nous le retranscrivons dans son orthographe originale :

Braves gens
Il existe un endroit ici-bas
Ou nul ne soupçonne ce qui se passe
Ou des gens passent et parfois trepassent
Sans pour cela qu'on s'en souciat

Braves gens dormez en paix
Il est minuit et il fait froid
Braves gens baisez en paix
Moi je me branle dans un lit froid

Dehort la pluie, le vent, le gel
Dedans le bruit des clefs, des pas
Peut-être un jour cela cessera
J'y crois autant qu'a la vie eternelle

Braves gens revez en paix
Soyez tranquille, pour vous y'a la loi
Braves gens ronflez en paix
Je continue mon chemin de croix

Mais que se passe-t-il, le temps s'est arrêté
Je reste morfondus à chaque TIC TAC
Pourquoi n'aurais-je pas droit à une attaque
Comme vous autres bon macchabés

Braves gens mangez en paix
Ici aujourd'hui purée de poix
Braves gens bouffez en paix
Même merde pour nous, ont nous remettra sa

La lune se couche et l'autre se pointe
Je sais le message qu'il m'apporte
J'entends déja derrière ma porte
Les matons ricanant, les mains jointes

Braves gens venez en paix
La salle serras pleine, je serai la
Braves gens applaudissez en paix
C'est pour vous qu'ils font tout ce cinéma

Braves gens vivez en paix
Cela ne vous concerne pas
Braves gens jouissez en paix
Pour vous on m'executera

Trois mois après leur arrestation, Valérie et ses complices subissent un examen psychiatrique (le 9 mars 1985). A son sujet, les médecins écriront :

« Valérie Subra est une jolie jeune fille de 18 ans. Sa présentation est aisée, son maquillage un peu voyant. Au cours de notre entretien, elle correspond plutôt à la jeune fille de famille bourgeoise, qu'elle est socialement, qu'à la " dragueuse " dont elle a joué le rôle dans le scénario des faits... Dans le récit de son enfance et de sa jeunesse, elle évite toute critique à l'égard de ses parents qui ont divorcé. [...] Les difficultés scolaires de la fillette sont évidentes, mais elles sont minimisées, comme il s'agit d'une fille... Des diplômes, d'ailleurs, Valérie n'en obtiendra aucun, fût-ce d'esthéticienne, et, dès sa majorité, elle doit se mettre au travail, ses parents et elle-même étant parfaitement d'accord pour qu'elle interrompe ses études. Valérie se trouve ainsi plongée dans le monde du Sentier...

« Il est difficile de dire quelles ont été les réactions de Valérie...

Dans son récit des faits transparaît, malgré l'indifférence dont la taxe Jean-Rémy, une certaine horreur de ce qui s'est passé, en particulier en ce qui concerne les tortures... dont elle est la seule à parler.

« Mais son immaturité affective la rend égocentrique, si bien qu'elle s'apitoie beaucoup plus sur elle et sur l'angoisse qu'elle a vécue que sur les souffrances des victimes. On a l'impression que, si elle se laissait aller à les plaindre, elle se sentirait beaucoup plus lourdement coupable des faits. La seule culpabilité qu'elle accepte est celle d'avoir ouvert la porte, comme si elle avait ignoré ce qui allait se passer, même la seconde fois...

« Par ailleurs, elle vivait la vie des jeunes filles de son âge qui travaillent dans le prêt-à-porter : très soucieuse de son apparence physique et de ses vêtements, faisant un peu de sport parce que c'est à la mode, aimant sortir en boîte et danser, accueillant facilement les hommages des hommes jeunes ou moins jeunes qu'elle y rencontrait, mais, au fond, peu consciente du sens réel de la vie qu'elle menait... Elle ne cherche pas à dissimuler la préméditation, elle est manifestement ignorante de la gravité de ses actes, même si elle n'a pas pu supporter les violences qui en ont résulté. Elle ne paraît pas consciente de la mort de ses deux victimes. Elle se placerait plutôt elle-même en victime. Et, en quelque sorte, elle l'est dans la mesure où son immaturité affective l'empêche de se rendre compte de la gravité de ses actes et de la responsabilité qui lui en incombe.

« Elle a joué son rôle comme la vedette d'un film policier et son manque de structure personnelle l'empêche de se rendre compte de la réalité des faits auxquels elle a participé : son identification personnelle est encore trop insuffisante pour qu'elle puisse résister aux influences.

« Plastique, suggestible, elle est si malléable qu'elle ne pense ni à accuser, ni à s'excuser, elle se considère comme en marge des faits. En revanche, si elle essaie de minimiser sa participation, elle ne nie rien de cette participation, même si elle affirme qu'elle ignorait que les choses iraient si loin...

« ... Son vocabulaire est suffisant, plutôt pauvre compte tenu de son milieu social. La syntaxe est correcte, elle n'emploie ni mots d'argot, ni tournures familières ou relâchées...

« ... On doit insister sur l'aspect pervers de son comportement. Il ne s'agit pas ici de perversion au niveau sexuel, mais de comportement pervers lié à une structure qui rend l'individu égocentrique, soucieux de son propre intérêt, indifférent à autrui.

« Cette indifférence permet d'envisager froidement des actions criminelles et d'y participer avec cette froideur qui a tant surpris Jean-Rémy chez une jeune fille. Cette attitude perverse se développe non seulement dans l'indifférence d'autrui et de ses souffrances, mais dans une méconnaissance et un mépris de la loi qui est méconnue par Valérie Subra à tel point qu'elle semble même ignorante de son existence...

« Elle n'assume aucune responsabilité au niveau des faits et elle n'éprouve aucun sentiment de culpabilité, pas plus à l'égard des victimes qu'à l'égard de sa famille ou de ses amis Jean-Rémy et Laurent. Elle pousse l'affirmation de son innocence jusqu'à envisager une sortie prochaine... »

Martine Anzani, le premier juge d'instruction qui fut chargé de l'affaire, est une jeune femme brune, élégante. En dehors de son métier, elle s'intéresse à la sculpture, et particulièrement à l'œuvre de Camille Claudel. De Valérie, elle dira : « Elle était molle, plutôt bovine, pas vraiment jolie, mais fraîche, et ces messieurs aiment la chair fraîche. Pas un instant je n'ai vu dans ses yeux, et dans les yeux des deux autres, la plus petite étincelle de remords. »

Pendant l'instruction, d'ailleurs, chacun essaiera de sauver sa peau en chargeant les autres. C'est vrai pour Valérie et Hattab en tout cas. Valérie minimise au maximum son rôle, disant avoir agi sous les menaces d'Hattab, et celui-ci, revenant totalement sur ses premiers aveux, dira avoir agi contraint et forcé par Sarraud, qui serait un affreux truand, un caïd qui aurait menacé par ailleurs de « faire du mal » à sa famille. Il nie avoir tué T., et dit que Sarraud seul l'a fait, tandis que lui était dans une autre pièce. Refusant de porter le chapeau, Sarraud, qui ne se fait aucune illusion sur son sort, donne une multitude de détails qui « enfoncent » les deux autres et lui-même à la fois.

En prison Valérie se rebelle.

Elle n'a pas l'impression d'appartenir à la même race que les paumées, les laissées-pour-compte de la société qui l'entourent : putes, camées, meurtrières, marginales en tout genre.

Elle pense ne pas avoir de sang sur les mains.

Elle fait le coup de poing avec les filles qui partagent sa cellule. Parce qu'elles sont trop sales. La crasse, ça l'obsède, les maladies, le sida. Avant, elle n'y pensait pas. Elle achète les magazines, elle suit la mode, elle arbore des fringues criardes, colorées, paradant devant les autres détenues miséreuses. Les heurts se multiplient. Elle fera en tout vingt-cinq jours de mitard. Les surveillantes, elle les insulte : « Salope, pouffiasse. »

A chaque fin d'année, elle écrit à son amie Valérie Y. « On fêtera Noël ensemble l'an prochain, en liberté. »

Valérie reconnaît avoir fait selon ses termes « une grosse bêtise ». Mais une chose la rassure : elle n'a pas participé physiquement aux meurtres. C'est là-dessus qu'elle fonde ses espoirs.

Elle attend tout du procès.

Le 1er décembre 1987, le meurtrier présumé des « petites vieilles » est arrêté. C'est un Noir, un Antillais, beau, grand, qui porte un anneau d'or à l'oreille gauche et « bouge du tonnerre ». Il a les cheveux ras et décolorés en blond : Thierry Paulin aurait assassiné en tout vingt femmes âgées pour leur voler leurs économies, quelques billets de 100 francs la plupart du temps. Certaines ont été torturées, lacérées de coups de ciseaux. A l'une d'elles, on a même fait avaler du Destop, un produit pour déboucher les lavabos. L'argent raflé chez les victimes servait à faire la fête aux Halles, dans les boîtes et les restaurants branchés. Cette année-là, ce fut aussi le procès du criminel de guerre nazi : Klaus Barbie. Le Tout-Paris « intellectuel » s'est précipité au tribunal et y est allé de son articulet ou bouquin de circonstance.

Le vendredi 8 janvier 1988, commence le procès du « trio diabolique ». Presque en même temps que celui des terroristes d'Action directe, qui débutera le lundi suivant, 11 janvier. Pour l'occasion le Palais de Justice de Paris est transformé en véritable fort Chabrol : barrages de gendarmes, barrières d'acier, gilets pare-balles, chiens policiers. Mais d'Action directe, les médias s'en foutent. Ou presque. C'est toujours la même chanson. La vieille scie trop entendue : « lutte contre le capitalisme, impérialisme, marchands de canons », etc. La mode n'est plus à la révolution. Les gauchistes se sont rangés.

On a mis les grands soirs dans les petits plats.

Si Action directe n'a pas la cote, Valérie Subra, elle – et elle seule (ses deux complices, mal « star-dandisables », sont mis sur la touche) –, fait la une des journaux. Elle rêvait de devenir top model. Elle fera la première page de *Paris-Match.* Stéphanie de Monaco et Anthony Delon sont enfoncés au hit-parade de la semaine. Le numéro sera vendu à 486 000 exemplaires. Sur Europe 1 les flashes publicitaires annoncent : « Tout sur le procès des trois diaboliques. »

Valérie est une star.

Éphémère.

« Aujourd'hui, n'importe qui peut être célèbre cinq minutes », disait Andy Warhol.

Au portillon du Palais de Justice et de la salle des Grandes assises, la foule se presse. Membres de la famille, amis, voyeurs, scénaristes, romanciers, journalistes, photographes, tous viennent au festin. On s'engueule avec les gardes : « Vous avez une autorisation ? », « Mais, j'vous dis que je suis de la famille ! », « Pas d'autorisation, on n'entre pas ! » C'est la ruée, « la curée », dira bientôt maître Pelletier, avocat de Valérie. La foule est fébrile, comme avant un match de boxe. Ou une corrida.

La salle d'assises sent bien son XIXe siècle. Plafonds boisés, caissons, dorures. Au milieu du plafond un énorme lustre à pendeloques ajoute à l'aspect « théâtre » du lieu.

Le box réservé au public est étroit. Placé à une des extrémités de la salle, tout juste une quarantaine de personnes peuvent s'y entasser, serrées et debout, devant une haute barrière de bois. De l'autre côté de la salle, et face au public, se trouve le long bureau derrière lequel siégeront, en son centre, le juge et ses assesseurs, et, de part et d'autre, les neuf jurés.

Juste devant le box du public, se trouve une enceinte où ont déjà pénétré les membres de la famille, les témoins et quelques invités. On y voit, entre autres, la scénariste Colo Tavernier « passionnée par l'histoire » ; Sabine, ex-fiancée de Laurent Hattab, petite, brune, frisée, les yeux rougis, un mouchoir à la main ; M. Hattab, père de l'accusé, immense, herculéen, dans un costume bleu, et la mère, Mme Hattab, drapée dans un manteau de fourrure sombre. Elle a les cheveux blancs : « En quelques mois, je l'ai vue vieillir de dix ans », dit un de ses proches. On reconnaît aussi la mère de Valérie, en tailleur gris et col roulé blanc. Elle a les cheveux blond pâle et le visage masqué par une énorme paire de lunettes fumées. A côté, son ex-mari, père de Valérie. Les circonstances les ont réunis...

Viendra aussi s'asseoir dans ce box la petite amie de Sarraud, Marie : « Jean-Rémy ne savait pas que j'allais venir, il ne m'a pas aperçue pendant le procès, cela lui aurait donné du courage. » Aucun membre de la famille de Sarraud n'assistera au jugement. Pas même son père.

Contre le mur de droite de la salle, juste à mi-chemin entre le bureau du tribunal et l'espace réservé au public, se trouve le box des accusés où donne une porte close. Le box est vide pour l'instant. En contrebas de la barrière qui l'enclôt, le banc de la défense. Maître Gambarelli, maître Pelletier, maître Lombard et leurs collaborateurs viennent de temps à autre s'y asseoir, puis ils se relèvent, échangent quelques mots avec les parents de leurs clients, plaisantent, accordent une interview express à un journaliste. Maître Lombard s'occupe des intérêts de Laurent Hattab, maître Pelletier de Valérie Subra et maître Gambarelli de Jean-Rémy Sarraud.

Le premier est grand, fin, sa chevelure blanche, savamment façonnée, laquée, quasiment acrylique, est devenue célèbre. C'est sans doute la plus médiatisée des vedettes du barreau ; le deuxième est un colosse au verbe haut, superbe ; le troisième, plutôt petit, mince, pâle, élégant. Trois physiques, trois personnalités différentes ; ils ne se causent guère.

Juste en face du box des accusés, contre le mur de gauche, c'est le box de la presse. Il est bondé. Les journalistes sont arrivés à l'avance pour avoir un siège. C'est la « lutte des places », on s'engueule, on se croirait à l'école communale. Sur ces bancs, on apercevra Renaud Vincent pour *France-Soir,* Florence Assouline pour *L'Événement,* Jean Cau de *Paris-Match,* Pierre Mangetout, *Libération,* Georges Martin, *Détective,* Alphonse Boudard, *Figaro Magazine* et bien d'autres. En contrebas du box de la presse, le banc de la partie civile : maître Fraitag, pour

Antoine X. et, pour Alain T., maître Francis Szpiner, brun, lunettes cerclées d'or, petit, mais un morceau de dynamite. Il revient tout juste d'Afrique où il a été le défenseur de l'empereur Bokassa. Autour d'eux Gene, ex-femme de l'avocat assassiné et mère de leur fils Marc, teint clair, cheveux tirant vers le roux, jolie, élégante, et les frères et sœurs d'Alain T., Béatrice, Christine et Gabriel. Tout ce monde-là discute, bourdonne sans cesse. Une multitude de toges noires à rabats blancs (fort seyantes aux vamps du barreau) vont et viennent. Stagiaires et avocats sont accourus pour assister au « match », sinon au pugilat. Ce sont des ténors qui vont s'affronter : Lombard, Pelletier, Szpiner et les autres, un combat de « poids lourds ». On vient compter les points, sinon les poings.

Entre le box de la presse et celui des accusés, se trouve un large espace, couvert d'un plancher jaune, craquant sous les semelles. Au milieu : la barre des témoins, face au bureau du tribunal. Entre la barre et le bureau, une sorte de vitrine rectangulaire posée sur quatre pieds. A l'intérieur : deux pistolets, le 7, 65 et l'Umarex à grenaille, le coupe-papier doré, le poignard, l'écharpe bleue et quelques paquets de Noël : les boîtes où furent rangés les bijoux volés à T.

L'audience est prévue à 13 heures 30. Pourtant, à 13 heures, surprise, une cloche aigrelette sonne. L'huissier habillé de noir annonce :

– La Cour.

La salle se vide rapidement. Un juge et ses deux assesseurs, vêtus de rouge, s'assoient au bureau. Entre ensuite dans son box un détenu : c'est un homme d'une cinquantaine d'années, menottes aux poignets, flanqué d'un gendarme. Sur le banc de la défense, un avocat, grand, blond, tient un discours à peu près inaudible. On comprend qu'il s'agit d'une demande de remise de peine. Personne n'écoute dans la salle, les journalistes continuent de bavarder. L'accusé a assassiné sa femme. Le juge très rapidement lance :

– La Cour ne constate aucun élément nouveau.

La demande est rejetée. L'audience est suspendue. Le gendarme remet les menottes à l'inconnu, celui-ci sort du box. Les juges quittent la salle dans l'indifférence générale.

Il y a des meurtres de série B.

A 13 heures 30 l'huissier annonce à nouveau :

– La Cour.

Par une porte qui s'ouvre au fond de la salle à droite, arrivent, en longue robe rouge et col d'hermine blanche, le président Versini et ses deux assesseurs, un homme et une femme ; ils s'assoient sur leur siège de velours. Le président est plutôt petit de taille, brun, le front légèrement dégarni. C'est un homme d'expérience. Il a présidé au Palais pendant dix ans et jugé près de cinq cents affaires. C'est aussi un homme de culture. Il a écrit plusieurs livres sur sa Corse natale. Il s'exprime avec une voix douce et une sorte de continuel enjouement.

« Quand j'ai lu la presse après l'arrestation de Valérie Subra et ses complices, expliquera-t-il longtemps après le procès[1], je me suis dit : " C'est une histoire à l'ancienne. " Suivre le bourgeois chez lui, laisser la porte ouverte aux assassins, préméditer à ce point... ça devient rare. Aujourd'hui, si on tue, c'est par hasard, ou pour s'échapper, comme dans un hold-up... Ce type de criminel endurci, le cynisme de ces meurtres à répétition, cela évoque Landru prenant un aller-retour en train, et un aller simple pour la femme qui l'accompagne. Ça m'a fait immédiatement penser à l'affaire de la " malle à Gouffé " : une petite cocotte, en 1889, avait emmené chez elle un riche huissier amateur de chair fraîche. Elle lui avait mis autour du cou, faisant semblant de jouer, une corde à rideau... Derrière le rideau, son complice, Eyraud, a étranglé la victime. Ils ont mis l'huissier dans une malle et l'ont envoyé je ne sais où, par le train... On a découvert le cadavre en décomposition. La malle à Gouffé et la tour Eiffel, ce furent les deux événements dont on a le plus parlé en cette année 1889... »

Derrière les juges, sont entrés les candidats jurés. Débarquent ensuite dans la salle photographes et cameramen, une bonne trentaine en tout que, jusque-là, on a tenus en lisière. Ils se précipitent vers le box vide des accusés. Jouent des coudes, c'est à celui qui aura la meilleure place, l'objectif déjà braqué vers la cible absente, ils attendent, tels des chasseurs à l'affût.

1. M. Xavier Versini, lorsqu'il accorda cette interview à l'auteur, avait déjà pris sa retraite.

– Faites entrer les accusés, dit le président.

La porte du box s'ouvre. Apparaît un gendarme moustachu, en blouson bleu. Il tire derrière lui, au bout d'une laisse de cuir, Valérie Subra, menottes aux mains. Pour arriver jusqu'à son box, elle a dû parcourir des centaines de mètres par des souterrains obscurs, enchaînée à son garde, de la souricière jusqu'à la salle d'assises. Elle est vêtue d'un manteau noir et d'un ensemble en laine gris. Ses longs cheveux sombres sont tirés en arrière en queue de cheval. Elle baisse la tête. Cependant on s'aperçoit que ses yeux sont rouges. Aussitôt, chacun derrière son gendarme, arrivent Sarraud et Hattab. Les flashes mitraillent les accusés. C'est un véritable peloton d'exécution. Valérie veut s'asseoir, le visage dans les mains, elle essaie de se dissimuler derrière la rambarde de bois de son box. Son gendarme l'oblige à se relever et à montrer sa tête aux caméras...

« On les a propulsés dans le box, dira plus tard maître Pelletier[1], je n'avais pas eu le temps de dire à Valérie Subra ce qui l'attendait. Elle s'est retrouvée sous les flashes. Plusieurs témoins ont dénoncé cette curée. Je dois dire que j'ai vu beaucoup de procès médiatisés, mais je n'avais jamais vu ça. »

Valérie est terrorisée, bouleversée. Mais à sa crainte se mêle un sentiment croissant de remords. Quand face à elle, dans le box de la partie civile, elle voit pour la première fois la mère, les sœurs, les frères de ses victimes...

Valérie cache son visage dans un mouchoir blanc. Sarraud, à sa gauche, vêtu d'une chemise à carreaux noirs et blancs « bon marché » et d'une veste en similitweed, baisse la tête (« Ce que j'ai vu en premier, expliquera-t-il plus tard, ce sont les photographes, les cameramen, les journalistes, vautours en tout genre, et puis toute cette foule de gens, je me suis demandé ce qu'ils venaient faire là... C'était clair : les toréadors venaient de rentrer dans l'arène et tous ces gens voulaient voir comment les taureaux allaient être exécutés »). Laurent Hattab, lui, se tient le front haut, arrogant, le menton agressif, il ne changera pas d'attitude pendant tout le procès (« Je ne baisserai pas la tête, je ne veux pas décevoir ma mère », a-t-il dit à maître Lombard). Hat-

1. *Un certain sentiment d'injustice, op. cit.*

tab porte un pull de laine beige, moulant ses pectoraux et ses épaules larges.

Le président Versini mènera les débats avec une élégance non dénuée d'ironie. Un imperceptible sourire ne quitte jamais ses lèvres. Il énonce les identités.

– Vous vous appelez Laurent Hattab, né le...

– Exact, répond l'intéressé.

– Vous vous appelez Valérie Subra, née...

De son petit doigt blanc Valérie tapote sur le micro, pour voir s'il fonctionne, puis répond, sur le ton de la lycéenne timide passant l'oral du BEPC :

– Oui, monsieur le président.

Et aussitôt, elle plonge la tête sous la rambarde de bois qui la sépare de la salle. Elle se dissimulera ainsi, « sous la ligne de flottaison », pendant tout le procès.

– Vous vous appelez Jean-Rémy Sarraud, poursuit le président Versini.

– Oui, monsieur le président.

Les gendarmes ôtent les menottes des accusés. Le président tire alors au sort les jurés. Dans une jarre en terre marron, posée devant lui, il pique une sorte de jeton où est inscrit le numéro d'un juré.

Un à un les jurés défilent à la barre. Les uns sont « acceptés », les autres « récusés », à la mine, au « feeling ». La défense a droit à cinq récusations et l'accusation à quatre.

Aux « élus », le président demande de prêter serment : « Vous jurez et promettez de ne mettre ni haine ni... » La chanson est connue. Ces phrases quasi rituelles, comme celles de la messe, ajoutent à la théâtralité de la scène.

A 13 heures 50, la greffière, assise sur la droite de la salle (presque en face de l'avocat général Guilloux, dont le pupitre est à gauche, à côté du box de la presse), commence à lire l'arrêt de renvoi de la Chambre d'accusation, d'une voix forte, que répercutent les haut-parleurs placés au plafond, de sorte qu'on a l'impression qu'il s'agit d'une voix *off,* comme venue d'ailleurs, d'outre-monde. Pendant une longue demi-heure, elle débite le récit – émaillé parfois de détails cruels – des meurtres d'Alain T.

et Antoine X., ainsi que des agressions contre André R. et Pierre M.

Au terme de son récit, va commencer une sorte de « match de boxe », d'une brutalité parfois inouïe, entre d'un côté (du ring) parquet et partie civile, et de l'autre la défense, match qui durera six jours, du vendredi 8 au vendredi 15 janvier. Dès les premières escarmouches, suscitées par l'avocat général Guilloux (célèbre par ses coups de gueule et ses métaphores violentes), on devinera l'enjeu de cette bataille : Valérie Subra.

« Les deux autres on LES a », dira plus tard maître Pelletier (ils ont en effet participé physiquement aux meurtres, pas Valérie). « On veut sa peau à elle. »

La défense se présente divisée. Chacun tire la couverture à soi. Maître Pelletier veut isoler le cas de sa cliente : « Elle n'a pas de sang sur les mains. » Même si elle a des torts, elle n'a pas participé directement aux crimes. Elle a été le jouet d'Hattab et Sarraud. Maître Lombard, lui, veut présenter Hattab comme un garçon manipulé par Sarraud. Il veut prouver qu'il n'a participé physiquement à aucun meurtre, ni à celui d'Antoine X. (que Sarraud reconnaît avoir accompli seul), ni à celui de T. qu'Hattab a cependant avoué (« Sur pressions policières », dit-il). Hattab est présenté comme un témoin passif des meurtres. Maître Gambarelli, bien sûr, se doit de réfuter les théories de maître Lombard. Le seul axe de sa défense, c'est : « Sarraud a tué Antoine X. et participé au meurtre de T., mais il a avoué, il a tout avoué tout de suite, il s'est effondré, ce qui dénote qu'il a pris conscience de son acte. Il est donc récupérable. »

La défense ne fait pas « front ». Par les brèches qu'elle laisse ainsi béantes, maître Szpiner et l'avocat général Guilloux vont enfoncer leur levier pour tenter de faire s'effondrer tout l'édifice. Ce qu'ils veulent éviter, ce sont les circonstances atténuantes. Il faut mettre les trois complices au même niveau de responsabilité, empêcher qu'on glisse entre eux le moindre distinguo, et démontrer la froide préméditation.

Laurent Hattab dessert sa propre cause. Jouant du menton, serrant les mâchoires, il plastronne. Il aboie plutôt qu'il ne parle, et se tient haut et ferme sur ses ergots, dans son box. Aux questions du président, il répond :

– J'ai pris acte que ce qui pèse sur moi est crapuleux. Si j'avais été plus mûr, ça s'rait pas arrivé. La prison m'a permis de penser.

– Et vos victimes ? demande le président.

– J'ai des cauchemars, dit Hattab.

Puis il aboie :

– Et l'assassinat, j'l'ai pas commis. C'qui faut qu'je prouve c'est qu'j'ai pas tué.

Ces mots tombent dans le silence de la salle, un silence pesant, épais, lourd.

Maître Szpiner, avocat des T., lance alors :

– Vous avez avoué le meurtre de T. Puis vous avez dit que les policiers vous ont battu.

– Oui.

– Vous maintenez ?

– Oui.

Maître Szpiner se rassied, satisfait. Comme l'écureuil, il ramasse ses provisions, non pour l'hiver mais pour l'estocade finale de sa plaidoirie.

Le président Versini se tourne maintenant vers Jean-Rémy Sarraud. Il évoque sa condition sociale inférieure... Intervient alors l'avocat général :

– Monsieur Sarraud, vous n'appartenez pas à la même classe que Laurent Hattab. Lui est bourgeois, vous prolétaire, lui est riche, vous pauvre. Alors pourquoi ? Comment êtes-vous devenus amis ?

– C'est fascinant quelqu'un qui a beaucoup d'argent.

– Et il vous en donne. Vous étiez son débiteur, donc mal placé pour lui refuser quoi que ce soit ?

– Peut-être...

L'avocat général tisse sa toile. La corde est grosse... mais solide.

– En expliquant vos impressions, pendant le meurtre, poursuit l'avocat général Guilloux, vous avez dit : « C'est facile, ça va tellement vite. »

– Je voulais dire que tout le monde peut le faire.

– Tout le monde peut le faire, s'exclame l'avocat général.

Il lève les bras en l'air, agitant les larges manches de sa toge écarlate.

Maître Gambarelli essaie de venir à la rescousse de son client :

– Il n'a pas de famille. En prison, il ne reçoit pas de visite. Il est seul, désespérément seul.

C'est Valérie Subra qui maintenant passe sur le gril. Elle fait avec ses grosses joues une jolie moue. Tapote à nouveau de son doigt sur le micro qui résonne. Le président débite son curriculum. Elle répond par oui et par non.

– Les psychiatres, dit-il, vous trouvent immature, malléable, incapable de vous rendre compte de la gravité de vos actes. Détendue, vous imaginez deux mois après le meurtre que vous serez bientôt libérée.

Valérie fait une mine ennuyée :

– Je ne me souviens pas avoir dit ça.

Penché sur son pupitre, comme sur sa branche le vautour, l'avocat général l'apostrophe :

– Avez-vous perdu votre coquetterie en prison ?

Il fait allusion aux habits gris qui lui sont peu habituels.

– J'ai compris ce qu'on me reprochait. J'ai changé.

– Je pensais que vous portiez le deuil de vos victimes, assène Guilloux.

Maître Pelletier se dresse sur son banc, il tonne de sa voix de stentor :

– Je suis ravi que vous vous intéressiez à sa toilette.

L'avocat général ironise alors sur une précédente cliente de Pelletier, venue dans le box des accusés habillée de la même façon que Valérie, et la Thora sous le bras.

– C'est scandaleux, dites tout de suite que je compose l'habillement et le maintien de mes clients, hurle Pelletier.

– Taisez-vous, rétorque Guilloux, écumant.

– On ne me parle pas comme ça, je n'ai plus l'âge. Maintenant, si vous voulez que ça se place sur le plan des décibels, je peux vous suivre parfaitement sur ce terrain.

« Ce fut un incident stupide, dira plus tard Jean-Louis Pelletier[1]... Les jurés peuvent s'apercevoir que l'avocat général est allé trop loin. Mais l'avocat aussi peut paraître ridicule. Guilloux, face à Subra, n'a pas reculé devant les outrances, les familiarités et même une espèce de vulgarité. »

Le ton se calme un peu. L'avocat général s'adresse alors à Valérie :

– Vous ne reconnaissez pas vous être prostituée. Qui payait vos repas ?

– Bébert me mettait à table avec des amis à lui. C'est pas parce que je mangeais avec eux que je me prostituais.

Le président, savourant à l'avance le petit frisson de scandale qu'il va faire courir dans la salle, dit en souriant :

– Euh... J'ai voulu faire un tour dans ce Jardin de La Boétie, ce « club échangiste », pour voir ce que c'était. Malheureusement, ce n'était plus ouvert...

Interrogé un peu plus tard, le commissaire Flaesch dira :

– Je ne pense pas qu'elle ait pu venir si souvent au La Boétie sans participer ensuite aux « soirées »...

Au psychiatre venu témoigner, maître Pelletier demande :

– Pourquoi, dans votre rapport, parlez-vous de prostitution ?

Pesant ses mots, le psychiatre, une femme dans la soixantaine, aux cheveux blancs, répond :

– Disons qu'il y a une libération des mœurs... Elle refuse de parler de sa conduite sexuelle et de son comportement très libre...

– Autrefois, intervient Guilloux, on appelait ça des « cocottes ».

Maître Szpiner, toujours sur la brèche, interroge le psychiatre :

– Valérie a-t-elle parlé de tortures ?

– Oui, elle a parlé de tortures, de cris... Valérie a donné l'impression de penser que ces faits ne pouvaient pas la mener à une sanction pénale. Il y a chez elle une méconnaissance de la LOI.

En ce qui concerne Laurent Hattab, les psychiatres parleront d'une « intelligence normale mais limitée dans ses capacités de mémorisation, d'abstraction et de synthèse ». Ils ajouteront :

1. *Un certain sentiment d'injustice, op. cit.*

« Les parents de Laurent Hattab... ont trop gâté et materné leur fils et ils lui ont enlevé tout sens des responsabilités... Les capacités psychologiques de Laurent Hattab d'assumer une situation difficile et sa propre culpabilité paraissent nulles. Au cours de l'entretien, il se plaint qu'on se permette de lui parler des faits : " J'ai envie de pleurer, je peux pas me rappeler des souvenirs comme ça ", et il fond en larmes... Il essaie d'interrompre l'entretien, dit qu'on le torture par des questions qui lui déplaisent. A un moment donné, il essaie même de se révolter et de menacer maladroitement. Il est si perturbé qu'il se considère comme une victime très à plaindre, attitude plaintive et revendicante qui contraste avec son attitude paradoxale d'insensibilité à l'égard de ce qu'ont pu subir ses propres victimes. Cette attitude irresponsable et égocentrique correspond à une attitude infantile. Les enfants ne réalisent pas la gravité des douleurs qu'ils infligent par incapacité de se mettre à la place d'autrui... »

En ce qui concerne Sarraud, une psychologue expliquera dans son rapport : « Il est manifeste que l'on trouve chez lui un certain nombre d'éléments évoquant des traits de personnalité psychopathique : il est instable, impulsif, colérique, prend des décisions sur coup de tête... A côté de ces traits, on est également frappé par le fait que tout en reconnaissant les actes qui lui sont reprochés, sans variations, le sujet a tendance à minimiser ces actes et paraît extérieurement relativement froid, de sorte qu'on peut s'interroger sur l'existence, à côté des traits de psychopathie sensitive, d'une possibilité de perversion avec passage à l'acte froid par plaisir de faire souffrir autrui... Cependant, sous cette apparence extérieure de froideur, on constate une certaine émotion, si l'on en juge par l'accélération considérable de son pouls à 130 pulsations par minute lors de l'examen. De sorte que, cliniquement, le sujet donne plutôt l'impression de présenter des traits de personnalité psychopathique et sensitive et de se donner extérieurement un masque factice de froideur... »

En d'autres termes, extérieurement, Sarraud apparaît comme un pervers froid, mais il serait, profondément, un psychopathe impulsif et émotif... Au demeurant il faut prendre les « expertises » psychiatriques avec précaution. Faites souvent de façon très rapide, dans une cellule déguisée en cabinet médical, elles n'ont de scientifique que le vocabulaire. Lors d'un débat télévisé qui eut lieu après le procès, le docteur Michel Landry déclarera[1] : « L'objectivité n'existe pas en psychiatrie. Les experts prononcent un jugement déguisé en diagnostic. »

Pour Valérie comme pour Laurent Hattab, les psychiatres parleront d'une certaine « atténuation de la responsabilité ... en raison de leur immaturité ». Mais pour Sarraud, à peine plus âgé, ils n'évoqueront pas d'atténuation de responsabilité, quoiqu'ils lui reconnaissent certains traits psychopathiques.

– Alors, s'exclamera Guilloux, prenant à partie l'expert, la psychopathie est donc moins grave que l'immaturité affective si elle n'entraîne pas une atténuation de responsabilité ?

Et Szpiner de s'exclamer :

– Comment pouvez-vous dire cela, comment pouvez-vous parler d'atténuation de responsabilité chez Hattab ?

– Il pleure, dit le psychiatre, il se considère comme une victime très à plaindre.

– Où est là-dedans l'atténuation de responsabilité ? lance Szpiner.

– Euh, dit le psychiatre.

– Euh, ironise Szpiner.

Il sourit et assène :

– L'expert est incapable de dire en quoi il y a atténuation de responsabilité.

Le psychiatre se lance alors dans une digression sur les personnalités immatures, incapables de prendre conscience de leurs responsabilités, etc.

Mais cela n'intéresse plus Szpiner. Car là encore, pour la partie civile comme pour l'avocat général, ce qu'il fallait empêcher, c'est qu'un distinguo puisse être fait entre les trois coupables. Il faut qu'ils restent sur le même plan, il faut qu'on les mette dans le même sac. Et pour l'instant ils y sont, et bien ficelés. Il s'agit aussi d'empêcher à tout prix que puissent se confondre dans l'esprit des jurés la notion psychologique d'atténuation de la responsabilité et celle, juridique, de circonstances atténuantes.

1. Dans le cadre des *Dossiers de l'écran.*

A 14 heures 30, Valérie Subra tout à coup s'évanouit. L'audience est suspendue. Elle reprend dix minutes plus tard par une série de témoignages à décharge. Sœur Bénédicte, qui s'occupe de Valérie en prison, vient à la barre en voile noir :

– Au début de sa détention, elle avait des rapports difficiles avec ses codétenues. Au départ, elle avait une tenue vestimentaire voyante, originale. Elle a changé d'habits depuis un an...

L'audience prend fin tard le soir. Le lendemain, samedi 9 janvier, *Libération* publie une très belle photo de Valérie Subra, cheveux tirés en arrière, de beaux longs cils sombres, le nez enfoui dans son mouchoir. Trait d'humour involontaire, le gendarme derrière elle se mouche lui aussi. En légende de la photo : VALÉRIE AUX PORTES DE LA NUIT.

Lundi 11 janvier, le procès du trio diabolique reprend, en même temps que commence celui d'Action directe. Gendarmes avec chiens policiers rôdent dans les couloirs, à l'entrée du Palais de Justice, les contrôles sont renforcés. Dans la salle des assises le président Versini, toujours souriant, lance, avec l'onction d'un professeur en Sorbonne annonçant le contenu de son cours :

– Nous allons examiner l'homicide commis contre maître Antoine X., le 8 décembre 1984...

Valérie pleure. Elle porte le même ensemble gris. Sarraud n'a pas quitté sa pauvre chemise à carreaux noirs et blancs. Hattab arbore un criard parka bleu et vert à dessins argentés, avec un capuchon dans le dos (« C'est pas possible. On dirait qu'il part aux sports d'hiver. Il ne lui manque que les skis ! », ironise l'écrivain Jean Cau dans le bar de la presse).

Valérie n'aura pas un regard pour ses complices.

Hattab, elle ne l'aime plus. Quant à Sarraud le paumé, le zonard, le sans-logis, il a cessé depuis longtemps de lui inspirer de la pitié.

Le président s'adresse d'une voix faussement douce à Valérie :

– Le vendredi 7 décembre 1984, cela faisait plusieurs semaines que vous « sortiez » avec Hattab ?

– Oui monsieur le président, répond-elle sagement.

– Et pendant ce temps vous fréquentiez assidûment le Jardin de La Boétie et autres endroits pour trouver des « messieurs fortunés » en quête « d'aventures galantes ». Quelle idée ça vous a donnée ?

– Laurent et Jean-Rémy savaient que je fréquentais cet endroit, qu'il y avait là des gens « aisés », il pensait que par ces gens ils pouvaient faire des cambriolages.

– On voulait vous utiliser comme appât. Il fallait aussi que vous « tourniez les sens » à quelque « amant huppé ».

– Oui monsieur le président.

Au plafond de la salle d'assises brille l'énorme lustre à pendeloques, brillent les caissons dorés. Cela a quelque chose de désuet, comme apparaissent aussi désuètes les robes rouges des juges, de l'avocat général, et leur col d'hermine un peu jauni ; comme est désuet le vocabulaire « choisi » qu'avec ironie, il est vrai, s'amuse à distiller le président : « tourner les sens », « amant huppé », « messieurs fortunés », « aventure galante ». Élève des écoles religieuses, Valérie sait bien jouer sur ce registre quand elle répond en parlant de « gens aisés ». Mais au Martin's Club, c'est d'autres mots qu'on emploie : « mecs pleins de pèze », « caves », « michés », « draguer », « allumer », « baise ». Deux mondes s'opposent, celui du parka vert vif, *made in Taïwan* peut-être, d'Hattab, et celui des théâtrales robes rouges des juges ; celui des « michetonneuses », d'un côté, et celui des « cocottes » dont quelques jours auparavant parlait l'avocat général : le XIXe et le XXIe siècle.

Ce 11 janvier, Laurent Hattab et son défenseur chercheront à charger au maximum Jean-Rémy Sarraud.

– Vous avez prétendu, lance le président à Hattab, que Sarraud faisait pression sur vous, mais vous n'en avez parlé à personne. Et vous en êtes venu à tuer deux hommes.

– J'ai tué personne, s'exclame Hattab. J'ai voulu tout arrêter après le premier crime. C'est « de sa propre réalité » que Sarraud a tué (ajoute-t-il, se prenant les pieds dans un intéressant lapsus). Il est devenu fou. Il m'a crié : « J'ai plus rien à perdre », vu qu'il avait tué. Il m'a dit qu'il était prêt à tuer n'importe qui, mon frère et même Valérie.

– Si vous avez subi des pressions, pourquoi ne pas en avoir parlé à votre famille ?

– A cause de mon père. Je l'ai toujours craint. Et j'ai eu peur qu'on fasse du mal à quelqu'un de ma famille.

Le président s'adresse à Valérie :

– Est-il exact, à votre connaissance, qu'Hattab ait été menacé par Sarraud ?

– Non, je ne crois pas. Hattab dirigeait tout. Sarraud suivait.

– Elle ne pouvait pas savoir, lance Hattab.

Le président à Hattab :

– Vous avez déclaré que vous aviez dit à la police n'importe quoi ?

– J'étais fatigué et j'en avais marre.

Le président à Sarraud :

– Avez-vous été brutalisé par la police ?

– Personnellement, je n'ai été ni frappé ni brutalisé.

Le président va maintenant enfermer les accusés dans leurs déclarations contradictoires :

– Sarraud, vous avez déclaré : « Avec Laurent, et en présence de Valérie (lors des réunions préparatoires aux agressions), nous nous sommes dit qu'il fallait tuer à cause de la présence de Valérie qui serait dénoncée. » Il y a donc préméditation ?

– Laurent a pensé, répond Sarraud, que c'était la seule solution, de tuer. Mais il a pensé ça sur les lieux du crime.

– Pourquoi cette nécessité ne vous est-elle pas apparue avant ? demande le président.

Maître Szpiner prend alors la parole :

– Sarraud, vous avez dit : « Deux à trois jours après la première discussion en présence de Valérie, en parlant, on s'est aperçus qu'il fallait tuer à cause de Valérie. Le 4 ou 5 décembre, à Courbevoie, comme on en a reparlé, Valérie a dit qu'elle pensait avoir trouvé “ quelqu'un de bien ”. Valérie a dit qu'elle avait rencontré quelqu'un... »

– Je confirme, dit Sarraud.

Szpiner :

– Maintenant on sait qu'il y a eu préméditation.

Le commissaire Flaesch, blond, veste en tweed, ton froid, tranchant, revient à la barre :

– Valérie avait beaucoup de noms sur ses carnets. Sans elle ces crimes étaient impossibles.

– Valérie est donc le pivot de cette affaire, lance Guilloux.

– Je pense que le pivot c'est Hattab, dit Flaesch.

Après avoir tenté de renforcer la thèse de la préméditation, Szpiner va soulever la question des mobiles :

– Combien d'agressions étaient envisagées ?

– Une seule, dit Hattab.

– Je ne peux pas dire exactement, explique Saraud.

– Comment le produit d'une seule agression pouvait-il vous permettre de partir aux USA ? demande le président.

– Les USA c'était un « bateau » pour persuader Valérie d'agir, explique Laurent Hattab. Elle était jeune et amoureuse de moi.

– Et quel est le motif du vol ? demande Szpiner, qui ne lâche pas sa proie.

– Rendre service à Jean-Rémy, dit Hattab. Il n'avait pas d'argent.

– Et le mobile de Valérie ? demande le président.

– Parce que j'aimais Laurent, répond-elle. Je faisais ça pour partir avec lui aux USA.

– Quand vous avez vu Hattab avec le 7, 65, dit Szpiner, vous ne craigniez pas que le vol tourne mal ?

– Il n'était pas question de tuer, affirme Valérie.

– Il me semble que oui, affirme Sarraud.

– Comment pouviez-vous imaginer que vous pouviez vous en sortir sans tuer ? rétorque Szpiner.

D'une voix calme, le président assène :

– Le témoin Sonia va dire qu'il était question de tuer.

Dans un cri désespéré Valérie lance :

– Non !

Guilloux revient sur les mobiles :

– Hattab, vous n'aviez pas d'argent, vous aviez un découvert bancaire.

– J'avais des espèces.

– Votre père a eu des déboires. Celui qui vous donnait des subsides ne travaillait plus.

– Vous faites le procès de mon père, lance Hattab, furieux.

Le lendemain mardi 12 janvier 1988, commence le troisième round de ce match judiciaire. A 13 heures 30, les accusés entrent dans leur box. Valérie et Sarraud ont la même tenue. Hattab a encore puisé dans sa garde-robe. Il arbore un pull noir moulant, ras du cou, rentré dans un pantalon beige. Valérie pique du nez dans son mouchoir blanc. Sarraud baisse la tête. Hattab garde le front haut, serrant les mâchoires.

– Nous abordons aujourd'hui l'examen du meurtre d'Alain T., dit le président, toujours sur son ton courtois et professoral. Les accusés voulaient 1 milliard, ils ont 1 000 francs. Cette fois il semble que vous saviez que vous alliez tuer ?

– Oui, monsieur le président, dit Sarraud. C'était décidé. Dès qu'on a choisi d'aller chez T. On s'est aperçus qu'on ne pouvait pas faire autrement.

Le président sursaute.

– A moins de renoncer ? souffle-t-il avec une calme ironie.

Sarraud, qui ne perçoit pas l'ironie :

– C'est ça.

Le président adresse à Valérie un sourire onctueux :

– Vous saviez au départ que T. allait être tué ?

– Oui.

– Qui a pris la décision ?

– Laurent m'a demandé de trouver une autre personne. Au début je ne voulais pas (elle éclate en sanglots)... Excusez-moi. Je ne voulais pas continuer, je trouvais ça monstrueux, Laurent m'a menacée et je l'aimais. Il m'a dit : « Tu es dans le coup. » Je ne voulais pas qu'il me laisse car je l'aimais. Mon opinion importait peu. Moi j'étais là pour aider. Je ne décidais de rien.

– Puisque c'était horrible, glisse le président plein d'une sollicitude feinte, pourquoi avoir participé ? Seuls, qu'auraient-ils fait ?

– Rien. Mais j'étais obligée. Laurent me disait : « Il le faut. » Il aurait fait n'importe quoi.

– Je conteste ces déclarations, lance Hattab. C'était prévu de voler, pas de tuer. J'étais tenu par Jean-Rémy, alors je forçais Valérie. J'ai voulu arrêter après la première agression, mais Jean-Rémy n'était pas d'accord. Il m'a dit que, si je refusais, il s'en prendrait à ma famille et à Valérie.

– Vous avez dit exactement le contraire à la police et au juge d'instruction en présence d'un avocat, rétorque le président, sans se départir un instant de son sourire et de son infinie mais sarcastique bienveillance : « Au cours de la première agression, j'ai compris qu'il fallait éliminer la victime, cette décison a été prise à trois... »

– Je conteste cette déclaration, clame Hattab.

– Avec T., vous comptiez faire quoi ?

– La même chose qu'avant (Hattab entend sans doute « voler »).

– Mais ça a dérapé ?

– J'y étais pour rien, dit Hattab. Avant de partir chez T. j'ai demandé à Jean-Rémy s'il avait le couteau. Je l'ai même fouillé.

– Alors qu'il vous terrorise, il accepte d'être fouillé ? s'étonne le président. Qui a choisi la victime ?

– Tous les trois, dit Laurent Hattab.

– Je crois que c'est moi, dit Valérie. Laurent m'a dit de trouver quelqu'un d'autre. J'ai dit que j'ai connu un commerçant du Sentier. Il m'a dit qu'un commerçant ça devait avoir de l'argent...

– Je suis d'accord avec Valérie, dit Hattab.

– C'est vous, donc, Hattab, qui avez choisi, conclut le président.

« Que penser d'une jeune fille qui va chez T., qui mange avec lui, qui le regarde dans les yeux, alors qu'elle sait que dans quelques minutes il va mourir ? dira le président, longtemps après le procès. En commettant le second crime, ils se sont coupés de tout système de défense salvateur. Ils n'auraient tué qu'une personne, c'était plaidable... »

Le président en arrive au crime lui-même. Il interroge Hattab :

– Comment concluez-vous ?

– Moi, je suis sorti de la pièce, dit Hattab. Je suis allé dans le salon. Jean-Rémy est sorti avec moi. Puis il est rerentré, puis ressorti à nouveau. Il avait une télécommande à la main. Il a monté le son pour pas qu'on entende. Il a dit : « Je vais le questionner. » J'ai dit : « Lui fais rien. » Il est entré à nouveau. Il est ressorti taché de sang. C'est lui qui a tué.

Avec une fermeté arrogante il ajoute :

– Je le prouverai par la suite.

Le président rétorque :

– Vous avez pourtant déclaré à la police : « Jean-Rémy s'est assis sur le lit, près de la tête de T. J'ai porté un coup avec le coupe-papier. »

– C'est la police qui le dit. Je nie ces faits.

Hattab est suffisamment enfoncé, sans doute. Sarraud ne peut l'être plus qu'il ne l'est. On revient à la charge sur Valérie. Particulièrement l'avocat général Guilloux, qui déclenchera la scène la plus pathétique du procès.

Cette scène, Valérie Y., la meilleure amie de Subra, l'entendra de loin. De la salle d'attente des témoins où elle fera le pied de grue pendant au moins six heures (« Je me demande s'ils n'ont pas fait exprès de me faire poireauter si longtemps, pour que je craque nerveusement lors de ma déposition »). Pendant quelques instants un homme brun, d'une cinquantaine d'années, lui tient compagnie dans la salle d'attente, sans cependant lui adresser la parole. En costume cravate, il étudie un papier qu'il tient à la main. Valérie Y. entend au loin les tirades de l'avocat général :

– C'est vous, Valérie Subra, qui avez donné les éléments sur T.

– J'ai dit que c'était un commerçant du Sentier aisé.

– Est-ce que vous avez dit à Hattab l'âge d'Alain T. : moins de 30 ans.

– Peut-être, bredouille Valérie, qui sent venir l'orage mais ne peut imaginer comment il va lui tomber dessus.

– Alain T. était-il sympathique ?

Valérie hésite :

– Je ne le connaissais pas personnellement. Quand je l'ai

connu en boîte, on n'a pas beaucoup discuté. Ni après... Il n'était pas méchant envers moi...

– Qu'avez-vous fait avec lui en boîte ? Il n'a pas pu ne pas vous faire quelques cajoleries... Allons, répondez-moi. Était-il sympathique ou antipathique ? Répondez.

Maître Szpiner se tourne vers le box de la presse. Il souffle, en aparté, à un journaliste : « Elle est coincée. Elle ne peut pas répondre ; si elle dit " sympathique ", ça rend plus odieux son crime, si elle dit " antipathique ", elle salit l'homme qu'elle a fait assassiner... »

Acculée, Valérie hurle littéralement :

– Pourquoi vous vous en prenez à moi, moi, moi, toujours moi...

Elle s'écroule au sol.

Valérie Y. a entendu le clash. Elle voit l'inconnu à ses côtés se lever soudain à la demande d'un gendarme. L'inconnu se précipite vers Valérie allongée dans une salle annexe. Il lui prend le pouls, l'ausculte : rien de grave.

« Ça m'a fait une drôle d'impression, confiera-t-il plus tard, de tenir ainsi cette fille dans mes bras. Quand quelques années avant c'est du corps d'Alain T. dont j'ai dû m'occuper. » C'est le docteur P. Il est médecin légiste et s'apprête à déposer.

Le destin a ses ironies.

Cependant, dans la salle d'audience, le clash continue entre l'avocat général et maître Pelletier, qui est monté au front. Ils en viennent presque aux insultes. Pelletier lance au président Versini :

– Monsieur le président, j'aimerais que l'avocat général me parle autrement.

Une salve d'applaudissements éclate à ces mots. Ce sont les parents et amis des meurtriers qui ovationnent l'avocat.

Guilloux se dresse alors de toute sa haute taille sur son estrade et, brandissant le poing tout en agitant ses larges manches écarlates, il hurle :

– C'est ça, c'est ça, applaudissez une femme qui va décider la mort d'un homme !

Un brusque silence s'abat alors.

– La séance est suspendue, dit le président.

Journalistes et avocats sortent de la salle dont l'atmosphère n'a jamais été si électrique. Szpiner y va de son commentaire : « Avec le piège tendu par Guilloux, Valérie n'avait qu'une issue : la crise de nerfs. »

La séance reprend à 16 heures. Presque aussitôt avec la description minutieuse et macabre des blessures d'Alain T. par le docteur P. Sarraud écoute, comme fasciné. Ne pouvant supporter ces descriptions, une des sœurs de la victime, Christine, cache sa tête dans l'épaule de Béatrice T. Puis, n'y tenant plus, elle s'enfuit hors de la salle, en larmes.

Szpiner à nouveau remonte au front. Encore une fois, il lui faut tenter de contrer la tactique des divers avocats de la défense qui veulent différencier chaque cas. Et là, c'est à Hattab/Lombard qu'il s'en prend. Quand il fait dire au docteur P. qu'on ne peut pas précisément déterminer ce qui a provoqué la mort, chronologiquement : les coups de coupe-papier ou la strangulation. L'un ou l'autre a pu le faire ou les deux à la fois, conclut Szpiner. Une façon de pourvoir à toute éventualité... Quand bien même Hattab n'aurait pas frappé avec le coupe-papier, il aurait aussi bien tué en tirant sur un des bouts de l'écharpe que lui a tendu Sarraud. Szpiner bétonne, verrouille, enferme les trois accusés dans le même piège. Pendant ce temps, l'écharpe de laine bleue (sortie de la vitrine par un appariteur noir) passe de main en main, de l'un à l'autre des neuf jurés...

Le commissaire Flaesch vient à nouveau à la barre. Il dit qu'il n'était nul besoin d'utiliser la violence contre Hattab, car la police avait en main toutes les preuves. Et il ajoute :

– Le décideur était le chef, et c'était Hattab. L'exécuteur était Sarraud.

– Dans les deux cas ? demande finement Lombard.

– Peut-être...

Passe ensuite à la barre le commissaire Marc V., qui interrogea Hattab. Maître Lombard est trop habile pour s'attaquer à lui. Il glisse cependant cette phrase :

– Je m'interdis de poser des questions sur la façon dont a été fait l'interrogatoire. Je connais la réponse...

Il n'a qu'un but, laver Hattab du deuxième crime : de l'exécution du crime, quand bien même il en serait le décideur. La partie est difficile.

Les premiers aveux d'Hattab, en ce qui concerne le meurtre de T., sont en effet très précis : jusque dans la chronologie des coups (coups de coupe-papier non mortels à la gorge, puis étranglement, puis coups mortels au cœur), et correspondent par ailleurs au rapport d'autopsie.

Le lendemain, la séance commence avec un peu de retard.

Dans la salle des délibérés, en effet, les avocats de la défense s'affrontent devant Dominique Bouder, membre du Conseil de l'ordre, un homme de 37 ans, dont le teint rose tranche avec le noir de sa robe. On discute sur l'ordre des plaidoiries. C'est à qui parlera le dernier : position stratégique. Le dernier a-t-il le dernier mot ? L'argument de maître Pelletier c'est que Valérie est la seule qui puisse s'en tirer. On n'arrive à aucun accord. On évoque alors le problème devant le président Versini, qui répond :

– C'est la première fois que je dois trancher ce type de situation. Pour éviter toute polémique, je ne vois qu'une possibilité : la règle de l'ancienneté.

Paul Gambarelli, qui a « pris la robe en 1980 », plaidera donc le premier, puis Pelletier et enfin Lombard. Les plaidoiries auront lieu le surlendemain.

En arrivant au tribunal, le président Versini dit avec humour :

– Un petit retard dû à un problème d'intendance...

Sonia passe alors à la barre. C'est le témoin essentiel du procès. Bas, gants et jupe noirs, elle est très maquillée. Elle porte sa chevelure sombre en longue natte. Elle est aussi jolie que mal à l'aise.

– Soyez décontractée, mademoiselle, souffle le président.

– C'est pas facile.

Sonia, en effet, va dire des choses accablantes pour ses camarades qui se trouvent là, à quelques mètres d'elle à peine, dans le box des accusés. Mais ces quelques mètres symbolisent les années de prison auxquelles elle a échappé de justesse. Cela, le juge le lui a très bien fait comprendre. L'avocat général d'ailleurs tonnera dans son réquisitoire : « Je ne suis pas de ceux qui n'ont pas voulu que Sonia figure sur le banc des accusés. »

Du coin de l'œil elle cherche le regard de Valérie. Elle ne l'apercevra pas. Valérie, en larmes, naufrage son visage derrière la rambarde de bois.

– Ils m'ont proposé de gagner de l'argent, explique Sonia au président, de faire des braquages. C'était tous les trois. Même si c'est Laurent qui le premier m'en a parlé, ce n'était pas lui seul.

– Quelle a été la réaction de Valérie ?

– Au départ, elle était apeurée du fait qu'on allait se servir d'elle par rapport à son carnet.

– Attention, dit le président, si vos déclarations d'aujourd'hui diffèrent des précédentes, vous risquez d'avoir des ennuis. Vous avez d'abord dit : « Elle est immédiatement d'accord. Cette solution de tuer la tranquillise. Elle a été rassurée lorsqu'il a été décidé de tuer les victimes car ainsi elle ne serait pas reconnue. »

– Non, elle n'a pas été immédiatement rassurée, dit Sonia.

– Vous êtes une excellente amie, rétorque le président.

– C'est pas vrai, lance Valérie. Au début, il n'a jamais été question de tuer.

– Sonia a dit la vérité, affirme Sarraud.

On a l'impression que Sarraud pense que pour lui la partie est jouée et qu'il n'a qu'un seul désir : ne pas porter le chapeau pour les deux autres, lui le pauvre, le paumé, le zonard.

Passent alors à la barre les « rescapés », dans l'ordre André R., 41 ans, sanglé dans un blazer bleu marine, cravate et pochette assorties ; Pierre M., 29 ans, petit, brun, tournant partout autour de lui un regard autant amusé qu'effaré. On les sent assez mal dans leur peau. Ils restent extrêmement discrets, se contentant de donner un bref résumé des faits. Bébert arrive alors dans un costume gris clair (« J'ai regardé Valérie dans les yeux, confiera-t-il plus tard, elle m'a fait pitié, j'ai essayé de dire le minimum... »).

Hattab le reluque avec haine.

Bébert réaffirme que Valérie l'a appelé le dimanche 10 décembre 1984 vers 2 heures du matin et qu'elle lui a proposé de venir le voir, ce qu'il a refusé étant en compagnie, et que le 19 décembre, veille de l'arrestation, elle est passée au Jardin de La Boétie avec une amie et qu'ils ont pris un rendez-vous pour dîner ensemble le lendemain.

– C'est faux, dit Valérie. Je n'ai jamais pris de rendez-vous avec ce monsieur pour le 20 décembre.

Interrogé par le président, Sarraud répond :

– Le 20 décembre, on devait se réunir pour savoir s'il y avait quelqu'un « en vue ».

Maître Pelletier se lève alors. On s'attend à un clash avec Bébert. Il demande à celui-ci :

– Qu'est-ce que c'est un « chargé des relations publiques » ?

– Je devais trouver des gens, pour que le restaurant marche, des clients.

– Et ça se passait comment ?

– Je rabattais par téléphone, je rabattais des amis.

Maître Pelletier retourne à sa place. On n'en saura pas plus sur le Jardin de La Boétie.

Valérie se tait.

Passe alors à la barre Mme Adrienne X., 77 ans, mère de l'avocat assassiné. Pour la première fois Hattab, en la voyant, abandonne son arrogance et baisse la tête.

– Je n'ai pas grand-chose à déclarer, dit-elle. Mon fils m'avait acheté une maison à la campagne. Il était tellement bon, gentil, superbe. Maintenant je vis dans son appartement de l'avenue de Villiers. Tout ce qu'il a acheté, on l'a acheté ensemble. Il est là, tout près de mon cœur.

Depuis près de trois ans en effet, cette vieille dame de 77 ans piétine la moquette et le tapis que le corps de son fils a ensanglantés, chaque jour s'assied sur le divan de velours bleu où on l'a ligoté ; chaque jour pousse la porte à doubles battants de son bureau, dont un des miroirs, dans la bagarre, a été fêlé. Elle n'a jamais voulu le remplacer.

Mme Gene, ex-femme d'Antoine X., parle de Marc, leur fils, lorsqu'elle vient à la barre :

– Marc a 15 ans aujourd'hui. Il ne sait pas encore toute la vérité. On lui a dit que c'était un accident de voiture.

L'émotion, avec le défilé de témoins, croît peu à peu dans la salle, prenant une ampleur et une intensité presque insupportables. Elle atteindra son comble quand le frère de la seconde victime viendra témoigner : Gabriel T. C'est un homme brun, de taille moyenne. Il est blême. Ses mains, qui se posent sur la barre, tremblent et, pour arrêter ce tremblement, il s'y agrippe, comme au bastingage d'un bateau secoué par la tempête. Il regarde la vitrine rectangulaire placée devant la barre, et, après avoir prêté serment, il y désigne du doigt des paquets enveloppés de papier noir et blanc.

– Ces paquets trouvés chez mon frère, c'étaient les cadeaux qu'il nous destinait pour Noël, à moi et à ma famille.

Il se tait.

Le silence, dans la salle, s'approfondit. Gabriel poursuit :

– La moitié de ma famille a été déportée à Auschwitz. Mon père était résistant. Il a été épargné par la guerre. A 62 ans, il pesait 90 kilos. C'était un athlète. A la suite du drame, il a eu une crise d'hémiplégie. Aujourd'hui il est cloué dans son lit, il ne quitte plus son lit. Ma mère depuis trois ans ne m'a pas parlé, elle ne m'a pas parlé cinq minutes, pas cinq minutes...

Il se tait, au bord de la crise de nerfs. Un membre de sa famille vient le chercher pour le raccompagner vers le banc de la partie civile. Mais ces quelques mots, qu'il a balbutiés dans le silence le plus total, ont soudain suscité ce qui fait le fond même de l'affaire : l'horreur. C'est la présence même de l'insupportable, de l'inadmissible : la mort. Dans tout son absolu. Son irrémédiable scandale.

Les trois accusés demeurent la tête basse. Avocats, journalistes, public sont muets. Il est 17 heures 5. La voix du président retentit :

– L'audience est suspendue.

A 17 heures 20, l'audience reprend ; le box de la presse n'a jamais été aussi comble. Mourant d'ennui à l'étage du dessous, au procès d'Action directe, nombre de journalistes sont montés dans la salle d'assises pour « respirer l'air frais », au procès du « trio diabolique ».

Maître Fraitag, partie civile, a la parole :

– Pierre Boissel, dit-il, est un écrivain pas très connu, certes, ça n'est pas un grand écrivain... Dans son roman, *Le Hussard perdu,* il raconte qu'un officier doit aller voir la mère d'un de ses hommes mort pendant la guerre d'Algérie, dans une embuscade. Et il fait cette réflexion : « Un enfant qui perd sa mère, on dit que c'est un orphelin, mais une mère dont on a tué le fils ? Je voudrais savoir comment on appelle la mère dont on a tué le fils ? » On a mis maître Antoine X. à genoux, on lui a donné des coups de pied au visage, il a été battu, humilié par ces trois-là (d'un large geste du bras, il désigne les accusés). Par ces trois-là, parce que Valérie a participé, elle a entendu les râles, elle a voulu nous faire croire qu'elle n'avait pas entendu les cris, comment est-ce possible dans un appartement si petit [...] ?

Quand la plaidoirie de maître Fraitag s'achève, il fait nuit. Devant les grilles XVIIIe siècle du Palais de Justice, les gens demeurent attroupés, comme stupéfaits.

Au milieu d'eux, on devine l'immense stature du père de Laurent Hattab :

« Mon fils, il avait de l'argent, il n'avait pas besoin de tuer, venez chez moi, vous verrez si on n'a pas de l'argent, regardez le manteau de fourrure de ma femme... »

Les mots le dépassent, il se noie dans les mots. Le malheur. La pluie tombe, froide.

Le lendemain, jeudi 14 janvier 1988, à 13 heures 20, les trois accusés pénètrent dans leur box. Le président se tourne vers la partie civile :

– Maître Szpiner, vous avez la parole.

Francis Szpiner se racle la gorge (dix minutes auparavant il est allé se gargariser à la buvette avec de l'eau vinaigrée). Il se tient debout, toise les juges, les accusés du haut de sa petite taille, et commence :

– Monsieur le président, messieurs et mesdames les jurés,

hier, après tant de mensonges (n'est-ce pas Hattab ?), de lâcheté (n'est-ce pas Sarraud ?), de comédie (n'est-ce pas Valérie ?) une femme de 77 ans est venue parler ; c'était un grand moment d'humanité dans ce procès qui en a tant manqué. Et puis est venu Gabriel T. Et la seule vérité de ce procès est apparue : la douleur des victimes. Et vous n'avez aperçu qu'une partie seulement de cette douleur [...].

« Hattab, vous aviez dans vos mains toutes les chances. Qu'en faites-vous ? Sarraud vous a suivi. Pour le meilleur. Puis pour le pire. Valérie, c'est vrai que dans le monde des Bébert on vous a entraînée. Mais enfin, ça n'est pas cela qui fait qu'on tue : Sonia a pu se retirer. Hattab, vous auriez pu, Sarraud, vous auriez pu, Valérie, vous auriez pu. Quand vous vous êtes retrouvée chez André R., vos projets de meurtres, ce n'étaient plus des mots. Seule Sonia l'a compris ! [...]. Si la famille d'Alain T. n'avait pas trouvé votre piste, ce ne serait pas deux crimes, mais trois que vous auriez commis. Sans la police, ce serait une dizaine ! Vous êtes de la race des tueurs de vieilles dames ! Après les faits, on aurait pu penser que vous auriez changé. Non ! Valérie, arrêtée, ne craque pas. Elle ne reconnaît que ce qu'elle est obligée de reconnaître. Elle a sa part de butin à égalité. Comme les truands, elle n'avoue que quand on lui met les preuves sous le nez. Hattab ose dire à la police : “ Je ne comprends pas pourquoi vous m'arrêtez, j'attends de vous des éclaircissements ”, alors qu'il a encore la montre de T. au poignet ! La violence policière ça existe : mais, dans votre cas, on avait toutes les preuves. Les pressions physiques étaient inutiles. Après vos interrogatoires par la police, vous ne dites pas au magistrat instructeur que vos aveux ont été passés sous les coups. Vous attendez le 17 janvier pour démentir vos propos. Vous mentez tous... Sauf Sarraud. Mais, Sarraud, vous êtes passé par-delà la justice des hommes ! Alors les circonstances atténuantes, vous allez les trouver où ? Vous êtes jeunes, mais est-ce qu'à 18 ans on ne sait pas ce que c'est que tuer ?

« Unis tous trois dans la préparation, unis dans l'exécution, unis dans le partage, il serait choquant que vous ne soyez pas unis dans la condamnation.

« Mais il y a Valérie : on va nous dire qu'elle n'a pas de sang sur les mains. Mais sur le plan humain, c'est la plus coupable. Elle connaît les victimes, elle a partagé leur repas, leurs joies [...]. Le père d'Alain T. m'a dit de Valérie qu'elle lui faisait penser à un officier allemand dont lui a parlé un ami déporté : il était en uniforme impeccable, ses bottes étaient cirées. D'un doigt il désignait la file de droite ou la file de gauche, la vie ou la mort. On appelait ça la sélection. Valérie, c'est vous qui avez fait la sélection : avec votre doigt sur votre carnet d'adresses. Les parents d'Alain T. vivent reclus ; c'est moi demain qui devrai, messieurs les jurés, leur annoncer votre décision. Ils sont en prison. C'est leur malheur qui constitue les murs de cette prison. Ils se sont emmurés : ils sont coupables d'être victimes. La femme de maître Antoine X. n'ose pas annoncer à son fils le meurtre de son père. Elle est coupable d'être victime. Vous, Hattab, vous, Valérie, vous, Sarraud, vous avez tué T. Vous avez condamné ses parents à perpétuité. Qui viendra apaiser leur tourment si vous votez les circonstances atténuantes ? C'est votre droit, mais comment pourrai-je justifier cela aux yeux du père d'Alain T. et de sa mère : ils sont coupables d'être victimes. Est-ce que je peux leur dire cela ? (A cet instant Hattab baisse la tête.) Que votre verdict soit une délivrance. Il ne faut pas déresponsabiliser les accusés : si vous dites que le prix de deux vie c'est dérisoire.

Maître Szpiner, épuisé, se rassied. Il a parlé une heure et vingt minutes, avec une éloquence et une émotion intenses, mais aussi une précision diabolique fondée sur une minutieuse connaissance du dossier. Un silence énorme s'abat sur la salle d'audience, lourd, écrasant.

– La séance est suspendue pour un quart d'heure, dit le président.

Brouhaha : les journalistes se précipitent vers la buvette. A l'un d'eux, maître Lombard confie : « Je plaide demain mais ça ne changera rien à l'ordre d'arrivée... Je ne pense pas qu'Hattab ait tué. Les deux façons de tuer sont identiques. C'est la même main qui a agi... »

A 15 heures 10, l'huissier annonce la Cour. Bientôt l'avocat général Guilloux, debout sur son estrade, lance son réquisitoire :

– Hattab, c'est un garçon qui a été élevé dans l'adoration du Veau d'Or. Son père a dit de son fils : “ Mon éducation a porté ses fruits, je suis un père envié. ” Je ne suis pas ici pour faire le procès de M. Hattab. Il a commencé comme marchand de fruits puis il a réussi dans le Sentier, quartier où l'on a souci de la réussite matérielle. Quant à Sarraud, son père a refusé de venir à la police “ car cette affaire l'ennuie ”. Le 6 décembre, veille du meurtre d'Antoine X., Hattab reçoit un avis de sa banque lui demandant de ne plus émettre de chèques et de remettre son carnet. Voilà le mobile. Si Hattab est un dévoyé, si Sarraud est un dégénéré, Valérie a une intelligence très fine [...] Ils étaient tous d'accord ! Quant à Sonia, je ne partage pas le sentiment de ceux qui ont empêché qu'elle comparaisse à titre d'accusée...

« Valérie, vous êtes une cocotte, une poule, une prostituée. T., vous le connaissiez bien. Vous le trouviez sympathique. Vous ne pouvez pas ne pas avoir eu avec lui quelques cajoleries. Pourquoi Valérie a-t-elle suivi les ordres d'Hattab ? Parce qu'elle avait peur qu'Hattab la remplace. Hattab, ça n'est pas seulement un chef de bande, mais il met la main à la pâte. Sarraud le dégénéré a caché la tête de T. pour que vous, Hattab, lui perciez le cœur. Puis vous avez tiré sur l'écharpe pour l'étrangler et vous avez parachevé le tout avec trois coups de stylet abominables. Ils doivent être tous les trois associés dans la sanction. On va essayer de les dissocier. Le coup est jouable : car il y a le bouc émissaire. Jean-Rémy Sarraud : il a commis le délit de sale gueule. Même auprès des psychiatres ! Édenté, [...] c'est le coupable idéal, abominable, moche, épouvantablement moche... Quant au niais que voilà (l'avocat général désigne Hattab qui relève furieux la tête), il n'a fait que mentir. Valérie a dit : “ En aucune façon Hattab n'a été menacé. Sarraud suivait ! ” Vous vous camouflez, Hattab, derrière Sarraud, c'est de la perversité ! Mais vous, Hattab, en matière de perversité, vous n'êtes rien à côté de Subra. Cette souris-là me fait penser aux cuisinières de la mort accompagnant les SS... Elle est insensible. A-t-elle eu un seul moment d'émotion ? Elle ne pleure que sur elle-même : “ Pourquoi vous attaquez-vous toujours à moi ?... ” Parce que je sais qui vous êtes. J'ai lu le dossier ! Sans vous les deux autres n'auraient pas été mis en situation de tuer. Vous avez condamné Antoine X. et Alain T. à mort. Vous, Valérie, vous êtes condamnée à la vie, malheureusement... Ah, vous me direz, elle est jeune ! On ne peut pas désespérer d'elle. Embastillée à 18 ans, elle restera embastillée dix-huit ans : c'est ça la réclusion criminelle à perpétuité ! Donc elle sortira à 36 ans : elle sera alors un peu grillée du côté des Champs-Élysées. Elle pourra émigrer du côté du café de la Paix ! Préférez-vous qu'elle reste dans les geôles seulement dix ans avec les réductions de peine ! La loi c'est la loi ! Appliquez-la ! Démocratiquement ! Pas sur la mine ! L'avocat qui parlera le dernier sera d'un grand talent. Cramponnez-vous, messieurs les jurés, aux points forts de ce dossier. La France tout entière attend votre verdict, la France qui en a assez des loubards, des coupe-jarrets, des monstres. Car rarement affaire a été aussi médiatisée. On se moque du procès d'Action directe. On veut savoir s'il existe une justice, si la justice est à la hauteur. Messieurs les jurés, vous êtes pleinement les représentants du peuple français. Condamnez-les à perpétuité avec une période de sécurité de dix-huit ans !

Le lendemain vendredi 15 janvier 1988, *Libération* titre : RÉQUISITOIRE SANGLANT CONTRE VALÉRIE SUBRA. A 9 heures 45, les accusés entrent dans leur box. Maître Gambarelli, pâle, ému, se lève. (Il a « pris la robe » juste un an avant l'abolition de la peine de mort. « Heureusement qu'elle a été abolie, confiera-t-il plus tard. C'était leur tête qu'auraient jouée Sarraud et Hattab, ç'aurait été épouvantable. ») Il commence sa plaidoirie :

– La souffrance et la tragédie ont rendez-vous dans cette cour depuis vendredi dernier. La souffrance des absents d'abord. Avec la souffrance, la tragédie a marché de plain-pied dans cette cour d'assises qui n'a jamais autant ressemblé à une arène : les accusés sont traqués, zoomés, leurs gestes sont décortiqués, véhiculés par l'image et le son. Messieurs les jurés, monsieur l'avocat général disait qu'il craignait que ceux qui parlent les derniers aient le dernier mot. Jamais la solitude de la défense ne m'a paru si grande. Solitude face à un dossier, à des faits, à un accusé. Moment redoutable : je dois essayer de lever le voile sur cette affaire. On va vous demander de juger des faits odieux. Moi je vais essayer de comprendre (il agite ses mains). Jean-Rémy Sarraud a reconnu les faits. Il a tout reconnu. Il a reconnu tout dès qu'il a été interpellé le 20 décembre 1984. Il a été très loin dans sa reconnaissance. Il fut le premier devant le juge d'instruction à reconnaître, le 18 février 1985, la tentative d'agression contre André R. et Pierre M. Valérie contestera ces agressions. Hattab les contestera. On vous a dit : « Sarraud s'est effondré. » Voilà ce qu'est venu nous dire le commissaire Flaesch. Il s'est effondré, cela veut dire beaucoup. Sarraud, qui manie si mal le verbe. Il ne peut plus garder pour lui ce qu'il a fait, il dit tout. Il ne peut plus supporter de garder le silence. Il faut y voir la première manifestation d'une prise de conscience, d'un premier sentiment de remords. Cette façon de s'apaiser dans l'aveu n'est pas le signe d'un monstre. Le caïd va jusqu'au bout dans ses dénégations. Il ne s'effondre pas. Il y a une chose que Sarraud refuse, c'est qu'on le dise l'animateur du trio, c'est d'être celui qui a entraîné celui-ci (Gambarelli désigne du doigt Hattab derrière lui) dans ces meurtres. Tout ce qu'Hattab a dit est contraire à toute vraisemblance juridique et psychologique...

Il est 11 heures. Maître Gambarelli a plaidé, s'est battu superbement pendant à peu près une heure... L'audience est suspendue.

A 12 h 15, elle recommence :

– Maître Pelletier, vous avez la parole, dit le président.

– J'ai l'honneur d'être à la barre pour prendre la défense de Valérie Subra. Formule éculée que les jeunes avocats n'utilisent plus. Elle m'est revenue cette formule quand on nous a attaqués comme vous l'avez fait. C'est les épaules courbées que je suis rentré chez moi hier soir. Et puis l'analyse est revenue. [...] J'ai retrouvé tout ce que je sais de cette affaire, de cette jeune femme que je défends. Je n'ai pas honte de faire ce métier. C'est vrai que l'avocat de la défense parle le dernier. Car l'équilibre doit être rétabli : quand des victimes, estimables, respectables, ont un défenseur comme elles l'ont eu, quand la société a un représentant aussi tonitruant, aussi féroce, aussi implacable que celui qu'on a entendu hier, ne serait-ce, messieurs les jurés, que pour que vous respectiez le serment que vous avez prêté : défendre la société, mais aussi défendre les intérêts de ceux que la société accuse. Ce ne sont pas des mots creux. C'est une mission de ne pas céder à l'argument de quelqu'un de quelque côté qu'il soit placé. Ce n'est pas votre devoir que de ne vous situer que du côté de la victime, que du côté de ceux qui pleurent et sont en droit de pleurer. Les plus mauvais coups, ce ne sont pas seulement les avocats qui les distribuent. Monsieur l'avocat général, vous avez abaissé le débat, vous nous écrasez, vous nous amenez là où vous voulez nous mettre. La justice parfois utilise des hommes comme vous. Et toi, Francis (il s'adresse à maître Szpiner), avocat que tu es, ton excuse admirable, c'est cette symbiose que tu as avec ces gens que tu défends (Szpiner est un ami intime des T.). Mais pourquoi oublies-tu que tu es avocat ? Tu utilises des ficelles, tu nous enfermes dans le chagrin de ces parents, tu oublies que les gosses qu'a dévorés cet empereur fantoche que tu as défendu (allusion au procès Bokassa) ont des parents qui pleurent eux aussi.

Sur le banc de la partie civile, Szpiner proteste :

– Qu'est-ce qu'il raconte celui-là, murmure-t-il.

Et, au président, il lance :

– Je voudrais que maître Pelletier cesse de me prendre à partie !

– Vous pourrez prendre la parole après sa plaidoirie, dit Versini.

– Non, mais je voudrais qu'il cesse de me prendre à partie, c'est tout.

L'incident est clos, Pelletier poursuit :

– Vous allez faire l'effort de sortir cette gamine de cette fosse où elle a été enterrée. Vous allez resituer les responsabilités. C'est vrai que ce procès est atroce, mais vous allez toucher cette vérité que, quoi qu'elle ait fait, cette gosse est devenue le seul enjeu du procès. Il n'y a plus que sur elle qu'il faut taper, car les autres, ON LES A ! [...]

« Il faut rétablir la situation. Elle est en retrait : tout le monde le sait. il n'est pas juste de la mettre sur le même plan. Sans les autres, rien ne serait arrivé. Sans elle, ça ou autre chose serait arrivé. ON LA VEUT ! Voyez la curée scandaleuse des photographes... C'est la femme, c'est la sorcière, poursuit Pelletier. Depuis Ève et le serpent. Il faut exorciser les démons. Le peuple français est assez friand de la moue boudeuse de Valérie Subra ! On est loin aujourd'hui de cette moue boudeuse [...].

« C'est Valérie qu'on a envoyée en première ligne, n'est-ce pas, Hattab, avec l'ascendant que vous exerciez sur elle ! Aujourd'hui, elle m'a dit, je ne suis plus au service de personne, je ne suis plus amoureuse de personne, je suis revenue de l'enfer. Elle n'a rien décidé. Elle a accepté. Elle a désigné quand on lui a demandé des explications et qu'elle les a données. Mais si on ne lui avait rien demandé, elle ne serait pas là... N'importe quelle autre minette qui ne distingue pas le Bien et le Mal aurait pu faire l'affaire !

« Et ON LA VEUT quand même, et on la veut quand même, et on la veut quand même ! Et ne me demandez pas pourquoi elle n'a pas eu l'idée de partir. Accusez la société qui sécrète des gosses pareils !

Maître Pelletier fait alors allusion à l'adolescence sans père de Valérie.

« Les experts, c'est scandaleux, n'ont rien cherché de ce côté. Quand on voit ces boîtes de nuit où on l'a précipitée, peut-on se demander pourquoi elle est amorale à ce point ?

« Les cadeaux, l'argent, est-ce que ça remplace le père ? Quelle image ça vous donne de l'homme ? Est-ce que ça vous donne une morale ? [...] Elle n'a pas la morale que nous avons ; pour elle, LES BARRIÈRES N'ONT PAS EXISTÉ !

« Alors la question est posée : qu'est-ce qu'on fait ? Du côté de ceux qui ne veulent que “ gagner la partie ”, on veut noyer cette gosse. Mais il y a manière à s'interroger. Et, en tout cas, si les circonstances atténuantes peuvent lui être reconnues ! Elle est peut-être une cocotte, elle est peut-être une pute, mais elle n'est pas un assassin !...

Maître Pelletier a parlé pendant une heure trente : un ouragan.

L'audience reprend un quart d'heure plus tard. Avec la plaidoirie de maître Lombard :

– Pour Barbie, le criminel de guerre, on a réclamé la même peine, dit-il d'une voix très basse au départ, qui peu à peu prendra de l'ampleur. Qu'est-ce que cette affaire, si on ne voit pas cette razzia qu'au nom de la « permissivité » des adultes opèrent sur des garçons et des filles, si on ne voit pas l'effondrement des valeurs, la banalisation de la violence, de la mort... Le week-end dernier, j'ai regardé la télévision... Cent vingt meurtres ont été vomis par le petit écran en moins de quarante-huit heures !... La justice n'est pas abstraite, elle baigne dans la France contemporaine. Vous ne pouvez pas rendre une justice d'il y a dix ans. Il s'agit de savoir si vous croyez aux monstres, au Diable, ou si vous croyez à l'homme... En ce qui concerne Hattab, êtes-vous des enfants de chœur de la religion judiciaire des aveux ? Quand on étudie l'histoire judiciaire, on se rend compte que les pires erreurs ont été commises à cause de faux aveux. Après vingt et une heures de garde à vue, Hattab a craqué (je ne parle pas de tortures policières !). Peut-être qu'on l'a un peu forcé, on lui a fait dire ce que la police savait déjà. Ces aveux ne sont pas des brillants à l'état pur...

(Maître Lombard, très habilement, développe alors quelques considérations techniques, cherchant à prouver qu'Hattab n'a pas tué T. Il signale entre autres que, à la différence de Sarraud, il n'avait pas de sang sur ses vêtements.)

« ... Nous avons affaire à un trio, poursuit-il, à la rencontre d'un immature avec un psychopathe et une ingénue perverse. il n'y a pas de meneur de jeu, il y a un consensus : celui-là les éblouit par son argent, celui-là par son passé de voyou, celle-là par son charme au zeste de perversité. Je voudrais vous parler des trois protagonistes. C'est une immense pitié, ce sont des gamins de notre société... Il y a eu une dymanique intérieure, à ce trio. Sans Valérie, pas de meurtre, sans Sarraud, pas de meurtre, sans Hattab, pas de meurtre...

A la fin de cette plaidoirie, le président se tourne vers les accusés :

– Vous avez quelque chose à déclarer ?

Hattab se lève. Très froidement, il demande :

– Voulez-vous brancher le micro ?

Puis il ajoute :

– Ben... Après avoir entendu ça, j'ai pas grand-chose à dire pour ma défense. Je vais pas chercher à me défendre. Je vais citer la mère de Valérie qui m'a confié sa fille. Peu importe les conditions qui m'ont amené dans cette histoire, toute la responsabilité de Valérie me revient. Même si mes regrets, dira-t-on, sont de circonstance, je veux les exprimer, même si c'est difficile à dire en face.

Il se rassied.

Sarraud se lève :

– Après ce qu'a dit maître Lombard sur Alain T. (Lombard a affirmé que c'est Sarraud seul qui a tué T.), ce que j'ai à dire, c'est que j'ai dit la vérité. Je fais confiance à la justice.

Il s'assied.

Valérie se lève en larmes. La tête basse, elle souffle :

– Pardon, pardon, pardon !

D'une voix claire et douce, le président lit alors à la Cour ce texte de rigueur :

– La loi ne demande pas compte aux juges des moyens par lesquels ils se sont convaincus, elle ne leur prescrit pas de règles desquelles ils doivent faire particulièrement dépendre la plénitude et la suffisance d'une preuve ; elle leur prescrit de s'interroger eux-mêmes, dans le silence et le recueillement, et de chercher, dans la sincérité de leur conscience, quelle impression ont faite, sur leur raison, les preuves rapportées contre l'accusé et les moyens de sa défense. La loi ne leur fait que cette seule question, qui renferme toute la mesure de leurs devoirs : « Avez-vous une intime conviction ? »

La séance est suspendue. Juges et jurés se retirent dans la salle des délibérés. C'est là, autour d'une immense table ovale, recouverte d'une nappe marron, que va se jouer, comme à une table de poker, le sort de Valérie Subra, Laurent Hattab et Jean-Rémy Sarraud. Les chaises sont en bois brun et cuir vert. Devant chaque chaise, un sous-main de cuir marron, afin que chaque juré puisse prendre des notes pendant les discussions. Les murs sont couverts de boiseries. L'éclairage est tamisé. Au-dessus d'une énorme cheminée de marbre, trône le buste blanc d'un ancien président d'assises moustachu. La salle est fermée par une double porte immense, molletonnée, couverte de skaï ocre. Les jurés n'ont pas le droit d'en sortir, avant que le verdict soit décidé. Sauf pour se rendre aux toilettes, juste à gauche de la double porte en skaï.

« De 1972 à 1980, expliquera longtemps plus tard le président Versini, les jurés offraient des garanties d'entendement. Ils n'étaient pas tirés au sort, comme aujourd'hui, à partir des listes électorales, mais étaient choisis par une commission composée de magistrats et élus locaux. On ne risquait donc pas de trouver parmi eux l'idiot du village... »

Les délibérations dureront deux heures et demie. Pendant ce temps, public et témoins ont été évacués de la salle d'assises.

Seuls les parents des meurtriers peuvent entrer dans la salle du tribunal, à 18 heures 40, pour la lecture du verdict. Ils devront se placer dans le box réservé au public, où l'on se tient debout. Arrivent d'abord le père et la mère de Valérie. Celle-ci se sent mal. Elle ressort. Le père demeure immobile. La Cour ne va plus tarder à entrer. Pénètrent alors dans le box M. Hattab et sa femme. Celle-ci s'appuie sur la barrière de bois, tremblante. Son mari, debout derrière elle, l'enlace. Une sonnette retentit. L'huissier annonce :

– La Cour.

Le père de Valérie va chercher son ex-femme. Celle-ci rentre à nouveau. Elle regardera le sol, prostrée...

Les juges et jurés arrivent, les premiers par la droite, les seconds par la gauche. Puis ce sont les accusés, tête basse.

– L'audience est reprise, asseyez-vous.

Le président lit le verdict.

– A la première question : « Les accusés sont-ils coupables ? » Réponse : « Oui. A la majorité de huit voix au moins... » A la deuxième question : « Méritent-ils les circonstances atténuantes ? » Réponse : « Non. A la majorité de huit voix au moins... » Laurent Hattab est condamné à perpétuité avec dix-huit ans de peine de sûreté incompressible. Jean-Rémy Sarraud à perpétuité avec dix-huit ans de peine de sûreté incompressible. Valérie Subra à perpétuité, avec seize ans de peine de sûreté incompressible...

On entend un cri. La mère de Laurent quitte la salle. Et va s'effondrer à l'extérieur, sur un banc. Le père de Laurent tombe à son tour dans les bras de sa femme. Les parents de Valérie s'en vont, blêmes, muets.

Geste incontrôlable, Adrienne X., la mère de la première victime, fait quelques pas, telle une somnambule, vers les accusés...

« Je ne sais pas pourquoi j'ai fait ça, expliquera-t-elle plus tard. Ou si... je sais... j'éprouvais pour eux de la pitié, une infinie pitié... »

Le « spectacle » est terminé. Les journalistes se ruent vers la sortie, courent après parents et témoins pour décrocher une interview. Un avocat stagiaire rigole avec une consœur.

Valérie se penche vers maître Pelletier et lui souffle :

– Ça le fait rire ce con qu'on ait perpète !

Épilogue

Le pourvoi en cassation des meurtriers a été rejeté. Leur condamnation est définitive. Dans le meilleur des cas (et sauf grâce présidentielle), ils sortiront de prison, Valérie Subra en l'an 2000, Jean-Rémy Sarraud et Laurent Hattab en l'an 2002.

Sources et documents

Tête-à-Tête, Frédérique Lebelley, Grasset, 1989.
Un certain sentiment d'injustice, Jean-Louis Pelletier et Claude Sérillon, Balland, 1988.
Profession répression, Laurent Davenas, Acropole, 1988.
Palais de Justice, Sylvie Péju, Éditions du Seuil, 1987.
Avez-vous une intime conviction ?, Xavier Versini, Bres Éditions, 1989.

Magazines :

Elle, article de Morgan Sportes.
Globe, article de Morgan Sportes.
Détective, article de Michel Mary.
Détective, article de Georges Martin.
Le Parisien, article de Christian Chardon.
France-Soir, série d'articles de Jean-Michel Brigouleix, Arnauld Dingreville, Marc Babronsky, Renaud Vincent.
Libération, articles de Pierre Mangetout.

Émissions de télévision où l'affaire a été évoquée :

Le Glaive et la Balance
Les Dossiers de l'Écran
Choc

TRANSCODAGE : HÉRISSEY À ÉVREUX
IMPRESSION : FIRMIN-DIDOT AU MESNIL-SUR-L'ESTRÉE
DÉPÔT LÉGAL : MAI 1990. Nº 12128 (14623)